WILLIBALD SPATZ

Alpenburger

BIRNE HAT SCHÄDELWEH! Birne verschlägt es in seinem vierten Abenteuer wieder ins Allgäu. Bei einem Klassentreffen am idyllischen Schwaltenweiher trifft er alte Freunde. Es wird gelacht, gefeiert und geknutscht. Und am nächsten Tag liegt einer tot im Wasser. Ein dummer Unfall, wie es scheint. Doch Birne bleibt vor Ort und wühlt längst vergessen geglaubte Geschichten auf. Was er zutage fördert, wird schließlich zur schrecklichen Gefahr für ihn und seine Lieben.

Schuld oder Unschuld? Macht oder Ohnmacht? Täter oder Opfer? Birne gerät gewaltig in Schwierigkeiten. Er trägt ein Geheimnis mit sich herum, das für ihn und einige seiner engsten Freunde zum Verhängnis werden könnte. Doch er ist nicht der Einzige, der etwas weiß: Er wird erpresst von einem ehemaligen Klassenkameraden, der belastendes Material gegen Birne in den Händen hält. Doch Birne sieht einen Ausweg: sauber, keine Spuren. Er müsste sich nur ein gutes Stück weit über die Grenzen der Legalität hinausbewegen …

Willibald Spatz, Jahrgang 1977, hat in Würzburg Biologie und in München Kulturkritik studiert. Er lebt zurzeit in der Nähe seiner Heimatstadt Augsburg, unterrichtet an einer Schule und schreibt als freier Autor unter anderem für die Zeitschrift »Theater der Zeit« und das Internetportal nachtkritik.de. Mit »Alpendöner«, seinem ersten Kriminalroman, landete er aus dem Stand einen Überraschungserfolg. »Alpenburger« ist mittlerweile der vierte Fall um seinen skurrilen Krimihelden Birne.
www.willibald-spatz.de

Bisherige Veröffentlichungen im Gmeiner-Verlag:
Alpenkasper (2011)
Alpenlust (2010)
Alpendöner (2009)

WILLIBALD SPATZ

Alpenburger

Birnes vierter Fall

GMEINER *Original*

Personen und Handlung sind frei erfunden.
Ähnlichkeiten mit lebenden oder toten Personen
sind rein zufällig und nicht beabsichtigt.

Besuchen Sie uns im Internet:
www.gmeiner-verlag.de

Im Ehnried 5, 88605 Meßkirch
Telefon 07575/2095-0
info@gmeiner-verlag.de

1. Auflage 2013

Lektorat: René Stein
Herstellung: Mirjam Hecht
Umschlaggestaltung: U.O.R.G. Lutz Eberle, Stuttgart
unter Verwendung der Fotos von: © Ralf Beier – Fotolia.com;
© Spiber – Fotolia.com; © Andreas Jung, Stuttgart
Druck: GGP Media GmbH, Pößneck
Printed in Germany
ISBN 978-3-8392-1443-5

Edel ist es, schüchtern zu sein, ruhmreich, nicht handeln zu können, majestätisch, kein Geschick zum Leben zu haben.

Fernando Pessoa

She whispered in my ear
she said, »You wanna get lucky little boy?«
Well I smiled,
I smiled and I said, »Is it luck?«

Les Claypool, ›Is it luck‹

KLASSENTREFFEN

NOTFALL

Ein Notfall, denkt Jakob. Einen Notfall kann ich jetzt nicht brauchen, muss morgen ausgeschlafen sein. Wenn ich liegen bleibe, wenn ich morgen behaupte, nichts gehört zu haben, weil ich in der Regel tief schlafe.

Wenn da aber einer stürbe vor seiner Türe und keiner mehr vorbeikommt in der Nacht, hat er morgen einen Toten am Hals und die Polizei, dann nützt ihm seine Ausgeschlafenheit nichts, dann hätte er den ganzen Tag damit zu tun.

Zwickmühle, denkt Jakob. Er steht auf. Immerhin kann er so ein Menschenleben retten. Andererseits: Irgendwann sterben alle. Noch ein weiteres Andererseits: Er in dieser Situation wollte ja auch, dass ihm einer die Tür öffnet.

Birne. Sein Bruder Birne. Vor seiner Türe. Mitten in der Nacht, in der sich Jakob ausschlafen will. Birne schnauft fest.

Nun sitzt Birne an seinem Küchentisch und umklammert die Tasse Tee, wärmt seine Hände. Es ist nicht kalt draußen. Er hält sich seinen Kopf, als ob der zentnerschwer auf seine Schulter drückt.

»Willst du hier einziehen? Gibt es Stress? Was mit Katharina?«

»Das ist die wunderbarste Frau der Welt, du Arsch.«

»Dann geh doch zu ihr.«

»Geht nicht, dann weiß er, wo ich bin, dann bin ich tot.«

»Wer?«

»Der Alwin.«

Birne muss aufs Klo. Man hört ihn hantieren, ächzen, brechen. Er ist fertig. Mann, ist der fertig.

Nachdem sich die Scheißhaustür wieder geöffnet hat, reicht Jakob ihm ein Glas Wasser. »Die ganze Geschichte, auch wenn ich nicht helfen kann.«

»Meinetwegen die ganze Geschichte.« Birne beginnt. Mitten in der Nacht.

WEIHER

Es war schön da. Schön auf eine eigenartige Weise. Der See, dazu im Hintergrund die Berge. Die bewirken in mir drin immer was. Ich stand am See, sah die Berge, dachte endlich an nichts. Ich war angekommen. Mit der Bahn, ausgestiegen in dem kleinen Örtchen Seeg. Im Zug mittags die Massen der Schüler aus Marktoberdorf, den Vormittag hatten sie still gehalten, sediert auf Holzstühlen, Druck im Kessel aufgebaut, sechs Stunden netto. Diese Energie musste jetzt raus, rausgeschrien werden durch den Mund, das Ventil. Sie brüllten vom Computer und der Zeit, die sie am Nachmittag mit ihm verbringen würden, um runterzukommen. Da bleibt nicht viel vom 21. Jahrhundert, so wie es sich bis jetzt präsentiert: Rauchverbot, Energiesparlampen, Facebook. Ein Rohrkrepierer dieses Jahrhundert, vergleicht man es nur mal mit gerade vergangenen, dem 20., das uns immerhin den Jazz, das Automobil, den ersten Schritt eines Menschen auf den Mond gebracht hat.

Ich war nun – Gott sei Dank – in dem Alter angekommen, in dem ich nicht mehr jeden Scheiß mitmachen musste. Ich war in dem Alter angekommen, in dem einer, der jeden Scheiß mitmachte, als zwangsjugendlicher Depp erschien. Ich war nun bereit für den ersten Generationenkonflikt auf der anderen Seite.

Die Jugendliche saß auf meinem Schoß, ohne dass ich sie dazu eingeladen hatte. Sie zwängte sich auf meinem Schoß zwischen den Spalt, der die beiden Sitze vor uns trennte. Sie konnte so besser sehen, was auf den Sitzen vor uns vor sich ging: Zwei, die aus ihrer Klasse gewesen sein könnten, amüsierten sich an Videoschnipseln, die auf einem gemeinsam gehaltenen Handy liefen. Man konnte nicht überhören, dass das irgendwie lustig war. Mir war nicht nach Lachen zumute. Ich lache nur noch, wenn ich muss. Ich musste nicht. Hätte ich mich ein wenig nach vorn gebeugt, hätte ich sehen können, was so komisch war. Ich hatte eine Jugendliche auf dem Schoß, ich hätte ihr Vater sein können, wenn ich seinerzeit nicht nicht aufgepasst hätte – habe ich aber. Ich konnte sie sehr genau riechen, was sie nicht störte. Sie hatte nicht gefragt. Sie hatte sich ohne Absicht auf mir niedergelassen. Ihr gehörte dieses Abteil hier, immer schon, ich war eingedrungen in fremdes Revier. Sie amüsierte sich über die Videos ihrer Freunde im Sitz vor uns. Sie hatten alles nur ertragen, die Schule, das Zeug, um hierherzukommen, wo ich bereits saß, und sich diese Filmchen zu zeigen. Ich hätte was sagen müssen, ohne Zweifel. Was ihr einfalle, sie seien nicht allein im Zug und so weiter. Höflichkeit et cetera. Ich ließ es, weil mich diese unverblümte Unschuld begeisterte. Die Speichelfäden, die sie zog beim Lachen mit ihrer Spange. Das Handtäschchen, in dem sie ihre Schulheftchen aufbewahrte und das sie mir glucksend gegen den Bauch stieß, ohne sich zu entschuldigen. Das heißt, einmal schaute sie sogar her, mir direkt in die Augen, stumm fragend, ob ich nicht wie die üblichen Erwachsenen reagieren wollte. Ich erwiderte den Blick, kurz, bis sie kichernd das Interesse an mir verlor. Ich konnte mich ja noch eine Weile an ihr erfreuen, währenddessen auf eine Zeitung starren, auf einen Artikel, der mich langweilte bei diesen Temperaturen, unter diesen Umständen.

Der Schaffner war schon durch. Selbst wenn es sein Beruf war, hatte er bestimmt keine Lust. Was ist das Schöne am Schaffnerberuf? Man kommt viel herum, trifft eine Menge Leute, interessante Leute. Waren diese Leute interessant, wenn sie einem nicht auf dem Schoß saßen? Käme er jetzt vorbei, simulierte den coolen Hund, indem er zum Beispiel sagte: »Na, geht's heute zum Baden?«, erntete er zunächst ein Lachen und würde, kaum hätte er ihnen den Rücken zugedreht, nachgeäfft, verarscht, deutlich, damit er es mitbekäme. Er hatte keine Chance hier. Genauso ich.

Ich vertiefte mich weiter in die Tiefen des Feuilletons. Und sagte nichts. Ich setzte eine Miene auf, die klarmachte, dass ich Ruhe wollte. Das sollte genügen. Ich war plötzlich nicht mehr zu sehen hinter der Zeitungsdoppelseite. Ah. In Berlin eine neue Sonderausstellung im ›Haus der Deutschen Geschichte‹. Da schau her. Werd ich mir nicht anschauen können, so wie's im Moment aussieht. Schade Marmelade. Und wie ich mir dachte ›Schade‹, wurde mir die Zeitungsdoppelseite von der Jugendlichen, die ungefragt auf meinen Schoß saß, heruntergerissen.

»Sorry«, sagte sie. Sie sagte: »Sorry.«

Ich glaube, ich grunzte. Nicht reagieren ging nicht. Jeder Mensch reagiert ständig auf irgendwas aus seiner Umwelt, manchmal unbewusst. Ich reagierte ebenfalls, aber mit so wenig Reaktion wie spontan möglich, nahe an der Nicht-Reaktion.

Sie sagte: »Sorry.« Und ich sagte nicht: »Keine Ursache, ich war selbst mal jung, macht nichts. Und: By the way. Was schaut ihr da gerade? Scheint unglaublich komisch zu sein. Schaut ihr die neue Staffel von Big Bang Theory? Sauklasse. Und was ist das überhaupt für ein iPhone? Ist das geil? Oder gar leider geil? Wisst ihr, by the way, dass Kinder in eurem Alter, jetzt in einer Fabrik, irgendwo da unten in Asien, 14 Stunden am Tag schrauben, ohne das Tageslicht zu sehen, 40 Grad in der Halle, zwei Liter schwitzen in der Stunde, um diesen überteuerten Apple-Schrott für euch hier zusammenzumontieren? Wisst ihr das?« Das sagte ich nicht.

Sie sagte ihr »Sorry« und grinste mich an, als erwarte sie etwas von mir. Eine Reaktion eines Erwachsenen.

Aus den Sitzen vor uns meldete sich ein Klassenkamerad: »Schau, jetzt wird's geil.« Das Mädchen auf meinem Knie machte es sich erneut darauf bequem und schaute nach vorn, damit sie nichts von dem, was da geil war, verpasste. Ich hatte meine Chance gehabt. Die Gegend, die wir so durchfuhren, war nett, war es ebenfalls wert, angeschaut zu werden, ohne geil zu sein. Geile Gegend. Wo gibt's denn so was?

Habe ich schon erwähnt, dass das kleine Abspielgerät Lautsprecher hatte, ziemlich beschissene, wenn man einen HiFi-Experten wie mich fragt. Selbstverständlich fragte keiner. Ich fragte mich, wer denn auf die Idee kommen konnte, diese Scheißgeräte überhaupt so auszustatten, dass man darauf etwas abspielen konnte. Wahrscheinlich die Rache dieser Kinder, die in Asien in den Fabriken schraubten. Sollten doch die blöden Europäer oder Amerikaner an dem Blechgedudel kaputtgehen. 14 Stunden in der Halle sind nichts gegen 30 Minuten in der Hölle. Auf einmal war es nichts mehr wert, den Musikantenstadel überlebt zu haben, denn was nachkommt ist immer schlimmer. Eben das 21. Jahrhundert.

Wir stiegen alle gemeinsam aus, als die Bahn in Seeg hielt. Sie verließ meinen Schoß ohne Weiteres. Es war kein Wort des Abschieds nötig. Wir rechneten offensichtlich nicht damit, uns jemals wieder zu begegnen. Ich war der Fremde hier, und sie würde hier niemals wegkommen, weil es hier alles gab, was man sich je zum Leben wünschen konnte.

Der Zug spie die Kinder aus und sie verzogen sich nach Hause, wo ihre Mütter an den heimischen Herden mit dem Essen auf sie warteten. Sie ließen mich zurück, ahnungslos, wohin ich musste.

Ich hatte Zeit, eine Menge davon. Sackweise Zeit. So reiste ich am liebsten – mit viel übriger Zeit. Zeit, die nicht gefüllt oder genutzt werden wollte, Zeit, die einfach nur da war für die Dinge, die spontan Lust darauf bekamen, in ihr zu passieren, die sich auch totschlagen ließ aus einer Laune heraus. Ohne Mörder, ohne schlechtes Gewissen.

Ein möglicher Weg führte über die Bahngleise die Hauptstraße hinab, der andere, diesseits der Gleise, hinauf. Ich selbst hatte mehr Lust auf Abwärts, denn ich fühlte mich obenauf, weil ich all den Stress und den Mist, der mich alltags drückte, hinter mir gelassen hatte. Ich musste mich aber von einem Wanderwegwegweiser nach oben schicken lassen.

Sommersonnentag. Schwitzen, dazu Gepäck: Den

Rucksack auf dem Buckel sieht er aus wie eine Suckel, der Wanderer, der ich war.

Es war an der Zeit, sich wieder einmal zu treffen. Die Klasse von einst. Der löbliche Tom hatte organisiert, der Schwaltenweiher sei dafür ein guter Platz. Im Allgäu, gut zu erreichen für die meisten. Ein Schloss war dort zu einem Hotel ausgebaut. Komfortabel, dafür aber noch relativ günstig zu haben. Man würde nicht viel Zeit auf den Zimmern verbringen. Eine traumhafte Landschaft bot sich uns als Kulisse. Für alle weit genug weg von daheim, sodass alle übernachteten und keiner überlegen musste, ob er nicht noch spät aufbrechen sollte. Keiner konnte entkommen und mit einer Ausrede – zum Beispiel wegen der Kinder – nach Hause fahren. Von Zeit zu Zeit sah ich die alten Freunde gern. Die meisten von uns hatten sich lange genug nicht getroffen. Da hatten sich eine Menge Geschichten angehäuft. Wir sind in den vergangenen fünf Jahren schließlich alle geworden, was wir sind und in den meisten Fällen auch bleiben werden, geht es zumindest nach uns. Ich bin Polizist. Viele haben sich was geschaffen, das wusste ich vom letzten Treffen vor fünf Jahren. Der sogenannte Platz im Leben war von den meisten eingenommen worden. Diesmal würden es wahrscheinlich noch mehr sein, die sich an einer festen Feuerstelle niedergelassen hatten. Und Erste würden vielleicht ihren ersten Platz schon wieder verlassen haben und auf der Suche nach einem neuen sein. Auf die freute ich mich am meisten. Die hatten den geringsten Grund, viel Zeit in ihren Zimmern zu verbringen, denn jede Minute unter Menschen konnte sie wieder einem neuen Glück näher bringen. Nur um nicht falsch verstanden zu werden: Ich bin nicht auf der Suche nach Glück, aber ich bin jederzeit offen. Falls ein Stück des Glücks abfiele von jemandem, den es neben mir voll erwischt, sage ich nicht nein.

Wegen der vielen Zeit war ich trotz des gemütlichen, einstündigen Fußmarsches und der Besichtigung der Seeger Kirche und der Eindeckung mit Mineralwasser im Seeger Edeka zwei Stunden zu früh da – ich war der Erste. An der Rezeption, die in einem Haus am See und nicht im Schloss untergebracht war, traf ich niemanden an. Hinter der Theke surrte eine Eistruhe vor sich hin. Ich läutete an einer kleinen Klingel, nichts passierte. Ich holte mir ein Eis und setzte mich nach draußen vor die Tür. Ein altes Männlein schlurfte gebückt an mir vorbei ins Innere. Wir grüßten uns. Nach einigen Minuten kam es wieder heraus.

»Haben Sie geläutet?«

Ich bestätigte und er wollte wissen, was ich wolle.

»Ich komme fürs Klassentreffen.«

Er winkte mir, ihm zu folgen. »Haben Sie reserviert?«

»Ja. Thomas Reiter sollte einige Zimmer gebucht haben.«

Er blätterte in einem eng beschriebenen Buch, lange, ohne etwas Relevantes zu entdecken. »Ich habe nichts.«

»Wir haben uns hier verabredet.«

»Ein Gruppe?«

»Ja. 60 Personen.«

»So? Alle heute Abend?«

»Haben Sie denn Zimmer?«

»Bis jetzt schon noch. Sind Sie der Einzige?«

»Nein, es kommen noch 50, 60 Personen.«

»Ah. Sind Sie vom Klassentreffen?«

»Ja, sage ich doch.«

»Wollen Sie ein Doppelzimmer?«

»Mir wurscht.«

»Wir haben eh nur Doppelzimmer.«

»Also. Ich habe mir gerade ein Eis genommen. Was bin ich schuldig?«

Er schlurfte ganz ruhig nach draußen, wo eine Tafel hing mit den angebotenen Eissorten. Erst als er vor der Tafel stand, fragte er »Welche Sorte?«

Der Mann gefiel mir.

Mein Doppelzimmer lag im ersten Stock des Schlosses mit Blick auf die Straße. Dahinter lag der Schwaltenweiher, in der nahen Ferne die Berge.

Ins Wasser, den Schweiß wegwaschen. Mich nackt machen, am Ufer so stehen bleiben, bevor ich in die Badehose und in ihr ins Wasser stieg. Es war ja noch keiner da. Flaches Wasser. Ich drehte meine Runden, schwamm in die Tiefe, wo es kalt wurde am Zeh. Als ich zurückkam ans Ufer, stand da ein Mann in kurzen Hosen. Ich erkannte in ihm den Friedrich.

Der Friedrich rauchte. »Servus. Wie ist das Wasser?«

Er hatte keine Badehose mit, hatte nicht bedacht, dass man hier – am See im Sommer – ins Wasser gehen konnte. Aber es war ja scheißegal, solange noch keiner da war, denn ich konnte ja gegen eine Zigarette aus seiner Schachtel auf seine Sachen aufpassen, Schmiere stehen sozusagen, falls schon einer käme, viel zu früh immer noch.

Leck mich, der Friedrich, der hat sich gehen lassen in den vergangenen fünf Jahren. Es hat ihm geschmeckt. »Ein Mann ohne Bauch ist ein Krüppel«, erläuterte er und lachte. Ich gab ihm recht.

»Alles klar?« Ich wollte nicht noch mal rein, ich war schon drin gewesen, das reichte erst mal.

Er prustete am Ufer entlang, betonte, wie gut das tue,

jetzt, an so einem Tag. Er bat mich um mein Handtuch. Konnte er haben, war eh nicht meines, war vom Hotel hier, würde ich eh nicht mehr benutzen, nachdem er seinen Stummel darin trocken getupft hatte und zwar so, dass ich es sehr gut sehen konnte. Ich bildete mir ein, jemand habe mal behauptet, dass Friedrich Männer mag.

»Alles klar. Muss ja.« Er rückte nah an mich heran auf der Bank und bot mir noch eine Zigarette und Feuer an. Nehme ich immer gerne.

Er hatte das Handtuch um seine Lenden und ließ den Rest seines Körpers an der Sonne trocknen. »Herrlich.« Die Haare auf dem Bauch.

»Ich habe leider total vergessen, was du machst«, sagte ich.

»Informatik.«

»Und?«

»Scheiße. Zuerst war ich selbstständig. Lief gut. Eine Zeit lang. Hab Websites programmiert. Aber das braucht heutzutage keiner mehr, die sind alle bei Facebook. So ein Dreck. Jetzt bin ich wieder ein bisschen an der Uni und ein bisschen frei. Alles nichts. Und bei dir?«

»Alles klar. Bin noch bei der Polizei. Ist so na ja. Am Anfang war's sehr gut. Und jetzt hänge ich so drin. Es wird immer schwerer. Wir sind – auf gut Deutsch gesagt – immer mehr der Arsch der Nation. Wenn's brennt, sollen wir da sein, ansonsten wirst du nur noch angemault. Mitten auf der Straße. Polizei ist Bulle, ist Spießer, ist Fußabtreter. Man soll immer jammern, wenn es geht. Ansonsten geht es ja. Katharina arbeitet und studiert jetzt wieder, nebenher, Fernuni Hagen. Kann man nichts sagen. Wir leben. Wir hätten beinahe geheiratet im vergangenen Jahr. Aber es gab einen Unfall.«

»Scheiße.«

»Uns ist nichts passiert. Aber den Pfarrer hat es erwischt. Ekelhaft. Jetzt warten wir wieder auf den richtigen Augenblick, um einen neuen Anlauf zu starten.«

»Vielleicht ist ein Moment, in dem man es sich noch mal überlegt, gar nicht schlecht.« Friedrich stand auf und streckte mir seinen unbedeckten Hintern entgegen. Dann zog er sich langsam an. »Habt ihr Kinder?«

»Nein. Wir sind nicht dazugekommen.«

»Nicht schlecht. Lass dir Zeit.«

»Wieso?«

»Ich hatte alles. Frau, Kinder. Alles weg, dann ging es noch beruflich abwärts. Wenigstens das Haus ist mir noch geblieben. Das haben wir mit einem Erbe gezahlt, aber ansonsten komm ich mir schon manchmal vor wie der heilige Hiob. Oder der liebe Augustin aus dem Lied.«

»Tut mir leid.«

»Du kannst ja nichts dafür, aber ich sag dir: Lass dir Zeit.«

Wir schwiegen. Ich fragte: »Warst du in Seeg in der Kirche?«

»Nein.«

»Barock, gleich hinter dem Edeka. Wenn dir morgen Zeit bleibt, dann geh da rein, ich war da beten vorhin.«

»Beten? Du gehst beten?«

»Natürlich. Das hilft.«

»Dann hast du ja was, Birne. Seit wann bist du denn katholisch? Ich glaube nicht, dass ich morgen beten gehe. Wir saufen uns heute voll und brauchen den Tag morgen, um wieder runterzukommen. Komm, lass uns saufen. Oder macht dir deine Kathi da Probleme?«

»Nein.«

»Mir macht auch keiner mehr Schwierigkeiten. Scheiße. Du, wenn die Lisi heute kommt, dann bums ich die heute Nacht. Die hat das letzte Mal schon gesagt, dass es bei ihr kriselt in der Beziehung.«

»Was? Die ist nicht mehr zusammen mit dem Uli? Dann ist auf dieser Erde ja gar nichts mehr gewiss.«

»Nicht mehr zusammen ist etwas übertrieben. Sie sind auf jeden Fall nicht mehr ein Herz und eine Seele. Und heut Nacht kriselt's nicht nur, da kracht's vielleicht sogar.«

»Viel Erfolg.«

»Sag mal, Birne, kannst du mir 1.000 Euro leihen? Du kriegst sie wieder. Nächsten Monat, ich versprech's. Du bist doch Beamter.«

Ich musste nicht antworten, nicht gleich. Keine hundert Meter von uns entfernt badeten Kinder und machten Radau. Sie konnten uns nicht sehen, weil wir uns hinter Gebüsch befanden, aber wir konnten sie hören. Jetzt kam eines von ihnen her zu uns. Ein Bub, 14 Jahre. Er wollte was. Von Friedrich. Er bat um Zigaretten. Friedrich fand es zunächst unglaublich, gab aber dann nach und spendierte drei Stück. Mir bot er bei der Gelegenheit noch eine an. Ich blickte dem Jungen nach und entdeckte in der Gruppe das Mädchen von meinem Knie wieder. Jetzt rauchte sie. Sie blickte nach oben, weil einer vor ihr stand und mit ihr redete. Es war der Portier unseres Hotels. Er wurde lauter, wir konnte nicht verstehen, wovon er sprach. Er bückte sich zu den Badematten, auf denen die Jugendlichen rauchend saßen und zog zwei abrupt weg, sodass die Jugendlichen darauf in den Dreck kippten und aufpassen mussten, um sich nicht an der Glut ihrer Zigaretten zu verbrennen. Wir verstanden jetzt »Arschloch«. Der Mann nahm das zum Anlass, dem Jungen, der uns angeschnorrt hatte, eine Watschen zu geben.

»Die müssen hier Eintritt zahlen«, wusste Friedrich. »Hier darf man nur als Hotelgast kostenlos baden.«

Ich ignorierte ihn und ging hinüber: »Was gibt's?«

»Die müssen zahlen, sonst müssen sie gehen. Jedes Mal.«

»Was müssen die zahlen?«

»Jeder 2,50. Aber das zahlen jetzt nicht Sie, das sollen die zahlen, sonst hole ich die Polizei. Dann gibt's eine Anzeige.« Vorhin, als er mir den Schlüssel gegeben hatte, war der alte Mann mir sympathisch gewesen. Jetzt zitterte er vor Wut. Die Jungen kamen wieder und wieder, wie ein Albtraum, er konnte nichts dagegen machen.

»Wissen Sie was?«, sagte ich zu ihm. »Ich bin zufällig bei der Polizei. Ich nehme die Anzeige auf, Sie müssen sich um nichts mehr kümmern. Ich regle das. Gehen Sie zurück zur Rezeption, da kommen gleich eine Menge Gäste. Die werden ungeduldig.«

Der Alte musterte mich einmal von oben nach unten. Er wollte noch was sagen, ich war ihm offensichtlich nicht geheuer.

»Ich nehme jetzt die Personalien auf«, sagte ich. »Zeigt mir eure Ausweise.« Die jungen Leute reagierten nicht. »Na los. Ich will eure Ausweise sehen.«

»Hab ich nicht dabei.«

»Versichertenkarte, Mofaführerschein. Und schnell, sonst vergeht mir meine gute Laune. Und die Zigaretten aus, aber plötzlich.«

Jetzt zückten sie ihre Geldbeutel, der Alte hob seinen Kopf, schnaufte schwer, ich sammelte die Papiere ein, schaute sie mir aber kaum an. Der Alte verschwand.

»Muss das sein?«, fragte das Mädchen.

»Nein.« Ich gab ihnen ihre Kinderausweise zurück. »Wir kennen uns vom Zug.«

Sie schauten mich fragend an. »Egal. Ihr könnt hier nirgends zum Baden hin?«

»Schon, aber hier ist's am Schönsten.«

Einer der Jungs mischte sich ein: »Die verlangen überall Geld. Voll scheiße. Mein Vater sagt, wir sollen uns einfach hinlegen, früher hätte das keinen gejuckt.«

»Sind Sie wirklich von der Polizei?«

»Ja, das bin ich. Aber heute bin ich privat hier, da geht es mich nichts an, was ihr macht.«

Sie schwiegen verlegen, bis einer sagte: »Danke.«

»Keine Ursache.«

Der Junge druckste noch: »Hätten Sie vielleicht noch eine Zigarette für uns?«

Ich lachte und kehrte zu Friedrich zurück.

WIRTSCHAFT

Begrüßungen, Umarmungen, auch mit denen, mit denen man damals nichts zu tun haben wollte. Es war Spätnachmittag und immer noch heiß, ich fühlte mich schon wieder klebrig an vom Schweiß. Man stand ein bisschen zusammen in der Nähe der Rezeption. Ein paar wollten noch mal hoch, sich hinlegen oder frisch machen nach der langen Fahrt mit dem Auto; andere wollten ins Wasser, nachdem ich erzählt hatte, dass ich schon drin war; einige schlugen vor, den See zu umwandern und die Gegend zu erkunden, solange bis alle eingetroffen wären und wir zum gemütlichen Teil übergehen könnten.

Ich landete mit einer größeren Gruppe am Tisch einer Wirtschaft in direkter Nachbarschaft zum Hotel. Auch hier hätte man das Bade-Gelände am See nur gegen Eintritt betreten dürfen, wir durften trotzdem durch, nachdem wir erklärt hatten, dass wir nur konsumieren wollten und uns nicht abkühlen würden. Das Kassenpersonal winkte uns nach einigermaßen zähen Verhandlungen schließlich durch. Jemand stellte fest, dass die hier alle einen ordentlichen Knall hatten. Immerhin hatten wir unseren eigenen Uferabschnitt beim Hotel; da konnten wir dann wie und wann uns danach war, die Hosen runter und uns zu Wasser lassen. Bitte sehr.

Lisi spielte einmal ganz wunderbar die Violine. Am Ende eines jeden Schuljahrs traten die Begabten des Abschlussjahrgangs beim Abschlusskonzert auf. Da begleitete das Schulorchester Lisi und sie konnte brillieren mit einem Violinkonzert von Mozart oder Brahms, was weiß ich. Ich war ziemlich beeindruckt, denn jemand, der Violinkonzerte spielen kann, flößt mir Respekt ein. Und damit gehört sie zu den anderen, also nicht zu uns, den ›Leckmichamarschigen‹, wie wir unter anderem bezeichnet wurden, zum Beispiel von Lehrern, die gern mehr aus uns gemacht hätten, die unsere Talente hätten entdecken und fördern mögen. Uns war alles immer egal, weil wir nichts so gut konnten, dass wir hätten brillieren können. Wir mussten, was wir nicht in den Fingern oder Beinen oder Gehirnen hatten, mit unseren Charakteren ausgleichen. Dadurch gerieten unsere Charaktere natürlich enorm unter

Druck, ständig waren sie unter Beobachtung: Wenn der schon nichts kann, ist er dann wenigstens ein netter Kerl, im Sinne von freundlich, hilfsbereit, aufgeschlossen? Kein Wunder, dass unter solchem Druck gelegentlich der ein oder andere Charakter platzte und uns Sachen anstellen ließ, worüber die anderen die Nase rümpften und »Nana« sagten, mindestens, oder: »Das war aber nicht nett.« Freilich war das nicht nett und oft geschah es im Suff, was nichts entschuldigt, um Gottes willen. Der Suff selbst sollte nicht vorkommen und es gab immer genug, bei denen er nicht vorkam. Warum er dann bei uns vorkam? Ich weiß es nicht, bis heute nicht. Manchmal sieht man klarer nach dem Saufen. Vielleicht war es diese Sehnsucht nach Klarheit, vielleicht wollte man sich was beweisen, und wenn wir sonst keine andere Möglichkeit sahen, war das immerhin noch möglich, das mit dem Suff.

Wobei man ja nie mehr so klar sieht wie mit 16, da muss man erst mal draufkommen, am besten, indem man älter wird und der Nebel der faulen Kompromisse sich über alles legt. Man sieht so klar wie nie mehr sonst, was schön und was hässlich ist. Lisi war schön und, seit man denken kann, mit einem sogenannten Uli zusammen, der ebenfalls Musik machen konnte und deswegen auch zu den anderen gehörte; anfangs war er einen Jahrgang über uns. Dann landete er in unserer Stufe, nicht weil er hatte wiederholen müssen, Uli doch nicht, nein, ein Jahr Australien, der Sprache wegen …

Sie saß jetzt hier am Schwaltenweiher neben mir. Von ihrer ehemaligen Schönheit war ihr das Meiste geblieben; es war nicht exakt dieselbe Schönheit, sie hatte sich schon verändert. Sie und die Schönheit mit ihr waren reifer geworden, nicht zum Nachteil ihrer Trägerin – wir waren schließlich alle gereift, und zwar über die Hochschulreife hinaus. Und dazu gehört die Entwicklung eines Sinns für die Reife, für die Schönheit, die in der Reife liegt. Die erkennt man mit 16 natürlich nicht. Kann schon sein, dass wir sie uns nur einbilden im Nebel, der um uns liegt.

Ich war der Erste am Tisch, der sich ein Nachmittagsweizen zu bestellen traute. Erst nach mir bestellten noch einige Weizen, manche dunkle. Und Susanne nahm sogar Rotwein. Ich suchte nach Anzeichen eines Alkoholproblems in ihrem Gesicht, fand aber keinen eindeutigen Hinweis – kein aufgedunsenes Gesicht, Nase in Ordnung, keine ungewöhnlich massiven Spuren der Alterung um die Augen und über dem Mund. Sie freute sich halt, da zu sein, unter uns. Wenn einer allerdings was behauptet hätte und von einer Drogensucht gesprochen hätte, hätte ich es geglaubt. Susanne suchte jetzt die Nähe von Tom, der dieses Treffen organisiert hatte. Er war immer mehr auf unserer Seite, damals zur Schulzeit und auch heute. Er sah fertig aus, aber in einem guten Sinn; er strahlte eine Fertigkeit aus, die anzeigte, dass er gelebt hatte und immer noch viel davon verstand. Er lebte intensiv. Die Höhen und die Tiefen. Es lag eine Packung Kippen vor ihm.

Vor fünf Jahren, als wir das letzte Mal in dieser Runde zusammengekommen waren, hatten alle noch geraucht, ausnahmslos, zumindest später am Abend, als alle schon was getrunken hatten. Es war zweifellos gut, dass wir so weit weg waren von zu Hause. Damit standen die Chancen gut, dass die Veranstaltung an diesem Abend eskalierte. Wenn sich nur einer zusammengerissen hätte, weil er noch hätte fahren müssen, wäre die Stimmung im Eimer gewesen. Dann hätte es einen gegeben, der am nächsten Morgen keine Leichen im Keller gehabt hätte und schon hätte sich der nächste beherrscht, um sich nichts nachsagen lassen zu müssen. Und die Beherrschung hätte die Runde ergriffen, hätte ihr das Leben ausgesaugt wie ein Vampir. Ich wäre wieder der Einzige oder einer von maximal dreien gewesen, die irgendwohin gekotzt, jemanden beleidigt oder sexuell überrumpelt hätten. So aber würden alle sich daneben benehmen. Oder auch nicht. Alles konnte, nichts musste.

Hatte er sich gut ausgedacht, der Tom, bei der Organisation. Ich wollte da nur noch hin, wenn da Dinge passierten, über die man besser schwieg, wenn zu den alten Geheimnissen von damals neue dazukamen. Das heißt nicht, dass ich von Anfang an die Absicht hatte, mich in irgendetwas hineinziehen zu lassen. Die Nähe jedenfalls, die Susanne zu Tom suchte, war auffällig.

Und Lisi war nun neben mir gelandet, sie wollte weder mit Weizen noch mit anderem Alkohol anfangen und auch mit Uli nichts mehr, so wie es aussah. Der saß weit von uns entfernt am anderen Ende des Tisches, hatte ein Apfelschorle vor sich und unterhielt sich angeregt; oder besser gesagt: Er dozierte über sein interessantes Leben als Musiklehrer am Gymnasium. Er leitete nun das Schulorchester, sie führten Violinkonzerte auf, von Mozart oder Beethoven.

Lisi hatte Eiskaffee vor sich und neben sich mich. Ich wusste nicht mehr, ob ich sie vor fünf Jahren gefragt hatte, was aus ihr geworden war. Wahrscheinlich hätte ich es mir gemerkt, wahrscheinlich habe ich demnach also nicht gefragt.

Auf einmal schämte ich mich. Ich hatte Angst vor der Frage, was aus mir geworden war und davor, dann antworten zu müssen, dass ich bei der Polizei gelandet bin.

Was ich dort suchte, konnte ich selbst nicht beantworten. Ich war bequem geworden. Regelmäßig Geld auf dem Konto, beinahe eine ebenso geregelte Arbeit. Nach außen hin hätte ich zufrieden sein können, hätte zumindest so tun können. Trotzdem passte es nicht. Von innen her. Da war zu viel, was nicht so lief, wie es sollte, und ich sah keine Möglichkeit, viel dran zu ändern. Die Strukturen. Es war schon immer so. Viele von den Kollegen packte ich nicht, die waren nicht mein Niveau, ich konnte nichts mit denen anfangen. Und die, die ich mochte, waren gefrustet, aus ähnlichen Gründen. Ich erzählte gerne, wenn ich gefragt wurde, dass ich zu dem Beruf gekommen bin wie die Jungfrau zum Messias. Ich hatte das nicht gelernt, ich hatte diesen Weg nie vor. Und plötzlich wollten die einen wie mich, einen Quereinsteiger, einen vermeintlichen Querdenker. Mein Leben lang hatte ich mich treiben lassen und dabei ist es mir nie schlecht gegangen. Da habe ich wohl Glück gehabt. Ich habe mich nie beklagen müssen. Wäre es anders gelaufen, hätte ich wohl mal ans Ruder greifen müssen.

Ein Lisi-Erlebnis hatte ich, als sie noch eine von den anderen war. Es fiel mir ein, als ihr der Eiskaffee gebracht wurde. Danach hätte sie mich haben können, wenn sie es ernsthaft versucht hätte, was sie aber nicht probiert hat. Leider vielleicht. Wenn man sich ein bisschen arrangieren kann, sind Schulen keine schlechten Orte. Man wird im Großen und Ganzen in Ruhe gelassen und trifft, wenn man es geschickt anstellt, täglich auf anregende Menschen. Mit denen kann man sich, sobald man genug Input für den Tag abbekommen hat, an anregendere Orte verziehen. Dort kann man dann in Wiederkäuermanier den zuvor erhaltenen Input hochwürgen, erneut betrachten und bei einer guten Tasse Kaffee in einem geistvollen Gespräch gründlich reflektieren. Also.

Das Café, von dem ich spreche, war weg von der Straße und hatte einen Raum im ersten Stock, in dem man sich separieren konnte. Man war dort in Sicherheit. An dem Tag, von dem ich spreche, hatten es mir dringende Geschäfte unmöglich gemacht, rechtzeitig zum Stundenanfang im Klassenzimmer zu erscheinen. Ich hatte die Wahl, zu spät zu kommen und mich wie ein geschlagener Hund unter dem Hervorbringen von irgendeiner demütigenden Entschuldigung auf meinen Platz zu schleichen, nur um dann eine Doppelstunde Scheiß-Erdkunde oder etwas vergleichbar Belangloses über mich ergehen zu lassen. Oder gleich zum Café zu gehen, wo ich hoffte, auf andere zu treffen, Freunde, deren Aufbruch ich verpasst hatte, weil ich zu spät war.

Ich ging zum Café; dort war niemand. Das hieß, sie waren anderswo. Es gibt immer eine Alternative. An diesem Tag war's die Alternative. Sie war ein noch weiteres Stück zu Fuß entfernt, deswegen noch sicherer: Man konnte dort nicht von zufällig vorbeiflanierendem Lehrpersonal gesehen und ertappt werden. Es war größer dort, offener, Anlaufpunkt für andere Schulen. Ich hatte in dem Sinn Pech gehabt, wenn man so will. Auf der anderen Seite vielleicht Glück, denn nur weil keiner von uns da war, war der Raum ja nicht leer: Es war eben Lisi da, Lisi und ihre Geige. Lisi lernte oder las irgendwas. Sie war ganz und gar darin versunken. Ihre Geige oder Violine oder Bratsche lehnte an ihrem Stuhl. Weil wir immerhin im selben Jahrgang waren, fragte ich um Erlaubnis, also ob ich mich setzen dürfte, auf einen Schwarztee oder so. Und sie, sie freute sich regelrecht – hatte ich jedenfalls den Eindruck –, dass ich da war und mich zu ihr setzte. Ihr war das, was sie da lernte oder las, eh zu fad.

Wir hatten noch nie miteinander gesprochen. Was hätte ich mit ihr. Außer Hallo. Freundlich. Ich immer freundlich. So ein Lachen gegen das Grau des Tages und den Gram im Herzen. Dagegen kannst du nur anlachen, und dieses Lachen am besten mitten hinein ins Gesicht des Gegenübers, egal, wer's war. Da war's am besten aufgehoben, da wirkte es unter Umständen nach, bis dieses Gegenüber einem neuen Gegenüber und so weiter. Und wenn man Glück hat, kommt es zurück, dann kann man es einstecken, nach Hause, dort aufbewahren für den nächsten Tag und das nächste Gegenüber. So viel zu Lisi und mir bis zu jenem Tag in jenem Café, das es inzwischen längst nicht mehr gibt, das gewichen ist einem Ein-Euro-Laden, dem großen Gleichmacher der Straßen.

»Was hättest du jetzt?«, haben wir uns zuerst gefragt.

Damit konnten wir reden, fast eine Stunde. Jedes Fach hat einen Lehrer und jeder Lehrer hat Geschichten. Wir lachten. Mir gefiel das, sie zum Lachen zu bringen. Wenn ich schon nichts Außergewöhnliches konnte, bewies das, dass ich ein netter Kerl war. Ich konnte mit Menschen. Wir hatten mit unseren Lehrern eine Menge Stoff auf dem Tisch, eine Menge Material durchzuarbeiten, bis wir endlich zu anderen Themen durchdrangen.

Sie erzählte, dass sie gar nicht von Anfang bei uns gewesen sei. Das wusste ich nicht. Sie sei zu uns gekommen wegen der Musik. Sie kam zu mir wegen der Musik. Aber was hatte ich mit Musik zu tun?

»Wenn du so lange üben musst jeden Tag, dann bleibt dir ja kaum Zeit.«

»Ich will das. Ich will mit der Musik später mein Geld verdienen.«

»Ich weiß nichts, was ich jeden Tag so lange machen will, dass ich damit sogar Geld verdienen kann.«

Inzwischen war ich bei der Polizei und da machte ich sogar acht Stunden am Tag eine Scheiße, dass mir vier Stunden Geige üben am Tag direkt lächerlich vorkam. Hätte ich damals nur vier Stunden Geige geübt am Tag. Nur vier Stunden. Was habe ich denn stattdessen getrieben? Mir fiel plötzlich nichts mehr ein. Meine Erinnerung war ein leerer Raum. Es gab die Schule, es gab Cafés und Tees – doch damit sind die Tage meiner Jugend noch nicht voll. Abends ab und zu Bier, aber auch damit ist die restliche Zeit nicht ausgefüllt. Was war passiert? Ich wusste es nicht mehr.

Ich fragte Lisi: »Spielt du noch Geige?«

Und sie sagte: »Bratsche« und »Nein, schon lange nicht mehr.«

»Du wolltest davon leben.«

»Ich habe ein paar Mal vorgespielt, ich war immer nur beinahe drin.«

»Tut mit leid.«

»Mir nicht mehr.«

»Du hättest das Talent gehabt. Das weiß ich. Oft wollen die an den Hochschulen nur sehen, dass es einem ernst ist. Verstehst du? Nicht dass du da vorgeigst, heiter anfängst im Winter und im Sommer feststellst, dass du dir das ganz anders vorgestellt hast, und abbrichst.«

»Alles klar, Birne, du kennst dich aus.«

»Deswegen wollen die, dass du nur im nächsten Jahr noch mal anrückst, dann bist du dabei, weil sie wissen, dass das dein Traum ist, Musik, und dass ein Jahr nicht genügt hat, ihn zu vertreiben.«

»Es ist gut so, wie es gekommen ist.«

Sie hat mir damals im Café gestanden, dass sie nur blaumache, weil sie sich vor einer Ausfrage drücken wollte. Sie war nicht vorbereitet, es hätte ihr den Schnitt versaut. Den Schnitt. Sie kicherte.

»Wieso bist du denn nicht vorbereitet?«

Jetzt wurde sie ernst und still, starrte vor sich in die leere Tasse.

»Ich glaube, ich habe Scheiß gebaut. Vorgestern.«

»Verstehe. Du hast nicht geübt.«

»Du bist ein Depp. Ich muss dringend zum Arzt. Ich habe nur 48 Stunden Zeit.«

»Mindestens. Würde ich sagen.«

»Darauf lass ich es ankommen. Darum geht es nicht.«

»Sollen wir einen Schnaps trinken?«

Sie ließ sich darauf ein. Schnaps zur ersten Stunde. Das war sogar für mich das erste Mal. Sie vertrug es gar nicht, wurde rot und wollte dann aufs Klo. Sie kam mit glasigen Augen wieder.

»War zu viel am Morgen?«

Sie fand es nicht witzig, heulte los und hielt mir die Hand. »Was soll ich nur machen?«

Ich hatte keine Ahnung. »Wo ist Uli?«

»Der darf das nicht erfahren. Bist du verrückt?«

Oh.

So jung und schon so einen Wirbel beieinander. Ich lebte doch nicht so schlecht. Sie umklammerte meine Hände, schaute mir tief in die Augen. War das der Augenblick? Ich beugte mich vor, suchte ihre Lippen. Im Nachhinein konnte es immer noch der Schnaps gewesen sein. Nun, ich gebe zu, dass ich auch damals nicht das Gespür für das richtige Timing hatte. Sie stieß mich von sich. Ich entschuldigte mich mit einem Kompliment, was sie überraschenderweise gar nicht so daneben fand.

»Gehst du mit?«

»Wohin?« Ich wäre mit ihr überallhin gegangen, wenn ich noch einen zweiten Schnaps bekommen hätte.

Sie wollte, dass ich sie zum Arzt begleitete. Kein Problem. Sie hakte sich bei mir ein. Wir mussten warten, keiner traute sich, was zu sagen. Ein junges Paar beim Frauenarzt um diese Zeit, da war keine Erklärung nötig. Rein musste sie allein.

Als sie rauskam, fragte ich sie, ob alles in Ordnung sei. Es war alles in Ordnung, sie wollte mich nun loswerden. »Zur Apotheke kann ich allein gehen.«

»Dann soll ich warten?«

»Nein. Das mit dem Alkohol war eine Schnapsidee. Kann sein, dass es nicht wirkt.«

»Tut mir leid.«

»Schon in Ordnung. Sonst wär ich womöglich gar nicht gegangen. Tschüss.«

Und erst als ich mich wegdrehte, hörte ich ein leises »Danke«.

Kein Wort mehr darüber zu keiner Zeit. Ich bin nicht einer, der nachfragt. Wirklich nicht.

»Wie geht es Katharina?«

Ebenfalls neben mir saß Teddy. Er fragte nun. Teddy war richtig dürr geblieben. Er roch streng, ihn musste mal jemand ans Duschen erinnern. »Ich habe gehört, was passiert ist. Schrecklich. Du arme Sau.«

»Du, ich bin keine arme Sau«, antwortete ich ihm. »Nix für ungut. Das, was passiert ist, hat mich manches klarer sehen lassen. Was uns so wichtig ist, ist manchmal der größte Dreck. Und das wirklich Wertvolle sitzt manchmal direkt neben uns und wir könnten es uns einfach nehmen, wenn nicht der Müll, mit dem wir unseren Alltag vollstellen, uns die Sicht darauf zerstört. Das ist mir jetzt bewusst.«

Ich wurde angebettelt, die Geschichte zu erzählen. Ich zierte mich und gab dann nach. Ich erntete Staunen und Bewunderung. Während unserer kirchlichen Trauung wurde der Priester das Opfer eines Sprengstoffanschlags. Irrer geht es nicht. Ich hatte mal wieder ein Highlight erlebt. Danach erzählte ich von meiner Zugfahrt hierher, dass sich ungefragt jemand auf mein Knie gesetzt habe. »Ein Mädchen, das sehen wollte, was im Sitz vor uns vor sich geht.«

»War sie hübsch?«, fragte Friedrich, der mit seinem Weizenkonsum weit an uns vorbeigezogen war.

»Kann ich dir nicht sagen. Kann ich überhaupt nicht beurteilen. Sie war zu jung.«

Uli mischte sich ein vom anderen Ende. »Respektlos. Die sind alle respektlos. Ich erlebe das jeden Tag in der Schule. Wenn sie was von dir wollen, dann können sie manchmal freundlich sein. Aber ansonsten wird nur gefordert. Die Erwachsenen und die anderen Schüler haben zu liefern und still zu sein. Eine schreckliche Generation kommt da auf uns zu. Absolut verantwortungslos. Ich mach mir Sorgen um den Standort.«

Ich wollte widersprechen, ein paar aufzählen, die ganz nett sind. Ich fand das nicht so tragisch, was da im Zug vorgefallen ist, mehr ein Beweis für eine Unbekümmertheit, die diese Jugendlichen bereits in einem halben Jahr würden abgeschüttelt haben. Es war Lisi, die richtig scharf dazwischen fuhr: »Wir waren kein Stück besser. Uns ging's auch vor allem nur um uns. Lass die Jugend in Ruhe.«

MAHLZEIT

Irgendwann kam die Frage nach dem Fressen auf. Die meisten hielten es für vernünftig, es an Ort und Stelle abzuhalten, anstatt die vier, fünf Weizen, die wir im Schnitt eben als Aperitif konsumiert hatten, woanders hinzutragen.

Auszug aus einem ›Gourmet-Führer für den kleinen Mann‹: *Es ist abgrundtief wurscht, wie gut das Essen oder das Ambiente eines Lokals sind. Wenn die Gesellschaft, in der Sie sich befinden, keinen Wert hat, kann der Koch noch so vor Sternen sprühen, es wird Ihnen nicht schmecken, nicht ums Verrecken. Dabei ist es im zivilisierten Mitteleuropa immer noch besser, über Geschmack zu schwafeln oder einen Fetzen Fleisch als zu durch oder halb gar zu bezeichnen, sich diese oder jene Gurke etwas knackiger zu wünschen, als sein Gegenüber geradeheraus ein Arschloch zu heißen und ihm die Rechnung hinzuwerfen. Im Sinne von: Diese Euros hätte man sich sparen können.*

In dem Fall allerdings: Das Essen hat gepasst. Für mich gab es etwas mit Fleisch, wobei ein Kriterium für meine Wahl die spätere Kotzbarkeit des Halbverdauten war. Nicht dass ich es von vornherein darauf anlegte, aber Vorsicht ist die Mutter der Weisheit.

Die Sonne versank am Horizont hinter den Bergen. Das schaute so höllisch schön aus, das tauchte die Welt in ein so zauberhaftes Licht, dass ich mir beinahe in die Hose gemacht hätte, weil ich mich nicht aufzustehen traute, mich nicht im Keller vor ein trauriges Pissoir stellen wollte, solange dieses Schauspiel andauerte. Ich war zum Glück nicht der Einzige, den dieser Drang plagte. Tom hatte schließlich die Courage aufzustehen, sich an den See zu stellen und es einfach plätschern zu lassen, den Rücken der versammelten Gesellschaft zugewandt. Außer mir folgten noch einige andere seinem Beispiel, wir fühlten uns glücklich und frei dabei. Die Badegäste, die bezahlt hatten, waren größtenteils verschwunden, wir waren unter uns. Die Frauen taten ein bisschen empört, was uns einfalle, aber erste scherzten schon, wir sollten uns umdrehen, man bekomme sich so selten so zu sehen. Ich behaupte, mit diesem Akt fiel ein guter Teil der Etikette, die uns bis dahin noch gefesselt hatte. Jetzt endlich sahen wir uns so wieder, wie wir uns aus den Augen verloren hatten. Jetzt waren wir unter uns, abgesehen vom Bedienungspersonal. Aber die konnten uns genauso am Arsch lecken wie die letzten Badegäste.

Die vom Lokal wollten uns loshaben. Wir hatten gegessen, fest getrunken, wir hatten alle ordentliche Rechnungen. Ich war gut drauf, ließ eine Runde Schnaps kommen, danach wurde abkassiert, was ewig dauerte, nicht nur weil ein paar nicht mehr wussten, wie viel sie wovon gehabt hatten, sondern auch, weil der Kellner nicht auf Zack war.

»Du schaust gut aus.« War mir rausgerutscht. Wie kam

ich dazu, jemandem zu sagen, er oder sie schaue gut aus? Ich war quasi-verheiratet. Ich lüge nicht damit. Es hat nicht viel mit Wahrheit zu tun, jedem alles sofort ins Gesicht zu sagen. Da wirst du nie fertig, wenn du jedem sagst, was du über ihn denkst. In den meisten Fällen hältst du das Maul, weil dich der andere nichts oder zu wenig angeht. In dem Fall habe ich es einfach gesagt. Lisi freute sich, klar, muss ja nicht sein, dass jemand das zu ihr sagt und muss schon gar nicht sein, dass ich das zu ihr sage. Sie meinte jedenfalls, dass ich auch nicht schlecht aussähe. Was jetzt passiert wäre, wenn wir allein gewesen wären, weiß ich nicht. Wir waren nicht allein. Alle waren um uns und das Hallo insgesamt groß. Auf dem Weg nach oben zum Hotel schlich sich Uli neben mich und sagte: »Birne, lass es. Heute nicht.« Es klang nicht nach einer Bitte.

TERRASSE

Wir zogen um aufs Schloss, setzten uns raus auf die Dachterrasse. Wir blieben draußen, solange der Abend es erlaubte. Ich redete mit den Männern, die früher meine Klassenkameraden waren. Friedrich war gut informiert über die meisten, er gratulierte Teddy zu seinem Erfolg. Der lächelte verschämt und zündete sich eine an. Wir erkundigten uns nach dem Wesen seines Erfolgs und schnorrten Rauchwerk.

Friedrich sagte: »Teddy hat ein Buch geschrieben, einen

Kriminalroman; ich hab's gesehen im Buchladen bei mir daheim.«

Beifall von allen Seiten. Teddy wurde ganz verlegen, er wand sich im Mittelpunkt des Interesses: »War alles nicht so gemeint, war was Persönliches, heimlich für eine Jugendliebe geschrieben, was in die Hände eines Freundes geriet, der meinte: Probier's. Such dir einen Verlag. Der Freund kannte wiederum einen anderen von einer Party. Dort hatte er ihm erzählt, dass es ihm gelungen war, einen Verlag zu finden mit einem Thriller-Manuskript. Also hab ich es versucht.«

Und dann? Erzähl weiter. Spann uns nicht alle so auf die Folter, Teddy.

Friedrich sagte: »Ich hab's gesehen und gleich gekauft; ich hab's sofort gelesen und meine Exfrau auch. Wir haben beide gesagt: der Teddy. Beim Lesen haben wir uns die ganze Zeit den Teddy vorgestellt, wie er da schreibt.«

Über uns leuchteten die Sterne, sie spiegelten sich im Schwaltenweiher. Wir tranken Bier, die Kästen waren mitgereist in den Kofferräumen der Autos: große SUVs von groß gewordenen Männern und Frauen, die nach oben gestiegen waren auf Karriereleitern. Und Familienwägen, mit denen die angereist waren, deren Ehemänner und Ehefrauen heute Abend auf die Kinder aufpassten. Keine Blechkübel mehr oder Studentenkicken wie beim letzten Mal noch vor fünf Jahren. Ich war der Einzige, der mit dem Zug reiste. Aus ökologischen Gründen. Ich teile mir ein Auto mit Katharina, ich hätte es haben können fürs Wochenende.

Alle hatten es mehr oder weniger zu etwas gebracht. Keiner war abgestürzt ins Asoziale oder in eine Form des Alkoholismus. Das war bemerkenswert, denn dem ein oder anderen hätten wir es durchaus seinerzeit zugetraut, hängen zu bleiben. Wir hätten ihm eine kurze schwere Zukunft prognostiziert, stellten wir fest, nannten jedoch keine Namen. Natürlich fühlte sich der eine mehr, der andere weniger angesprochen. Einige hatten sicher ihre Geheimnisse im Gepäck, die legten sie nicht gleich auf den Tisch. Eine gewisse Distanz galt es zu wahren. Ich wurde still. Ich war noch nicht auf dem Trockenen, ich hatte noch was zu leisten, worauf ich deuten könnte im Lebenslauf, wenn plötzlich der Schnitter vor mir stünde, um mich wegzuholen. Ich hatte noch keine Kinder, kein Haus, noch nicht einmal geheiratet. Dafür hatte ich schon einen umgelegt und war dafür noch von keinem irdischen Gericht zur Rechenschaft gezogen worden.

Friedrich wollte unbedingt kiffen. Er packte eine Plastiktüte aus und baute munter drauflos. Er fand wenig Anhänger. Kaum einer wollte ziehen, als er seinen Joint kreisen ließ. Diese Zeiten waren also vorbei. Tom ließ sich überreden.

»Was ist los? Du hast doch früher nicht nein gesagt zu einem guten Kraut.«

»Ich soll langsamer tun, sagt der Arzt.«

»Der Arzt?« Friedrich lachte auf.

Ich redete mich auf meinen Kreislauf hinaus. Bei mir ist das nicht gelogen. Es hatte mich schon ein paar Mal einfach so, ohne erkennbaren Grund, umgehauen. Schwarz vor Augen und weg. Die Ärzte fanden nichts, sagten das Übliche: Überarbeitung, Stress und so weiter. Kann es bei mir eigentlich nicht sein. Aber auch das sagen alle.

Teddy nahm den Joint. Sein dürrer Körper. Der ernährte sich von fast nichts Festem, so wie es schien. Ich ließ ihm die Freude.

»Oh, müssen wir jetzt aufpassen, weil ein Bulle bei uns sitzt?«, fragte Friedrich.

»Friedrich, ich bitte dich.«

Susanne konnte es immer noch nicht fassen, dass ich bei der Polizei gelandet war. »Ausgerechnet der Birne.«

»Wo hättest du denn gedacht, dass ich lande?«

»Keine Ahnung. Was Künstlerisches. Beim Theater oder beim Kabarett. Du hast seinerzeit die Runde unterhalten. Jetzt bist du auf einmal so ernst. Du hast dich wirklich verändert, Birne. Lach mal.«

»Ich lache nur noch, wenn ich muss.«

Tom fand das witzig.

Weil es langsam kalt wurde, zogen wir ins Innere um.

SCHLOSS

Mit dem Promillemanagement tat ich mich schon einmal erheblich leichter, gebe ich zu. Rein medizinisch kann ich dir das nur ungefähr so erklären: Promille ist der Schnaps, den du im Blut, genauer im deinem Körpersaft mit dir trägst. Wenn man schwerer wird, dann passt mehr Saft in einen rein. So viel Saft in einen reinpasst, ist auch immer in einem drin. Rein anatomisch bin ich immer schwerer geworden. Seit Geburt. Was ganz anderes ist das, was der Schnaps im Kopf anstellt. Je mehr Schnaps einem was im Kopf anstellt, desto weniger stellt der einzelne Schnaps im Kopf an. Das fasst mein Problem gut zusammen. Früher in meinem Leben, also Jahre näher an meiner Geburt als jetzt, gab's praktisch laufend was zum Saufen, da suchte ich nicht krampfhaft nach Anlässen, da soff ich lieber. Nur wenn's einen Anlass gab, hab ich darauf verzichtet. Aber was waren das für Anlässe? Anlässe, auf die man eigentlich geschissen hat. Jetzt ist es umgekehrt, es hat sich was verändert im Vergleich zu früher. Ich nenne es Erwachsenwerden. Erwachsenwerden ist albern, leider, irgendwie geht es dabei um Geld, viel Geld; und wegen des Gelds nehm ich das auf mich. In zweiter Linie geht es natürlich um den Körper. Machte ich jetzt nur ein, zwei Monate so, wie ich es einst ganze Jahre trieb, wäre ich sofort am Arsch. Ich ließe es wieder, weil am Arsch sein keinen Spaß macht. Ich mach es nicht mehr, weil es keinen Spaß macht – wieder ein Erwachsenensatz.

An dem Abend allerdings das Gegenteil: Da legten wir uns noch mal so richtig ins Zeug. Und so richtig kann ich nicht mehr in meinem Alter, das geht in der Regel schief und zwar noch am selben Abend, nicht erst am nächsten Morgen, wenn ich dann merke, dass an diesem Tag nichts anzufangen ist mit mir. Am Anfang meiner Trinkerkarriere habe ich das Saufen gesellschaftlich eingesetzt. Das habe ich bald gelernt. Das Gegenüber habe ich mir erträglich gesoffen, schnell, der Rest des Abends war dann irgendwie lustig. Sehr gut habe ich das gekonnt. Und das hat auch prima bei den Weibern funktioniert. Im Prinzip haben sie ja alle was Schönes. Das Schöne habe ich mir dann hergesoffen, damit war ich sofort verliebt und der Abend hatte einen Sinn.

Erwachsen kann ich das nicht mehr. Ich saufe los, es wird immer noch lustig, ich saufe weiter, es macht bumm, ich bin rabenzu, voll wie ein Haubitze. Sitzen, weiter schütten, nur nicht mehr aufstehen, am besten auch nicht mehr reden, kommt eh nur noch Scheiß, aber um jeden Preis keine Aktionen mehr mit Körperteilen unterhalb der Nieren: nicht mehr gehen, nicht mehr urinieren und vor allem bitte nicht mehr bumsen. Entschuldigung. Es gäbe natürlich andere Wörter, bessere, anständigere, doch das Gewurschtel in diesem Zustand verdient keinen anderen Begriff.

An dem Abend war es anders, das Gegenteil. Warum auf einmal, weiß ich nicht, vielleicht lag es daran, dass ich mich umgab mit Menschen, mit denen ich jung war seinerzeit. Mit denen ging es wieder, es wurde sogar besser. Ich wurde laut, freute mich an den eigenen Worten, an meiner Brillanz und Geistesschärfe. Andere umringten mich, um mir zuzuhören. Sie amüsierten sich, ich unterhielt sie. Auch Lisi. Hatte ich sie vorhin bereits schön genannt, es ihr ins Gesicht gesagt, wollte ich jetzt auf einmal richtig loslegen: Sie ganz allein für mich haben und sie ununterbrochen loben für ihr schönes Gesicht, ihre perfekte Art, sie das absoluteste unter den Geschöpfen heißen. Nur damit sie es selbst weiß, mehr nicht, mehr war nicht meine Absicht. Sie sollte das wissen und erfahren aus meinem Mund. Dazu eventuell eine geteilte Zigarette, draußen unter dem Sternenzelt, wo's romantisch ist. Alles. Weil ich praktisch verheiratet bin, ich habe schon einen Altaranlauf hinter mir, der endete tragisch, was aber nichts änderte an unserer Liebe, der reinsten, größten und aufrichtigsten, seit die Menschheit dieses Gefühl entdeckt hat.

Immer wenn ich bescheiden bin, gibt es einen, der mehr will, der unter Umständen alles will, was ich liegen gelassen hätte. Ich greife nicht jede Gelegenheit, bei mir muss nicht Konsum um jeden Preis sein. Ich verzichte, wenn sich kein anderer interessiert. Wenn sich aber ein anderer interessiert, dann überlege ich schon. Muss nicht sein, aber wär was, denk ich mir dann. In dem Fall wurde die Begierde nach Lisi so vehement, dass sogar mein Turm aus guter Laune ins Wanken kam.

Teddy nahm Lisi auf die Zigarette, die ich gern mit ihr gehabt hätte, mit nach draußen. Ich nach bei der nächsten Gelegenheit. Vorwand: Pissen. Dort standen sie, zu zweit unter dem Schein der Sterne, und hatten sich ihre Glut gerade angesteckt. Ich mit dem Wort »So« an beiden vorbei in die sogenannten Büsche, mich erleichtern, nicht schlecht, durchaus angebracht, gebe ich zu. Der Plan: Auf dem Rückweg ins Haus, mich auf eine Geschnorrte dazustellen und ihr oder ihnen einfach nicht von der Seite weichen. Und würde es morgen und alle führen schon heim – ich bliebe bei ihr.

Die Zeit, die ich brauchte, um die Hose aufzumachen, meinen Zipfel rauszuholen, ihn durchzuspülen, durch ihn einen Liter körperwarmen Safts zu jagen, ihn auszuschütteln, die Hose über ihn zu ziehen und ihn damit zu verbergen, zurückzugehen, die Zeit genügte ihnen, in Stimmung zu kommen, sich mit ihren Körpern anzunähern, sodass ein Dazwischenzwängen nicht mehr möglich war. Ich ärgerte mich. Ich ging zurück ins Haus, ließ mir Schnaps ins Glas füllen, wollte rasch so weit kommen, dass ich vom Rest nichts mehr wüsste am nächsten Tag; nur noch ein paar wenige wüssten was. Sie hatten weniger Grund oder Lust, sich ins Eck zu jagen, sie würden eine Zeit lang grinsen, wenn sie einen sähen, zufällig auf der Straße, und deswegen aber nichts rauslassen. Ich ging zurück zum Tisch, um mich zuzurichten, wie es sich für einen Erwachsenen nicht ziemt, absolut. Ich prostete Uli zu. Dem war schon manches egal. Er konnte nicht mehr. Hatte die Schlacht um Lisi schon aufgegeben. Ich mochte ihn nicht mehr. Jetzt war der Herr Schriftsteller an der Reihe.

Es passierte noch mal was, womit ich nicht gerechnet hatte und was mich hinderte, mich volllaufen zu lassen, was mir gefiel. Ich wurde selbst angebaggert. Wenn so etwas passiert, kriege ich es oft nicht mit, weil es mich nicht wirklich interessiert, aber in dem Fall war es kristallklar, da wurde auch ich aufmerksam.

Die Irmi wollte erst wissen, wie's mir so geht und dann, ob ich ›liiert‹ sei. Sie hat liiert gesagt. Ich weiß gar nicht, was das Wort bedeutet. Das hab ich ihr gesagt. Sie hat das wiederum irgendwie verstanden, wie genau weiß ich nicht, wahrscheinlich hat sie gemeint, ich würde sofort mit ihr rumknutschen, wenn diese Leute, von denen wahrscheinlich wieder eine Menge wissen, dass ich irgendwie liiert bin, nicht hier wären. So habe ich es aber gar nicht gemeint. Aber auch nicht so, dass ich überhaupt nicht mit ihr herumgeknutscht hätte, wenn diese Leute nicht um uns gewesen wären. In dem Fall hätte ich allerdings auch ohne diese Leute nicht mir ihr geknutscht, weil ich immer noch damit rechnete, dass die da draußen, der Teddy mit meiner Lisi, nur rauchen und gleich wieder reinkommen würden wie zwei, die eben draußen nur eine geraucht haben. Ich hätte jetzt gern auch einfach nur eine geraucht, traute mich aber nicht, das auszusprechen, weil ich Angst hatte, dass die Irmi dann meint, sie könne mit mir raus und es ginge mir dabei gar nicht darum, nur eine zu rauchen, weil die Irmi dann meint, sie dürfe mit mir rumknutschen.

Die Irmi ist nett. Keine Frage. Trotzdem. Wir hatten alle im Hotel Zimmer gemietet, wir waren erwachsen, es gab keinen Grund, nicht auf eins zu gehen. Ich hätte stark sein müssen, nein sagen. Da blieb ich lieber sitzen und rauchte nicht. Lang konnte es nicht mehr dauern, bis der Damm brechen würde und sich einer hier drinnen eine anzünden würde, da würde ich dann, ganz Trittbrettfahrer, mitrauchen und die anschnauzen, die es wagen würden, sich um die Uhrzeit zu beschweren. Die sollten doch ins Bett.

Die Gesellschaft war insgesamt sehr in Bewegung. Immer wieder stand einer auf, ging aufs Klo, kam auf dem Rückweg mit jemandem ins Reden und blieb dann gleich dort sitzen. Ich wurde stumm neben Irmi. Das war nicht schwer, sie textete mich zu. Sie erzählte mir alles über sich. Die zwei Anläufe, die sie gebraucht hatte mit dem Studium. Dass sie jetzt aber kurz davor stünde, eine Apotheke zu übernehmen. Nicht in der Nähe, gutes Stück weg. »In Norddeutschland.« Mir reichte es beinahe. Sie schenkte Schnaps ein. Für uns zwei. Sie wollte Brüderschaft trinken. Ex und weg und dann küssen. Ich schenkte ihr einen Zungenschlag, aber als sie weiterwollte, schob ich sie zurück. »Sorry.«

»Hast du Lisi gesehen?« Friedrich.

»Ja.«

»Wo ist sie?«

»Raus. Mit Teddy.«

»Scheiße.« Er hinterher. Sollte er es versuchen.

Tom landete neben mir.

»Wo hast du die Susanne?«, fragte ich.

»Die ist gefährlich. Lebt seit drei Wochen in Trennung, hat sie mir gleich gesagt. Was für eine Befreiung.«

»Und du?«

»Ich hab irgendwo ein Kind bei einer Frau und eine andere gerade geheiratet, noch keine drei Monate her. Passt.«

»Glückwunsch. Und sonst?«

»Nicht ganz schlecht.«

Friedrich kam unverrichteter Dinge wieder herein. Später erwischte er mich noch einmal. Er war tüchtig bedient. Leck mich.

»Birne, Birne, Birne«, sagte er.

Und ich: »Friedrich, Friedrich, alter Dreckswichser.«

»Birne, Birne.«

»Bist fett geworden, hast Haare lassen müssen.«

»Birne, Birne.«

»Da muss deine Frau aber gut gekocht haben.«

»Birne, Birne, nicht nur gekocht.«

»Wenn du jetzt hier keine mehr findest, musst du dir eine kommen lassen aus einem Katalog.«

»Birne, Birne. Hab kein Geld für so was.«

»Ich frag mich, was los sein muss mit einem, dass man sich aus einem Katalog heraus von einem Menschen wie dir bestellen lässt. Da darf's dir vor gar nichts mehr grausen. Oder?«

»Birne, Birne. Ich hab alles erreicht, wovon du noch träumst. Was sag ich? Ich habe alles erreicht, wovon du noch träumen kannst.«

»Blöder Friedrich. Friedrich-Depp. Ich träume gar nicht. Ich habe das Träumen eingestellt. Damit ich nur nie von etwas träume, was du erreicht hast. Dafür tu ich noch scheißen. Ganze Haufen. Jeden Tag scheiße ich auf etwas, solange bis alles, was du erreicht hast, unter einem großen Haufen Scheiße liegt. Ich fress nur noch, damit ich scheißen kann auf dich und den Dreck, den du dir erwirtschaftet hast. Wenn ich was fress, dann schmeck ich schon den Scheiß, der draus wird. Hei, da freu ich mich schon auf den Scheiß, der aus dem Schnitzel heute wird.«

Friedrich, der Depp, fraß einen Waffelbecher, in dem der Eierlikör war, den er gerade gesoffen hatte. »Jetzt haben wir keine Becher mehr.«

»Macht nichts, saufen wir den Eierlikör aus den Schnapsgläsern, lecken wir mit unseren Zungen die Reste vom Rand. Lecken.«

Friedrich wusste noch einen Witz zu dem Bier, das ich gerade trank: »Birne, kennst du den Unterschied zwischen einem Kitzler und einem Tegernseer Landbier? Nein? Der Kitzler schmeckt nur drei Sekunden nach Pisse.«

Nachdem ich gelacht hatte, legte ich nach: »Friedrich, treffen sich zwei Penisse. Sagt der eine: Mann, mir geht es dreckig, ich werde jeden Tag in einen Latex-Anzug gesteckt und muss dann …«

»Kenn ich, kenn ich«, unterbrach mich Friedrich unter Tränen. Ihm ging es wieder gut. »Birne, um dich steht es schlecht, ich sag's dir im Guten. Birne, du hast viel Mist gebaut in den letzten Jahren. Ich sag nur Volksfest.«

»Friedrich, ich bin bei der Polizei. Wer soll mir was anhaben können? Wenn mir einer blöd kommt, verhafte ich den.«

»Du fühlst dich ganz schön sicher.«

»Natürlich. Du erzählst gar nichts von dir. Hast du nicht vor fünf Jahren noch promoviert?«

»Hab ich, hab ich.« Friedrich stand auf und ließ mich sitzen.

Ich hatte wieder Irmi neben mir. »Mir war der immer schon unheimlich.«

»Wart ihr nicht mal zusammen in der zwölften?«

»Komm mir nicht damit.«

»Also wart ihr immerhin mal zusammen. Demnach kann er gar nicht so ein Arschloch sein.«

»Natürlich ist er ein Arschloch. Wenn ich mir dem zusammen war, dann höchstens zwei Wochen.«

»Was ist passiert?«

»Dann wollte er untenrum Sachen machen, vor denen es mir heute noch graust. Hat er in Filmen gesehen, hat er behauptet. Die Sau.«

»Was ist jetzt mit seiner Frau los? Wieso ist sie weg?«

»Ich weiß nicht viel. Ich habe versucht, jeden Kontakt zu meiden, sogar wegzugehen, wenn jemand von ihm geredet hat. Ich glaube, ihm gehört der Porsche. Finanziell dürfte es passen.«

»Das heißt nichts. Ein Auto sagt mehr über den Charakter als über den Geldbeutel aus. Gehört dir der Seat Alhambra?«

»Ja, aber das ist heut doch wurscht. Oder? Heute ist uns alles wurscht.«

Irmi beugte sich zu mir herüber. Mir gefiel sie keineswegs generell nicht. Ich hatte genug getrunken, aber es passte trotzdem nicht. Ich schenkte ihr einen Eierlikör in einen Bierkrug ein und stieß mit meiner Flasche an, bevor ich sie sitzen ließ, angeblich, um eine zu rauchen.

VOLLRAUSCH

Jemand hatte Boxen und Musik aufgetrieben. Wir moshten. Keiner hielt sich zurück. Pantera. Primus. Faith No More. Je mehr wir abgingen und grölten, desto mehr wurde mir bewusst, dass man diese Art von Musik niemandem mehr vermitteln kann, der sie nicht leibhaftig erlebt hat. Der eine Geschichte damit verbindet. Und was hatten wir Geschichten dazu erlebt. Festivals. Schulpartys. Privatpartys. Konzerte. Fahrten zu Konzerten. Tagelang ausschlafen danach. Ja, ich weiß jetzt, wo der Rest der Zeit hin ist.

Es wurde noch später. Nur ein harter Kern war noch übrig. Es war nicht schwer gewesen, dabeizubleiben. Ich hielt mich gut, war in Form. Jetzt immer eine Halbe Leitungswasser zwischen zwei Bieren. Alter Trick, funktionierte noch wie früher. Sechs, sieben waren noch dabei. Kein Friedrich mehr, keine Irmi. Sie hatte sich nicht festgebissen, sie hatte aufgegeben. War wohl schon ins Bett. An Toms Schulter lehnte Susanne. Tom selbst musste noch viel loswerden um die Uhrzeit, er hatte sonst nie die Gelegenheit dazu, schien mir.

»Und die allerschlechteste Band aller Zeiten sind die Beatles, danach auf Platz zwei und drei erst Mike and the Mechanics und die Pet Shop Boys.«

»Moment, du vergisst Status Quo und Bon Jovi. An denen sieht man deutlich, wie machtlos der Verbraucherschutz in Deutschland ist.«

»Ja. Nein. Ich vergesse die schon nicht. Aber im Wesentlichen waren die harmlos, während die anderen echte Verbrecher waren. Birne, solche solltet ihr einsperren. Nicht die, die ein bisschen mit Marihuana rummachen.«

»Die interessieren mich nicht.«

»Jedenfalls bleiben die Beatles auf Platz eins, das sind die Beschissensten. Weil sie es immer allen recht machen wollten. Weil sie immer von allen geliebt werden wollten. Kein Fleisch, kein Fisch, nur gut und süß. Dann auch noch so melodisch, so viel Welt in ein so ein kleines Popliedchen. Passt sogar in den Musikunterricht wegen den tollen Texten, nichts Schweinisches, ja, wenn man will, intelligent, kannst du im Englischunterricht interpretieren, kann aber auch eine Jazz-Combo was draus machen wegen der vielen Akkorde. Oder schlimmer noch: eine A-capella-Truppe! Alles drin und doch nichts gescheit. Ich hasse diese Beatles wegen ihres Anspruchs, ihres universellen. Blödwichser, die alle so gut finden können. Die sind im Grunde wie Fernsehen: verlangen so wenig und geben so viel. Arschlöcher.«

Teddy war die ganze Zeit über in Lisi, in ein Gespräch mit ihr vertieft. Er erklärte ihr, wie sein Roman gebaut war, wie er seine Figuren konstruiert hatte und wie sie zu dem wurden, was jetzt zwischen zwei Buchdeckeln zu finden war. Er versprach Lisi, einmal vorkommen zu dürfen in einem kommenden Werk, als geheimnisvolle Schöne. Mit einem Ohr hörte er dennoch Tom zu, denn es langte ihm jetzt, er fuhr hoch. »Ich finde die Beatles immer noch klasse, kannst du sagen, was du willst. Überhaupt, wenn man dir den ganzen Abend zuhört, ist immer alles nur scheiße, immer bist du am Maulen. Kannst du nicht einmal was positiv finden? Was gefällt dir denn? Gibt es noch Musik? Oder einen Film? Sag doch einen Film, den du gut findest.«

Lisi sprang ein. »Wisst ihr, dass ich mich früher immer so gefühlt habe wie ›Carrie‹?«

»Die von Stephen King? Ehrlich?«

»So als Außenseiterin?«

»Ja, ich habe immer das Gefühl gehabt, dass ich zu den anderen gehöre. Und ich habe mir immer gewünscht, so eine tolle Eigenschaft zu haben, mal so Gegenstände schweben lassen zu können.«

»Wie die Jedi-Ritter?«, fragte Teddy.

»Ja genau. Nur um bei euch dabei sein zu können.«

»Jetzt bist du ja voll drin. Ohne Tricks«, sagte Tom. »Und Uli? Du warst doch immer schon mit Uli zusammen. Wo ist der überhaupt jetzt?«

»Ach, lasst mich in Ruhe mit dem. Bin ich froh, dass er einmal nicht um mich herum ist.«

Auch Tom war zum Lehrer geworden. Das sei sein Weg, jung zu bleiben, betonte er nachdrücklich, sich mit jungen Menschen zu umgeben. Deutsch, Englisch, Gymnasium. Sein Ding.

Ich erwähnte die, die ich im Zug getroffen hatte, die uns am See um Zigaretten angeschnorrt hatten. »Meine Begeisterung hält sich in Grenzen, ehrlich gesagt. Sollen die ihr Zeug machen, wie es ihnen gefällt, sollen sie mich aber in Ruhe lassen.«

»Sind die so wie wir früher?«, hakte Susanne nach.

»Quatsch«, sagte der Lehrer Tom. »Wir waren schlimm damals. Die sind angepasst. Das kannst du dir nicht vorstellen, was die heutzutage mit sich anstellen lassen, wie die immer mehr aufgebrummt bekommen. Nachmittage lang Schule, dazu Hausaufgaben. Da hörst du nichts, die schlucken alles. Ohne Mucks.«

Ich räusperte mich, ich sah mich gezwungen, zum ersten Mal an diesem Abend etwas Ernsthaftes beizutragen: »Das kommt dir nur so vor. Du hast im Gymnasium immer nur die Guten, die voller Hoffnung stecken. Ich hab's mit den anderen zu tun. Neulich hatte ich einen, der hätte glatt einen umgebracht, der Sohn von einem ehemaligen Kollegen. Der hatte Blut am Finger, der hätte mich auch auf dem Gewissen haben können, wenn es dumm gelaufen wäre. Sogar meinen Bruder hätte der beinahe gekillt. Ich möchte sagen, nur mit sehr viel Glück sitze ich heute hier.«

»Das sind die Ausnahmen.«

»Freilich, aber die nehmen zu. Die Schere geht auseinander. Die einen auf dem Sonnendeck, die von zu Hause schon das meiste mitbekommen, und die unten im Dreck sind, keine Perspektive, keine Arbeit, kein Vertrauen, die sich eines Tages nur noch nehmen, was sie brauchen, denen egal ist, was dabei kaputtgeht. Wer das Geld hat, sperrt seine Kinder weg von denen. Versteht mich nicht falsch.«

»Da ist einer ganz schön gefrustet«, sagte Tom.

»Kann schon sein. Wir erleben nicht mehr dieselbe Welt, Tom. Komm nur mal einen Tag zu mir, dann siehst du, dass ich recht habe.«

»Ich komm mal mit einer Klasse.«

»Gern. Du bist eingeladen.«

Wir stießen an.

»Du bist der einzige Lehrer, der nicht jammert«, sagte Susanne. »Von denen, die ich kenne.«

»Mir bleibt zu wenig Zeit, um damit anzufangen.«

»Lebst du von deinem Buch?«, wollte Susanne wissen.

»Nein, nein, so weit bin ich noch nicht. Es ist mein

Fernziel. Ich schließe nichts aus«, antwortete Teddy. »Bis dahin muss noch einiges passieren.«

»Du hast immer geschrieben. Wir haben darauf gewartet.«

»Ja, ihr habt mir damals versprochen, die erste Auflage wegzukaufen, damit ich weitermachen kann.«

»Teddy Saur gewinnt den Nobelpreis, und wir haben ihn gekannt. Wenn ich wieder daheim bin, bestelle ich den Klassensatz, dann bist du Schullektüre, dann musst du aber mal kommen und lesen.«

»Der Tom organisiert sich den Unterricht fürs nächste halbe Jahr zusammen heute Nacht.«

»Ja, im Organisieren ist er großartig. Darauf möchte ich anstoßen«, schlug Lisi vor. »Danke, Tom.«

»Apropos Halbe. Ist wirklich kein Bier mehr da? Müssen wir jetzt den ganzen Abend diesen Dreck saufen?« Das war wieder ich, indem ich auf eine Batterie süßer Schnäpse und Weine deutete, angebrochene Flaschen, mitgebracht von anderen, die längst schlafend lagen.

Keiner aus der Restrunde konnte sich daran erinnern, etwas im Kofferraum für Notfälle gebunkert zu haben. Sie antworteten mit lustlosem Schweigen, nur Teddy schlug vor, langsam ins Bett zu gehen. Schwachmatenidee.

»Wir haben sowieso morgen Schädelweh, da können wir diesen Scheiß auch noch wegsaufen, langsam, um den Pegel zu halten.«

Mein Vorschlag fand allgemeine Zustimmung. Kann auch sein, dass sich keiner traute, Schwäche zu zeigen. Genau weiß ich es nicht mehr, zugegeben. Die Angst, etwas zu verpassen, quälte uns.

Wir tranken also langsam weiter, unterhielten uns gut und angeregt, bis mich wieder eine Lust überfiel – die zu rauchen.

Auch da war nichts mehr vorhanden. Wir schauten in alle Schachteln, die auf dem Tisch zurückgelassen worden waren.

Nichts. Niente. Nada. Scheiße.

»Ich will jetzt aber rauchen«, schrie ich, öffnete meinen Geldbeutel und fand 2,50 in Münzen.

»Ich habe unten bei der Wirtschaft einen Automaten gesehen«, sagte Teddy.

Ich bot mich an zu gehen, wenn die anderen die fehlenden 2,50 beitrügen. Die wühlten in ihren Portemonnaies und wir bekamen den Betrag zusammen. Ich nahm einen Schluck Aperol aus meinem Glas. (Hatte erst vor, es ganz zu leeren, wurde aber von einem plötzlichen Würgereiz gebremst. Keine Schwäche jetzt, solange die Kippen noch im Automaten lagen und das Nikotin darauf wartete, meinen Geist neu zu beleben.)

Ich also auf dem Weg. Im Dunkeln. Ich hatte keine Schuhe mehr an. Fiel mir auf dem Kies auf. Wieso sie mir fehlten, weiß ich heute nicht mehr, wusste ich auch damals wahrscheinlich nicht. Später oder am nächsten Tag wurde behauptet, dass wir zwischendrin mal am See waren, um uns »die Füße nass zu machen«. Jemand habe gewusst, dass das gegen Kater am nächsten Morgen helfe. Füße ins kalte Wasser halten. Gegen den Kater. Mein Gott.

Ich wurde müde, musste mich setzen und ausruhen. Es war frisch, der Himmel voller Sterne, die Nacht klar. Was für eine Luft, dieser Sauerstoff. Hinter mir Schritte. Erst wollte mich niemand begleiten. Ich saß am Straßenrand. Ein Autofahrer, der um die Zeit nicht mehr konzentriert fuhr, und Ende Birne.

Lisi stand neben mir, wollte wissen, ob alles okay. War alles okay. Kein Problem alles. Ich wollte nur diese unglaubliche Nacht, diese reine Luft spüren. Von da an die Erinnerung wieder fast absolut intakt.

Ich war wieder auf den Beinen, war wieder unterwegs, sie neben mir, weil sie auch rauswollte, weniger wegen der unglaublichen Nacht, mehr wegen Teddy; wegen Teddy hatte sie ein blutendes Ohr: Gelaber, Gelaber, Gelaber – Künstler hier, sein Scheiß-Buch dort. Der Staat und die Kunst. Laber, laber.

Sie lieber raus und keine Sekunde länger dort, sondern zur Wirtschaft, die uns nachmittags aufgenommen und ein Essen gekocht hatte. Wir mussten über den Zaun klettern, schließlich war tagsüber Eintritt. Nachts kein Bademeister, keine Versicherung zahlt, wenn ein Unfall geschieht. Nachts.

Sie wählte die Marke, ich gestattete es ihr.

Wir kamen am Ufer zum Sitzen.

»Was ist aus deiner Geige geworden?«

»Bratsche.«

»Egal.«

»Ich habe sie nicht mehr angerührt. Die hatte ihre Zeit, jetzt habe ich keine mehr für sie.«

»Dafür hast du jahrelang geübt, dass du dann keine Zeit mehr hast. Sind wir jetzt in dem Alter angekommen, dass wir keine Zeit mehr finden fürs Wesentliche?«

»Dann muss die Zeit eben uns finden.«

Für mich würde sie sie noch mal auspacken.

»Weißt du, dass ich mal extra wegen euch auf eine Party gegangen bin?«

»Ehrlich?«

»Aber du warst schon weg, eigentlich alle waren schon weg.«

»Und du dann?«

»Hab ich ein bisschen viel erwischt. So wie jetzt. Oh Birne.«

Wir hatten kein Feuer. Beide nicht.

Sie ist Neurologin geworden. In der Klinik. Viel Arbeit, bis man an der Position ist, und dann aber erst richtig Arbeit.

»Dann komm ich zu dir, wenn es ganz schlecht um mich steht, hoffnungslos sozusagen.«

»Muss nicht sein, dass es dann schon ganz aus ist, muss nicht sein.«

»War das ein Fisch? Gibt es hier Fische?«

»Was meinst du?«

»Da hat es gerade Platsch gemacht.«

»Es hat Platsch gemacht?«

Sie summte das Lied von Klaus Lage, in dem es *Zoom* macht.

Ich war mir sicher, dass es Platsch gemacht hat.

Jedenfalls ließen wir die anderen noch eine Weile auf die Rauchware warten. Wortlos.

Dann weiß ich ein Weilchen nichts mehr.

Zu dem Zeitpunkt, an dem die Erinnerung wieder einsetzt, saßen wir Arm in Arm am Ufer. Hinter den Bergen kündigte sich die Sonne an. Höllisch romantisch. Hätte ich malen können.

Sie begann ohne Vorwarnung an mir rumzuknutschen. Sie, die schöne Lisi, die überaus schöne. Ich dachte scheißegal, ließ mich flachlegen auf dem Uferkies. Und wie ich unten ankam, an den Spitzen meiner Haare, die Kälte des Bodens spürte, stieß ich sie weg, nicht heftig, nicht brutal, aber unmissverständlich.

Katharina. Ich bin verlobt. Sicher Ausnahmesituation. Was am Schwaltenweiher passiert, bleibt am Schwaltenweiher. Trotzdem oder gerade deswegen. Wieder und wieder trotzdem. Katharina und ich. Ich und Katharina. Wir sind zusammen bereits durch so manches durch. Da will ich nicht mit einer einzigen Dummheit …

Lisi zeigte volles Verständnis, ach was, sie zeigte Bewunderung. Jeder andere hätte nicht so, hätte vielmehr die Gelegenheit schamlos genutzt. Sie könne gar nicht anders als Katharina zu beneiden um ihren Birne. Wenn ich so wie als Mann auch als Polizist sei, dann aber »Gute Nacht, Verbrechen.«

Und da konnte ich nicht mehr anders als zu bedauern, dass wir nicht schon vor fünf Jahren. Da wäre es was anderes gewesen. Mensch, die schöne Lisi, die wunderschöne.

Die anderen waren schlafen. Sie hatten eine Apokalypse hinterlassen.

Wir umarmten uns gierig am Fuß der Treppe, die zu den Zimmern führte. Wir versprachen uns aufrichtig, uns auf dem Laufenden zu halten. Falls sich was ereignete. Der andere stünde auf der Stelle bereit. Wir tauschten die Kontaktdaten noch vor dem Schlafen.

MORGEN

Ich war noch hackevoll am nächsten Tag und deshalb glücklich, noch nicht von einem Kater geplagt zu werden: kein Kopfweh, keine Übelkeit, gerade so wie vor 20 Jahren. Der Abend mit den Leuten von einst hatte mich wieder jung werden lassen. Wie geil.

Ein feudales Frühstück. Anscheinend allein angerichtet von dem Alten, der sich gestern so über die Jungen hatte ärgern müssen. Ich habe kein anderes Personal gesehen. Respekt.

Jetzt grinste er. Ihm ging es gut, während er eine Gruppe blasser, verkaterter Mittdreißiger mit Orangensaft, Eiern und Kaffee bediente.

Es wurde wenig gesprochen. Ich redete schon. Ich war noch gut drauf vom Restalkohol. Der Aldehyd, zu dem ein Teil des Alkohols in meinem Körper schon verstoffwechselt worden war, hatte mich früh aufgejagt. Ich war einer der Ersten im Frühstückssaal.

Teddy kam bald nach mir, setzte sich, stand wieder auf, um sich am Buffet zu versorgen.

»Und alles klar?«, fragte er nach dem ersten Schluck Kaffee.

»Bei mir schon.«

»Du hast eine Fahne.«

»Ich bin noch voll.«

»Du musst ja nicht Autofahren.«

»Eben.«

»Weißt du, wann Lisi ins Bett ist?«

»Mit mir. Eine Uhrzeit kann ich dir nicht sagen.«

Er erwiderte nichts. Er schnitt seine Semmel in zwei Hälften und wunderte sich darüber, dass Lisi nicht am Tisch saß.

Friedrich erschien, sah uns, nickte und setzte sich allein an einen freien Tisch.

Lisi kam spät, in Begleitung von Uli, der ihr seinen schweren Arm auf die Schulter legte. Der Saal war mittlerweile fast voll, an unserem Tisch war kein Platz mehr. Wir lächelten uns aus der Ferne zu.

»Soll ich dich mit nach Augsburg nehmen?«, fragte Teddy.

»Du, danke. Mir ist etwas Saublödes passiert, ich habe mich im Datum vertan. Ich bin immer davon ausgegangen, dass wir uns heute erst treffen, deswegen bleibe ich noch einen Tag länger. Schöne Gegend hier.«

»Wie du meinst. Ich würde dich mal anrufen, wenn du nichts dagegen hast. Ich hab ein paar Fragen zu deiner Arbeit.«

»Als Polizist?«

»Genau. Für meinen nächsten Roman.«

»Da werde ich dann erwähnt.«

»Genau.«

»Nur zu. Dann trinken wir einen.«

»Gern.«

Die Veranstaltung neigte sich ihrem Ende zu. Die Ersten standen auf und verabschiedeten sich von der Runde.

Der Schrei. Bis ins Mark. Wir liefen nach draußen, zum See, wo er herkam. Susanne torkelte am Rand der Wasserfläche, kreischte. Die Männer zu ihr hin, wir packten sie und versuchten sie zu beruhigen, ließen sie los, als wir sahen, worauf sie da im See deutete. Dort am Schilfrand. Teddy sprang rein. Schwamm hin. Wir sahen es auch von dort, wo wir standen, da schwamm einer im Wasser. Besser gesagt trieb. Ein Toter. Und wir konnten erkennen, wer es war von dort, wo wir standen.

Susanne wollte in der Früh eine Runde schwimmen, sich ausnüchtern im Wasser. Sie war allein zu Bett. Und auf diese Art traf sie ihren Tom wieder.

Teddy zog ihn zum Ufer. Wir anderen standen hilflos daneben. Lisi und Meinrad, der ebenfalls Arzt geworden war, untersuchten ihn kurz. Es war nichts zu machen. Tom hatte schon vor Stunden aufgehört zu atmen. Wir haben keine Gelegenheit bekommen, ihm für die Orga zu danken. Der Notarzt wurde trotzdem gerufen, aber was konnte der Neues feststellen? Wir weinten alle ein bisschen. Der Scheiß-Alkohol. Wir hatten alle ordentlich übertrieben. Aber wir waren nun in einem Alter, in dem man es kontrollieren können sollte.

Die Kollegen kamen. Ein mir sofort sympathischer Allgäuer Beamter, der sachlich und zielstrebig seine Arbeit erledigte, beruhigte unsere Gruppe. Noch bevor Tom abtransportiert wurde, begann ein Aufbruchswettbewerb. Schlagartig wollten alle nur so schnell wie möglich weg von hier. Susanne wollte keiner allein fahren lassen. Uli bot sich an, ihr Auto nach Hause zu bringen. Mit Lisi musste ich nicht viel sprechen, ihre Blicke reichten. Wir würden bald wieder voneinander hören.

Der Polizist kam zu mir her. Ich schaute still ihrer Arbeit zu.

»Was habt ihr denn da angestellt? Mensch.«

»War zu viel. Man glaubt es ja nicht, bis nicht etwas passiert.«

»Wohl wahr. Erwachsene Leute, Mensch, reißt's euch halt zusammen.«

»Jetzt passt jeder auf. Das können Sie singen.«

»Müssen Sie nicht abreisen?«

»Mir pressiert's nicht. Ich bin auch bei der Polizei. In Augsburg. Angenehm, Birne.«

»Kluftinger.« Er streckte mir die Hand hin. »Einfach Birne? Ohne etwas dazu?«

»Einfach Birne.«

»Gibt's so was?«

»So was gibt es«, klärte ich den Kollegen auf.

»Wir sind eigentlich fertig. Es gibt nichts mehr zu sehen. Wiedersehen«, sagte er.

Ich schaute noch zu, wie Tom abtransportiert wurde. Ich fragte mich, ob es auch für mich Zeit war zu gehen. Mir wurde nur in dem Moment so übel, dass ich nichts mehr wollte, als mich hinzulegen und erst dann eine Entscheidung treffen.

Ich ging zum Hausmeister Schrägstrich Portier Schrägstrich Zimmermädchen Schrägstrich Koch und teilte ihm mit, dass er meinen Schlüssel noch nicht bekommen werde.

»Wie Sie meinen. Schönen Tag.« Dann fügte er hinzu: »Haben Sie den ganzen Scheißdreck hier gesoffen? Da glaube ich schon, dass einer verreckt davon. Wenn das einem 16-Jährigen passiert wäre, hätte ich nichts gesagt. War der verheiratet?«

»Ich weiß nicht, ich glaube, eine Frau hat er schon gehabt.«

»Die wird sich freuen.«

»Sind seine Sachen noch auf seinem Zimmer?«

»Ja. Die haben sie vergessen. Ich richte schon mal alles zusammen.«

»Machen Sie das.«

»Ich habe fei Bier. Wenn Sie abends noch was wollen, geben Sie nur Bescheid, Sie müssen nur klingeln.«

»Ich weiß nicht, ob ich heute viel Bier brauche.«

»Mir macht's nichts aus, nachts aufzustehen; ich wache auch so zwei, drei Mal auf.«

»Danke. Jetzt weiß ich es. Sagen Sie, wenn Sie nachts öfter aufwachen, haben Sie dann gestern etwas gehört?«

»Von Ihnen?«

»Auch. Am See.«

»Da war wer.«

»Haben Sie gehört?«

»Ich habe gedacht, dass sind wieder die Jungen, die kommen manchmal nachts. Nachts sollen die ruhig, da zahlt eh keine Versicherung, da sind sie dann selber schuld. Hab ja nicht geahnt, dass da einer absauft. Sonst wär ich schon mal hin.«

SCHMERZ

KNALL

Ich hörte den Schuss, als ich aus dem Wasser stieg, der Brühe, in der er gelegen hatte, in der er abgesoffen war. Sie schmeckte noch nach Leiche, aber nur leicht, vielleicht auch nur in meiner Fantasie. Ich funktionierte noch nicht richtig. Irgendetwas war faul. Ein erwachsener Mann ertrinkt im Suff. Wir alle saufen, aber deswegen ertrinken wir doch nicht. Ich wusste nicht viel von Tom, nur, dass er Lehrer war. Wahrscheinlich ein beliebter. Wenn ihm jemand Böses wollte, wäre das gestern die Gelegenheit gewesen. Keiner hatte gefragt. Ich auch nicht. Alle waren fertig und müde. Alle waren, so schnell es möglich war, nach Hause. Keine Spuren hinterlassen. Ich war als Einziger noch da. Der Weg zum Zug war mir zu weit in meinem Zustand. Ich brauchte die Erfrischung dringend nach der anderen, die ich nach dem Frühstück auf der Toilette erfahren hatte. Deswegen war ich ins Wasser gegangen. Nachdenken. Es wurde besser.

Auf der Straße war was passiert. Nackt bis auf die Badehose rannte ich dorthin, um nachzusehen. Zuerst war da nichts. Erst als das Gejammer und Gefluche einsetzte, hatte ich eine Richtung. Hinter einem Baum lag ein Mann, neben ihm sein Rennrad. Es hatte ihm den Schlauch verrissen. Daraufhin hatte er mit dem Unterarm gebremst. Dort blutete er auch schön, außerdem am Kinn und an den Knien.

Ich half ihm hoch, er hinkte und sagte: »Danke.«

»Geht's?«

»Muss.«

»Das Rad ist kaputt.« Ich nahm es hoch. »Der Rahmen ist in Ordnung. Neues Rad.«

»Haben Sie einen Schuss gehört, hat da jemand auf mich geschossen?«

Als ich zum See ging, meine Sachen holen, sah ich, dass meine jugendlichen Freunde wieder da waren. Ich ging zu ihnen hin. Das Mädchen streckte mir sogleich eine Packung Zigaretten entgegen. Sie wollte sich revanchieren.

»Danke. Heute nicht. Wartet ihr wieder darauf, vertrieben zu werden?«

»Sie sind doch da.«

»Ich gehe gleich. Dann passt niemand mehr auf.«

»Dann passen wir auf uns auf.«

»Wird besser sein.«

»Wie geht es Ihnen?«

»Mir? Mir geht es gut.«

»Alles in Ordnung? Mit dem Kopf und so?«

»Klar. Alles in Ordnung.« Ich log sie an. »Wie kommt ihr drauf?«

»Kann ja sein, dass es nett war gestern bei Ihnen.«

»War's auch. Sagt mal, habt ihr eben einen Schuss gehört?«

»Einen Schuss? Wir waren im Wasser.«

Ein Junge mischte sich ein. »Wie lief's mit der Alten gestern noch?«

»Welche Alte? Werd bloß nicht frech. Sonst gibt's eine.«

Im Weggehen hörte ich ihn noch sagen »… wie alle andern« und das Mädchen mich verteidigen: »Wenn du ihm gleich wieder mit Alte kommst.«

»Natürlich, klar, im Wasser ist man taub«, sagte der Radler und drückte ein bisschen Blut aus den Wunden. »Ich trau denen nicht, ich trau den jungen Leuten nicht.«

Wir saßen auf einer Bank am See und hatten sie im Blick, wir konnten nicht verstehen, was sie sagten. Es war wieder später Nachmittag. Die Farben. Das Gold. Das Bier. Ich könnte schon wieder. Ich hatte das Schlimmste hinter mir.

»Ich traue diesen jungen Leuten, die sind in Ordnung, mit denen hatte ich schon gestern zu tun. Jetzt mag ich sie«, sagte ich.

»Die können so tun, so freundlich. Ich trau denen nicht.«

»Das Mädchen ist in Ordnung, die ist nicht falsch.«

Er stand auf und ging rüber. Ich sah ihn reden, zuerst blieben sie liegen, antworteten einsilbig. Der Junge mit den Zigaretten richtete sich auf, das Mädchen stärkte ihm den Rücken. Ich verstand: »Herrgott noch mal.« Da sprang der Junge plötzlich hoch, als wollte er den Radfahrer packen. Aber der wich einfach aus, sodass sein Angreifer ins Leere griff. Ich konnte nicht genau erkennen, was da vor sich ging. Plötzlich langte sich der Junge an den Kopf und fiel einfach um. Wie bewusstlos. Der Radfahrer stand teilnahmslos daneben. Das Mädchen beugte sich über den Liegenden. Er zuckte irgendwie, es sah nach einem epileptischen Anfall aus. Das Mädchen kümmerte sich um ihren Freund. Der Radfahrer lächelte, sie blaffte ihn an. Er drehte sich um, wieder ernst. Das Mädchen zeigte ihm den Mittelfinger hinter seinem Rücken, allerdings so, dass ich die Geste deutlich sehen konnte. Ich zuckte mit den Schultern. Sie erhob nun auch gegen mich ihren Mittelfinger. Der Junge kam wieder zu sich, sie gab ihm aus einer Mineralwasserflasche zu trinken.

»Sie haben recht gehabt, die haben keine Ahnung. Alwin Mayer, danke für Ihre Hilfe.« Er streckte mir die Hand hin. Seine Stimme war brutal sanft. Er sang mehr, als dass er sprach.

»Sie haben die ja professionell verhört. Sind Sie vielleicht bei der Polizei?«

Alwin Mayer lachte: »Nein, um Gottes willen. Ganz anderer Bereich. Sieht man mir gar nicht an. Nicht wahr? Sagt Ihnen ALMay was?«

Ich schüttelte den Kopf.

»ALMay Bau GmbH. War mein Geschäft, habe ich verkauft, als ich gemerkt habe: Das langt für den Rest. Jetzt privatisiere ich. Habe Zeit, habe keine Kinder. Brauche auch keine Kinder.«

»Praktisch.«

Ich hätte Alwin Mayer nicht älter als mich geschätzt.

»Wussten Sie, dass ein Kind 500 Euro im Monat kostet? Das sind Hunderttausende, bis man sie aus dem Haus hat. Da fällt mir die Entscheidung leicht. Schauen Sie nur da rüber: Hocken rum, rauchen, saufen wahrscheinlich auch. Und wer zahlt's? Irgendein alter Depp, der jetzt in seiner Arbeit buckelt, bis ihm das Kreuz verreckt. War es das dann wert?«

»Weiß nicht.«

»Haben Sie Kinder?«

»Nein.«

»Wieso nicht? Sie sind doch in dem Alter.«

»Ich bin zurzeit verlobt. Wenn wir verheiratet sind, planen wir weiter.«

»Wenn so ein Junger studiert, sind gleich noch mal Hunderttausend weg. Da fahr ich lieber Rad am Nachmittag. Überlegen Sie es sich, das Geld steckt besser in Ihrer Altersvorsorge.«

»Fragen wir an der Rezeption, ob jemand einen Schuss gehört hat.«

Dort war niemand. Wir läuteten und warteten. Alwin entdeckte die Kühltruhe mit dem Eis. Er bediente sich ungeniert und forderte auch mich auf. »Ich lad Sie ein.«

Eis war kein Problem. Mein Kopf war bis auf ein leichtes Ziehen beschwerdefrei. Ich war gut weggekommen. Nachmittags ein kleines Süppchen, ich hatte es behalten. Insgesamt war ich hochzufrieden mit meinem Körper, wenn man nur bedenkt, was wir gesoffen haben. Dafür war ich regelrecht topfit, und ein kleines ›Nucki Nuss‹ war die richtige Belohnung.

Beim ersten Biss dachte ich an Tom, es war unangemessen, hier zu sein. Der Grind an Alwin Mayers Wunden war getrocknet. Er sah hart aus.

Wir schleckten und wurden immer lauter mit den Geräuschen. Wie davon angelockt, schlurfte das Universalmännchen heran. Die spärlichen Haare standen ihm nach allen Seiten ab. Er hinkte müde, die Augen winzig klein.

»Ja?«

Er hatte keinen Schuss gehört. Alwin bohrte nicht nach, er legte einen Fünfeuroschein fürs Eis hin.

»Passt.« Ob noch ein Zimmer frei sei.

War's.

»Ich stelle Ihnen Bier in den Etagenkühlschrank. Ist sonst kein Gast mehr da, da trinkt Euch keiner was weg. Jedem drei Halbe?«

»Vier«, wollte Alwin. »Jedem vier.«

»Ist schön hier. Der Sonnenuntergang. Die Farben.«

Wir saßen beim Essen wie am Tag zuvor, er wollte es sich nicht nehmen lassen, mich einzuladen.

»Das tut mir außerordentlich leid mit Ihrem Freund.

Ich überrede Sie hier zum Trinken, obwohl Ihnen wahrscheinlich gar nicht danach ist.«

»Das passt schon. Ich bin in dem Alter, in dem ich selbst entscheide. Er hätte es so gewollt. Wie man so sagt.«

»Na dann.«

»Das ist Pech, dazu kommt auch noch das Unglück. Wem passiert denn so was mit 35? Als Teenager oder als alter Mann, okay. Aber Tom war fit, verstehen Sie? Wenn das einem schon passieren musste, dann ihm als einem der letzten. Ich zum Beispiel falle ständig in Ohnmacht, das heißt, in letzter Zeit nicht mehr so. Trotzdem. Wenn mir das auf dem Wasser passiert, bin ich weg. Keine Ahnung, was dahintersteckt. Die Ärzte finden nichts. Die sagen, ich sei kein Epileptiker. Was war denn da mit dem Jungen, mit dem Sie geredet haben?«

»Keine Ahnung, wovon Sie reden.«

»Nun, Sie waren vorhin nur kurz bei diesen jungen Leuten, dann wollte einer auf Sie losgehen. Und plötzlich kippt er aus den Latschen.«

»Oh, den meinen Sie. Weiß nicht, was mit dem war. Vielleicht die Hitze, wahrscheinlich haben sie gesoffen oder was geraucht. Womöglich hat er was im Kopf. Ich trau den Jungen nicht. Tut mit leid. Ich kann mit dieser Generation nichts anfangen.«

»Die waren gestern Nacht da, da hat einer vorhin was gewusst, was er nur wissen kann, wenn er da war.« Oder wenn es ihm einer gesagt hat. Es konnte sein, dass auch einer von ihnen gesehen hat, was mit Tom passiert ist. Ich musste mit denen noch mal reden, bevor ich aufbrach.

Alwin Mayer kam aus Kaufbeuren und hatte sich entschlossen, am nächsten Tag mit dem Zug zurückzufahren. Wir wollten denselben nehmen und den kleinen Fußmarsch nach Seeg gemeinsam gehen. Er saß immer noch in seiner zerrissenen Radlerkleidung da.

»Bei uns müsste auch bald mal wieder ein Klassentreffen sein. Kann schon sein, dass der ein oder andere nicht mehr auftaucht. Wir werden nicht jünger. Mein Opa hat einmal gesagt: Wir können dem Leben nicht mehr Jahre geben, aber wir können den Jahren mehr Leben geben. Da hat er recht, oder?«

»Vorhin war die Frau da vom Tom, nur kurz, hat seine Sachen geholt, die sah fertig aus. Mit mir wollte sie gar nicht reden. Da kommt mir glatt ein schlechtes Gewissen im ersten Moment. Dann aber ärgere ich mich. Wir haben alle gebechert. Wir alle hielten das für einen Anlass. Also bitte.«

Alwin bestellte uns zwei Espressi und zwei Weizen. Er fragte mich nicht mehr, ob ich noch wollte.

In der Wirtschaft war wenig los, an einem Nebentisch eine junge Familie, die bald nach dem Essen zahlten und gingen, weil ihre Kinder unruhig und laut wurden; zwei weitere Gäste, Radler, tranken gegen den Durst und aßen Bananensplit, brachen vor der Dämmerung auf, damit sie kein Licht brauchten auf dem Nachhauseweg; zwei ältere Damen. Zu denen starrte Alwin unentwegt hinüber. Einer von den beiden schien das zu gefallen, der anderen war es unangenehm. Auf dem Rückweg von einem Klogang hielt er kurz bei ihnen und orderte ihnen dann zwei Hugos. Zurück an unserem Platz prostete er ihnen dann mit einem Williams zu. Mir hatte er auch einen bestellt.

»Ich bin verheiratet. Nicht dass du jetzt was Falsches denkst, Birne.«

Ins Du waren wir einfach hineingerutscht. Seine Augen wurden röter und röter.

Der Ober wollte, dass wir zahlen, damit er schließen könne. Alwin gab nicht nur kein Trinkgeld, sondern betonte mehrmals, dass dieses königlich, wenn nicht kaiserlich ausgefallen wäre, hätten wir noch auf eine Weizenlänge bleiben können.

Außen, Dachterrasse, hereinbrechende Nacht. Wie gestern. Nur ganz anders. Tom. Mensch, altes Scheißhaus. Was hast du gemacht? Was trieb dich ins Wasser? War was schiefgelaufen? Wir sind doch deine Freunde. Gewesen. Wieso gehst du nachts ins Wasser? Allein. Leck mich. Das ergibt doch keinen Sinn. Wenn jemand die Idee gehabt hätte, nachts noch mal nackt ins Wasser zu gehen und wir alle wären los. Aber allein? Du Depp.

Nein, so war er nicht drauf. Schon mal Blödsinn im Kopf, doch sein Leben hätte er nicht riskiert. Er hat gesagt, dass er ein Kind habe. Er hat Verantwortung übernommen in seinem Leben. Niemals wäre er allein so blöd gewesen. Da war noch jemand bei ihm. Da musste noch jemand bei ihm gewesen sein, der ihn überredet hat, ins Wasser zu gehen. Dann ist Tom abgetaucht, und der- oder diejenige hat es mit der Angst zu tun bekommen und ist abgehauen. Susanne hat ihn entdeckt. Sie wollte in der Früh noch mal schwimmen. Einfach so. Das kam mir auf einmal so eigenartig vor. Die Jugendlichen – sie mussten etwas gesehen haben.

Zweites der vier zur Verfügung gestellten Biere.

»Birne, was betrachtest du als deine Lebensaufgabe?«

Ich schwieg.

»Birne, sag mal, weinst du?«

»Nein. Ich weine nicht.«

»Birne, jetzt komm, als Polizist, da musst du dir eine Lebensaufgabe stellen.«

»Ja, die hat nur nichts mit meinem Beruf zu tun.«

»Ja?«

»Ich will lieben.«

Alwin lachte auf.

»Ich will mich allein durch meine Liebe definieren.«

Alwin lachte noch lauter. »Dann bist du auch noch katholisch.«

»Bin ich.«

»Dann höre ich an dieser Stelle auf. Ihr versteht da keinen Spaß.«

»Was ist denn deine Lebensaufgabe, Alwin?«

»Ich bin, ehrlich gesagt, draufgekommen, kurz bevor ich meinen Betrieb verkauft habe. Ich glaube, ich saß auf dem Rad. Auf dem Rad, da kommen mir die Erkenntnisse. Ich fahre kaum noch Auto.«

»Ich auch nicht.«

»Kurz gesagt, da habe ich mir vorgenommen: Ich will die Welt besser machen. Es nützt nichts, am wenigsten mir, wenn ich meine Fähigkeiten und Talente nur für mich verwende. Ich will der Welt, meinen Mitmenschen, etwas schenken, etwas Ewiges, das mich überdauert. Wenn ich schon keine Kinder hinterlasse.«

»Und wie stellst du das an?«

»Wie ich das anstelle? Birne, wo immer ich ein Unrecht wahrnehme in meiner Umgebung, da schreite ich ein, da gehe ich dazwischen und stelle die Gerechtigkeit wieder her. So wird die Welt um uns herum gerechter und besser. Ein Erdbeben der Gerechtigkeit, ich im Epizentrum.«

»Meinst du, dass dich deswegen einer vom Rad schießen wollte?«

»Meinst du?«

»Ich weiß nicht. Ein Ungerechter?«

»Ich glaube nicht.«

»Für Gerechtigkeit sorge ich auch als Polizist. Mit dem Unterschied, dass ich Geld dafür bekomme.«

»Das heißt, man muss sich den Polizisten als sehr glücklichen Menschen vorstellen.«

»Es ist schon ein besonderes Glück.«

Wir redeten von unseren Frauen, zufällig war jede der beiden die beste und schönste. Wir hätten sie sehr gern nun vor uns gehabt, zum Vergleichen, schließlich musste einer von uns beiden lügen, nicht aus böser Absicht, nur weil er es nicht besser wusste.

Für Alwin war es jedenfalls »ein besonderes Glück, dass sich die Sylvia in mich verliebt hat. Es herrscht ein beträchtlicher Altersunterschied zwischen uns, auch wenn du uns das nicht unbedingt ansehen würdest, wenn du uns einfach so begegnen würdest auf der Straße. Obwohl die Sylvia natürlich jünger aussieht, als sie ist, wenn das überhaupt geht, weil sie eh schon so jung ist.«

»Scheiße.«

»Was ist denn los, Birne?«

»Kein Bier mehr, Alwin. Scheiße.«

»Wir können unmöglich jetzt ins Bett gehen. Gibt es hier noch eine Wirtschaft in der Nähe?«

»Es ist halb eins, Alwin.«

»Scheiße.«

»Obwohl: Der Hausmeister hat mir heute früh angeboten, dass ich ihn wecken kann, wenn ich nachts Durst bekomme.«

In dem Rezeptionsraum brannte noch Licht, aus dem Radio dudelte Bayern 1. Joan Baez sang ›Diamonds and

Rust‹. Alwin wippte im Takt mit. Ich dachte an Judas Priest. Was die wohl nachts um halb eins jetzt machten. Alternde Rockstars. Party?

Mit derselben Hemmungslosigkeit, mit der er sich vorhin Eis geholt hatte, ging Alwin zum Radio und suchte einen neuen Sender. Bei Bon Jovi blieb er hängen. Er sang ›Keep the Faith‹ mit und erläuterte: »95, Rock im Park. So geil. So geil. Keep the Faith.«

»Kein Problem« gab es für den Alten. Wir waren uns nicht einig, wie viele es sein sollten. Alwin hätten zwei für jeden genügt, ich wollte auf Nummer sicher und drei.

»Ich zahl auch.«

»Du musst nichts zahlen, Birne. Ich weiß doch, dass ihr bei der Polizei arme Krattler seid.«

»Wir sind keine Krattler.« Ich knallte einen Zwanziger auf den Tisch und verweigerte das Rückgeld.

Der Alte ignorierte mein Geld, öffnete jedem von uns eine Flasche und stellte sie vor uns.

»Sie nicht?«, fragte Alwin.

Der Alte grinste: »Nein. Der Arzt verbietet's. Sonst gern.«

»Danke, dass wir Sie noch belästigen dürfen«, sagte ich.

»Keine Ursache. Ich bin eh wach, da ist mir Gesellschaft nur recht. Geht sowieso nicht mehr lang.«

»So alt sind Sie doch gar nicht.«

»Ich rede nicht vom Sterben, das können von mir aus andere, jüngere. Nein. Ich rede vom Hotel hier. Sie sind meine letzten Gäste. Morgen schließen wir für immer. Der Betreiber ist insolvent.«

In meiner Hosentasche waren noch die Zigaretten, die ich gestern mit Lisi für die anderen besorgt hatte.

»Haben Sie Feuer?«

Alwin lehnte es ab zu rauchen. Er verachtete mich mit einem Blick. Mir war's egal. Ich ging nach draußen, steckte mir eine an und pisste in den See. Ich wurde beobachtet.

Ich erschrak, als das Mädchen wieder vor mir stand. Vor Verlegenheit bot ich ihr eine Zigarette an. Sie nahm gern eine. Wir saßen am Ufer auf einer Bank, mitten in der Nacht.

»Hast du kein Zuhause? Wohnst du am See?«

»Sie sind hier anscheinend auch hingezogen.«

»Ich bin morgen weg.«

»Wir kommen jede Nacht zum Baden her. Ist lustiger nachts.«

»Wo sind die anderen?«

»Heute bin's nur ich.«

»Ist es allein nicht langweilig?«

»Du bist doch da.«

Ich rückte ein Stück von ihr weg.

»Hast du mit der Frau noch was gehabt?«, fragte sie, mich plötzlich duzend.

»Welcher Frau?«

»Na mit der, mit der du gestern hier warst.«

»Nein. Sie hat einen Mann. Und ich auch.«

»Einen Mann?«

»Nein. Hast du uns beobachtet?«

»Klar. Du warst ganz schön prall.«

»Schmarrn.«

»Aber sicher. Das konnte man nicht übersehen.«

»Nein, nein, nein. Ich war müde.«

»Du bist schon wieder dicht.«

»Bin ich nicht.«

»Ich heiße Marlene. Du darfst Leni sagen.«

»Hallo, Leni. Wie alt bist du?«

»19. Und du?«

»17.«

»Ohne Scheiß? Dann tut's mir leid.« Leni kicherte.

»Was tut dir leid?«

»Ich werde nichts mit einem anfangen, der jünger ist.«

»Tja. Gut, dass wir geredet haben.«

»Bist du traurig wegen deinem Freund?« Sie legte mir eine Hand auf die Schulter. Ich wollte erst wegzucken, ließ es dann, weil ich merkte, dass es mich tröstete.

»Wie meinst du das?«

»Der heute Nacht hier ertrunken ist.«

»Hast du das mitbekommen?«

»War schwer zu übersehen. War sogar schon im Radio.«

»Das war bitter. Ja. So etwas sollte nicht passieren.«

»Wenn es Zufall ist. Oder ein Unfall.«

»Hast du was gesehen?«

»Ja. Ich war da, als es war. Und es war kein Unfall.«

»Was hast du gesehen?«

»Birne. Du alte Drecksau. Wo steckst du?« Alwin stand im Freien. »Komm her. Wir müssen noch was trinken.«

Mit einem Rascheln war Leni im Busch verschwunden.

»Wo steckst du, Birne?«

»Hier. Ich bin hier. Ich muss kurz eingenickt sein.«

»Sind schon wieder die Jungen da?«, fragte der Alte.

»Nein. Niemand. Ich bin allein.«

AUFBRUCH

Als ich zum Frühstück kam, hatte Alwin alles beglichen. Er aß Müsli. Der Hausmeister stierte ihn hinter seinem Rücken an, ununterbrochen, er bekam kaum einen Morgengruß heraus. Alwin schmatzte, ja er schmatzte. Er wollte auf keinen Fall Geld von mir nehmen.

Ich packte, wir machten uns wanderfertig. Der Morgen versprach einen herrlichen Tag. Wir hätten eigentlich bleiben sollen.

Ich kam nach Alwin runter, ich hörte ihn von oben schon: »Das gibt's doch nicht.«

Das Rad war weg. Er hatte es vors Haus gestellt, abgesperrt. Es war weg.

»Deine Scheiß-Kinder, Birne. Scheiß-Kinder. Hast du eine Ahnung, was so ein Fahrrad kostet? Da kannst du erst mal zwei Monate Streife stehen und hast noch nichts gegessen.«

»Mach mal langsam, bevor du jemanden verdächtigst. War es gestern, als wir hochgingen, noch da?«

»Keine Ahnung. Hab selbstverständlich nicht geschaut.«

»Sei mal vorsichtig mit deinen Verdächtigungen.«

Der Alte hatte ihn beim Frühstück angestarrt.

Er ließ sich noch die Privatadresse des Rezeptionisten geben. Falls die Jugendlichen auftauchten, wollte er unbedingt benachrichtigt werden. Der Alte nickte. Anschließend ließ Alwin den Alten und mich stehen, um zu telefonieren.

»Komischer Freund«, sagte der Alte zu mir.

»Ich kenne ihn seit gestern.«

»Mit dem stimmt was nicht.« Er zeigte sich an die Stirn. »Passen Sie auf.«

»Mach ich.«

Alwin hörte ich in den Hörer sagen: »Nein, du musst mich nicht abholen, ich komm mit dem Zug. Und die Polizei habe ich bei mir.«

Alwin sagte kein Wort. Sein einziges Gepäckstück war eine Plastikflasche Apfelschorle. Nach eineinhalb Kilometern, während derer er ständig nuckelte, war sie leer. Er warf sie ins Gebüsch neben unserem asphaltierten Wanderweg.

Mir lief der Schweiß am Rücken unter meinem Rucksack zusammen. Im Zug würde ich lesen. Den armen Millionär schmerzte der Verlust seines Bikes schwer.

Mit jedem Schritt jedoch besserte sich seine Laune. Als Seeg in Sicht kam, begann er zu pfeifen. ›Lemon Tree‹. Ich betrachtete die leeren Straßen, die Häuser und ihre Fenster, fragte mich, ob dahinter einer der Jugendlichen wohnte und uns sah, wie wir vorbeigingen. Ich hatte keine Gelegenheit zu fragen, was Leni gesehen hatte. ›Es war kein Unfall‹, hatte sie gesagt. Ich bat Alwin um die Adresse des Alten. Der war immer noch der Meinung, ich hätte zwecks einer Anzeige die Adressen der Jungen aufgenommen.

Alwin bestand wieder darauf, das Bayern-Ticket zu bezahlen. Er wollte nur bis Kaufbeuren, weshalb sein Anteil sowieso viel geringer hätte sein müssen.

»Kontrolliert sowieso keiner«, sagte er just in dem Moment, in dem der Schaffner auftauchte. »In den deutschen Zügen sind Kontrollen überflüssig. Jeder hat immer eine Fahrkarte. Wir sind ehrlich.«

Im Vierersitz neben unserem saß ein Farbiger, er wirkte unruhig. Er stand auf, als der Kontrolleur in unsere Nähe kam, setzte sich aber gleich wieder, weil ihn dieser nicht aus den Augen ließ, kaum noch die Fahrkarten der anderen, vor uns Kontrollierten, beachtete.

»Die Fahrkarte«, sagte er zu dem Mann endlich, siegessicher, ein Opfer gefunden zu haben.

Alwin sagte zu dem Rücken des Schaffners: »Der gehört zu uns, wir sind zu dritt.«

Der Angesprochene drehte sich zu uns um. »Sie sind in Seeg zu zweit eingestiegen. Dieser Mann ist nicht mit Ihnen eingestiegen.«

»Na und?«

»Fahrgemeinschaften mit dem Bayern-Ticket sowie mit dem ›Schönes-Wochenende-Ticket‹ müssen vor Fahrtantritt gebildet werden. Dieser Mann bezahlt jetzt den doppelten Fahrpreis, mindestens aber 40 Euro.«

»Das war seine Karte. Ich habe sie an mich genommen. Wir sind die Schwarzfahrer. Ich bezahle. Für meinen weißen Mitfahrer und mich. 80 Euro sind das zusammen, nicht wahr?«

»Nein. Nein. Das geht nicht. Schauen Sie, hier haben Sie Ihren Namen eingetragen. Das ist ein deutscher Name. Das sind Sie. Das kann nicht unser schwarzer Freund sein, sonst würde hier ein afrikanischer Name stehen.«

Ich mischte mich ein: »Und Sie sind ein Rassist.«

»Was bin ich?« Der Schaffner baute sich vor mir auf.

»Ein Rassist. Bei keinem anderen hätten Sie ein Problem gehabt. Nur weil er eine andere Hautfarbe hat, lassen Sie ihn nicht mit uns mitfahren. Ich notiere mir Ihren Namen, dann bekommen Sie eine Dienstaufsichtsbeschwerde.«

»Das können Sie sich sparen. Das läuft ins Leere.«

»Ich melde den Fall an die Presse. Mein Bruder ist bei der Zeitung.«

»Sie sind im Unrecht. Dieser Mann bestiehlt uns. Unsere Gesellschaft. Wir alle bezahlen die Strafe mit einem höheren Fahrpreis.«

»Meine Herren.« Alwin ging zwischen uns. »Lassen Sie uns reden.«

»Da gibt es nichts zu reden.« Der Schaffner blieb stur.

Ich auch. »Der bekommt eine Dienstaufsichtsbeschwerde. Das ist mir jetzt egal.«

Alwin blickte dem Schaffner tief in die Augen. Der starrte zurück, fast wie hypnotisiert; er begann zu stöhnen.

»Sie fühlen gerade etwas«, sagte Alwin.

»Ja, verdammt. Aua.«

»Sie spüren einen Schmerz. Und Sie spüren diesen Schmerz, weil Sie Unrecht tun. Stimmt's?«

»Ja. Hören Sie auf.«

»Ich mache gar nichts. Sehen Sie.« Alwin hob seine Hände und drehte sie. »Kommen Sie mal kurz mit mir mit?«

Der Schaffner war skeptisch. »Was wollen Sie von mir?«

»Ich will Ihnen einen Vorschlag machen. Nichts Unseriöses, keine Angst. Es soll nur nicht jeder hören.«

Der Schaffner zögerte, Alwin zog ihn mit sich. Er gab seinen Widerstand schnell auf. Sie verschwanden im Klo. Unser Mitfahrer und ich schauten uns ratlos an.

Ich sagte: »Alles wird gut.« Der andere lächelte verlegen. Hinter der Toilettentür hörten wir einen Schrei. Wir zuckten zusammen. Die Tür öffnete sich, Alwin kam lächelnd heraus. Er schob seinen Geldbeutel in die Hosentasche. Der Schaffner folgte ihm zu unseren Sitzen.

Alwin setzte sich neben mich. »Ich habe gar nichts gemacht.« Er wand sich an den Schaffner: »Dieser Schmerz wird aufhören, sobald Sie aufhören, ungerecht zu sein. Sie spüren Schmerzen, weil Sie Unrecht tun.«

»Ist gut, ist gut.«

»Wir sind zu dritt, wir sind eine Fahrgemeinschaft.«

»Ja, ja.«

»Auch in Zukunft.«

»Ja, auch in Zukunft.«

»Wird von Ihnen keiner wegen seiner Hautfarbe, seines Aussehens, seines Geruchs …«

»Ja. Ich schwöre.«

»Ansonsten wird der Schmerz wiederkommen, und er wird nicht mehr verschwinden, bis Sie tot sind.«

»Ich schwöre.«

»Also dann.«

Der Schaffner schnaufte, er schwankte vor uns.

»Was war das?«

»Ich habe nichts gemacht.« Alwin erhob erneut die Hände. »Ihr seid alle meine Zeugen, ich habe den Mann nicht berührt.«

»Ist schon gut. Ich frage nicht, ich glaub's auch nicht.« Der Zugbegleiter verschwand, ohne eine weitere Person zu kontrollieren, vorn im Führerhaus.

»Der hat eine Fahne gehabt«, stellte Alwin fest.

»Glaubst du, dass wir die heute riechen? Hast du ihm Geld gegeben?«

Alwin lachte laut auf. »Ich habe gar nichts gemacht. Okay?«

Der gerettete Mann von gegenüber nickte freundlich zu uns herüber. In der Hand hielt er seine Fahrkarte. »Hab sie gefunden.«

»Nix zu danken, mein Freund. Wohin fahren Sie?«

»Kaufbeuren.«

»Wir auch. Damit hat sich das erledigt.« Dann zu mir: »Du steigst mit aus. Wir müssen unbedingt noch zusammen Mittag essen. So eben angerissen will ich unsere jungfräuliche Bekanntschaft nicht liegen lassen.«

Vergessen schien das Rad, vergessen die Auseinandersetzung mit dem Schaffner. Alwin blickte aus dem Fenster und vertiefte sich in die vorbeiziehende Gegend, erkannte hin und wieder einen besonderen Punkt und benannte ihn laut.

»Alwin, was hast du mit dem Mann vorhin gemacht?«

»Nichts. Ich habe nichts gemacht. Hast du doch gesehen.«

»Warum hat er nachgegeben?«

»Kann ich schwer sagen. Er hat eingesehen, dass er falsch lag. Plötzlich kam ihm die Erkenntnis.«

»Weil du mit ihm geredet hast.«

»Genau. Irre. Ich kann dir gar nicht sagen, was dahintersteckt. Es ist wie eine übersinnliche Eigenschaft, die ich besitze. Es ist eigenartig. Ich kann mich nicht erinnern, wie lange ich das schon habe. Irgendwie bin ich wie ein personifiziertes, wandelndes schlechtes Gewissen. Wenn jemand etwas moralisch Unkorrektes tut und ich mich ihm nähere, dann fühlt er sich auf einmal schlecht, körperlich, ohne dass ich ihn berühre, ohne dass ich sonst etwas unternehme. Ich muss nicht einmal etwas Bestimmtes denken. Also nicht im Sinne von Telepathie oder so. Ich weiß es nicht, wie das funktioniert. Und in jedem Fall wollen sie, dass es aufhört. Sofort. Sie geben nach, egal, was ich von ihnen verlange. Unheimlich, nicht?«

»Unheimlich. Hast du das schon untersuchen lassen?«

»Wer untersucht so etwas? Ich war mal bei einem Abbeter. Weißt du, was das ist?«

Ich nickte. »Ich war selber mal bei so einem. Ich habe nicht daran geglaubt. Da war ein Riesenandrang. Die Leute hier sind verrückt danach. Da saß er in seinem Büro, ein Riesen-Papstbild an der Wand, nahm meine Hand und streichelte, irgendetwas Unverständliches murmelnd, darüber. Aber die Warzen waren weg eine Woche später. Seitdem bin mir sicher, dass die irgendetwas können.«

Alwin schüttelte den Kopf. »Der schaut einen an, betet drei Ave Maria und sagt dann, dass alles gut ist. Das hat mir keinen Wert. Ich will das ja nicht los sein. Ich will wissen, was das ist. Und ein Arzt ist auch überfragt. Nein, ich habe beschlossen, dass ich selbst damit etwas anfange. Ich will meinen Mitmenschen helfen. Man könnte es freilich noch größer aufziehen, man könnte ein Geschäft draus machen. Aber das will ich nicht. Ich habe Angst, dass ich diese Eigenschaft wieder verliere, wenn ich sie kommerziell ausbeute.«

»Schon klar. Wie lange hast du das schon?«

»Jahre. Ich kann's dir nicht genau sagen. Man merkt das allmählich. Zuerst habe ich mich selbst gewundert. Dann habe ich angefangen zu experimentieren, sicher bin ich mir seit ein paar Jahren. Ja.«

»Wir bei der Polizei könnten einen Haufen mit dir anfangen, vor Gericht wärst du eine Menge wert.«

»Ich mach's kurz: Ich bin nicht mit allem einverstanden, was dieser Staat veranstaltet, deshalb lehne ich es ab, mich von ihm einspannen zu lassen.«

»Nein, muss ja nicht sein, wenn's nicht sein muss, weil man Geld damit verdient.«

»Mit dir könnte ich mir vorstellen zusammenzuarbeiten. Du bist ein guter Kerl, nicht so dogmatisch – abgesehen von deinem Glauben. Ich geb dir meine Nummer, wenn's was gibt, dann genier dich nicht, mich anzurufen.«

»Danke, gern.«

»Wie geht es dir heute?«

»Passt. Es zieht ein bisschen in der Birne, nicht übermäßig. Wenn man bedenkt, was wir gestern in uns hineingeschüttet haben.«

»So? Es zieht?«

»Wir geht es dir«?

»Einwandfrei. Du denkst dir: In unserem Alter muss man das spüren, wenn man mehr als zwei Halbe trinkt. Weit gefehlt. Körperlich macht mir das gar nichts. Du solltest mehr Sport treiben, Birne, das täte dir gut. Du kommst wohl nicht dazu vor lauter Arbeit den ganzen Tag und vor lauter Abschalten davon am Abend. Nicht wahr?«

KAUFBEUREN

Ich ließ mich ein bisschen anbetteln, bevor ich mit ihm in Kaufbeuren ausstieg. Wir bummelten durch die Fußgängerzone. Er erzählte mir, als wir an einem Kloster vorbeikamen, von der heiligen Crescentia: einfaches Mädchen, arme Eltern, die dauernd neue Kinder bekamen, wo sie noch nicht einmal wussten, wie sie die, die schon besaßen, richtig ernähren sollten. Und das Mädchen wollte ins Kloster. Unbedingt. Aber das kostet. Kloster kostet. Normalerweise. Sie brachten sie unter, ohne etwas zahlen zu müssen. »Kannst du dir vorstellen, so unbedingt scharf drauf zu sein, hinter diesen Mauern zu leben? Birne, du als Katholik? Wolltest du schon mal Pfarrer werden?«

»Nein. Ich bin erst richtig gläubig geworden nach einem Schicksalsschlag.«

»Verstehe.«

Im Kloster musste die Crescentia eine Menge aushalten. Die Oberin warf ihr vor, sich durchschnorren zu wollen, weil sie nichts mitbrachte.

Hinter dem Kloster gab es einen stillen Garten. Wir setzten uns rein und kamen zur Ruhe.

Die Menschen begannen, der Crescentia zuzuhören, sie konnte die Zukunft voraussagen, sie konnte die Guten und die Bösen unterscheiden. Sogar die Großen und Mächtigen kamen irgendwann zu ihr, um sie nach Rat zu fragen.

»Eigenartig, nicht? Ausgerechnet hier in Kaufbeuren lebt 300 Jahre später wieder einer mit so außergewöhnlichen Fähigkeiten. Ich meine mich«, stellte Alwin augenzwinkernd fest.

»Alwin, glaubst du wirklich nicht an Gott?«

»Ach, Birne, lass mich in Ruhe.«

»Geh mal zu einem Pfarrer, der kann dir womöglich erklären, was es mit dir auf sich hat. Du könntest Heiliger werden. Sie würden eine Wallfahrt zu dir hin machen und dich anbeten nach dem Tod.«

»Das wär allerdings schmeichelhaft. Deswegen gehe ich trotzdem nicht zu einem Exorzisten, denn ein gewöhnlicher Pfarrer tut es da nicht. Wir brauchen einen Fachmann. Und der Exorzist macht mich dann reif für die Klapse. Blödes Thema. Komm, wir gehen essen.«

Wir kehrten am Rand der Altstadt im Café ›Jedermanns‹ ein. Alwin bestellte uns Weizen und verschwand dann kurz, um zu telefonieren. Er sagte, zum Radeln nehme er aus Prinzip kein Handy mit. Da wolle er für sich sein.

Komischer Kauz, dieser Alwin. Alleine sein. Für Gerechtigkeit sorgen. Ein Heiliger. Das passte schon alles zusammen. Und wenn ein Reifen platzte, lag er auf der Straße wie ein Käfer, der nicht mehr auf die Beine kam. Gut, dass es mich gab.

»Das ist meine Frau.«

»Mayer«, sagte sie.

»Birne«, sagte ich.

»Nur Birne?«

»Nur.«

Nicht schlecht, dachte ich mir. Wirklich schöne Frau, nicht ganz mein Typ. Gut, was heißt das? Sie hatte auf jeden Fall Stil.

Sie redete nicht viel und sie war, wie mir schien, nicht sehr erfreut darüber, dass Alwin die ganze Nacht, ohne etwas von sich hören zu lassen, außer Haus gewesen war. Er hätte mich um mein Handy bitten können. Ich hätte es ihm gern gegeben … Das Rad war ein Geburtstagsgeschenk von ihr. Deswegen hatte er sich so aufgeregt. Dass er es sich hatte klauen lassen, erhöhte seinen Kredit bei ihr nicht. Bei der Gelegenheit kritisierte sie seine Sauferei, was im Übrigen sein Arzt auch nicht guthieß. (»Ach, Schatz.«)

Sie sah in mir den Saufkumpanen, der ihn zu dieser Tour verführt hatte. Damit hatte ich keine guten Karten bei ihr. Schon süß, so im Zorn, wenn auch nicht mein Typ. Was soll's?

Wir aßen gefüllte Pfannkuchen, was hier als Spezialität angeboten wurde. Ich verabschiedete mich, ich fände allein zum Bahnhof. Sie hätte ihn ungern mitkommen lassen.

DAHEIM

Daheim in Augsburg war niemand zu Hause. Ich fand eine Notiz von Katharina auf dem Tisch. Eine Telefonnummer war drauf, ich solle anrufen. Die Nummer sagte mir nichts. Ich wählte und bekam Lisi am anderen Ende. Sie klang, als kämpfe sie mit Tränen. Übermorgen sei Toms Beerdigung. Bei ihm daheim. Er wohnte im Allgäu, für ihn wäre es nicht weit gewesen, vom Schwaltenweiher heimzufahren in der Nacht. Er wollte trotzdem alles mitnehmen vom Fest und vom Wiedersehen.

»Kommst du?«

»Ich versuche freizubekommen. Ich denke, das funktioniert.«

»Das heißt, wir sehen uns.«

»Wir sehen uns.«

»Birne, du musst kommen. Ich habe keine Ahnung, wie ich das sonst durchstehen kann.«

»Wir sind alle geschockt.«

»Darf ich dich anrufen, auch wenn du nicht kommst?«

»Klar.«

Der Himmel verdunkelte sich. Es würde heute noch ein Wärmegewitter geben. Ich überlegte, gleich noch mal an den Schwaltenweiher zu fahren, in der Hoffnung, auf Leni zu treffen. Aber bei dem Wetter ließ ich es.

REVIER

Trimalchio klang ernst. Es gebe ein Problem, ich solle kommen. Problem, Problem. Kann sein, dass wir uns zu nahe standen, der Vorgesetzte und ich. Er wäre mein Trauzeuge gewesen, wäre die Hochzeit nicht geplatzt. Er wollte es im Leben nie leichter, als es sein konnte. Deswegen brauchte er immer wieder eine Stütze in der Nähe. Und die war ich ihm oft genug gewesen. Er bezeichnete sich selbst als einen, der die Frauen liebte; ich bezeichnete das als Quatsch. Immerhin lebte er konsequent, mit allen Gipfeln und Tälern, durch die ich dann mit ihm wanderte – nicht selten in Begleitung unseres gemeinsamen Gefährten Alko. Ja, wir hatten gemeinsam ein Problem. Problem, Problem.

»Birne, wir stehen da zu dir. Mach dir da jetzt keine allzu großen Sorgen. Wir wissen, was wir haben mit dir. Hey. Du bist blass. Wir können abends wohin, was schlucken. Wir spülen das weg.«

Darauf hatte ich keine Lust, auf einmal keine Lust mehr. Der Alkohol löst dieses Problem nicht.

»Ich bräuchte übermorgen frei.«

»Frei?«

»Ich muss auf eine Beerdigung, ein Freund ist verunglückt.«

»Scheiße.«

»Ja. Ersoffen im Suff.«

»Scheiße. Und jetzt willst du erst mal nichts mehr trinken. Verstehe.«

Katharina wollte mich loswerden am Telefon. Ich passte ihr im Moment null rein. War klar, war mein Problem. Es kam da plötzlich daher, da konnte ich nicht einfach noch andere reinziehen. Klar. Wer da angerufen habe? Woher ich die kenne?

Eine halbe Stunde später saß ich Trimalchio gegenüber am Pausentisch. Er hatte mich zu einem Kaffee überredet. Meinen ließ ich erkalten.

»Tanja war dabei. Die sagt, dass sie ganz in deinem Sinne aussagen wird, wenn es überhaupt zu einer Verhandlung kommt. Wir versuchen das abzubiegen. Wir sprechen auch mit diesen Leuten. Wir lassen dich nicht hängen, wir sind in Bayern. Wir wissen, was du uns wert bist. Ich setze mich für dich ein.«

Es fühlte sich an, als ob mir ein Unsichtbarer ein unsichtbares Kissen aufs Gesicht drückte. Die Luft war weg. Der Raum wurde klein, ich konnte mich nicht mehr rühren. Gefangen. Der Boden schwankte unter meinen Füßen.

»So etwas kommt ständig vor. Man bekommt es nur nicht so mit. Jeder kriegt mal eine Beschwerde, wenn er seinen Job korrekt macht. Wir ecken an mit unserer Arbeit. Kopf hoch.«

Meiner sank nach unten. Mir wurde schwarz. Trimalchio fing mich auf.

»Geht's?«

»Es war wieder dieser Schwindel.«

»Willst du heim?«

»Nein, nur kurz ausruhen. Dann geht's wieder.«

Er holte mir einen Schokoriegel. Ich versuchte mich zusammenzureißen. Ich hatte bereits einmal eine Pistole an der Schläfe, da sollte mich das nicht umhauen.

Nachmittags klang er anders. Ernster. Wegen der Staatsanwaltschaft. Die seien nicht so optimistisch, denen sei ich nicht so positiv aufgefallen, wie Trimalchio das schilderte. Sie wollten, dass ich mich schriftlich äußere. Damit sie was in der Hand hätten, falls sich die Medien rührten. Die Medien liebten dieses Thema. Sie würden uns am liebsten bei lebendigem Leib auffressen, sowie wir ihnen nur die geringste Chance böten und Schwäche zeigten. Aufpassen, aufpassen, sonst stünde ich auf einmal allein auf weiter Flur. Wenn es so weit komme, wolle da jeder nur raus und weg von mir sein, dem Bauernopfer. Gut aufpassen.

Tanja war auch da. Sie schaute mich nicht an, stierte nur auf den Schreibtisch vor sich. Sie verzog den Mund, als unterdrücke sie ein Lachen. Sie unterdrückte kein Lachen, das wusste ich. Sie ließ mich gerade im Stich.

»Eine Prügelei, hieß es, wir sollten kommen, hieß es. Wir waren unterwegs auf dem Plärrer.« Das größte Volksfest in Bayerisch-Schwaben. Nicht so laut und nicht so extrem wie das Oktoberfest. Eigentlich ein sympathisches Fest. Fürs Volk und nicht nur für die Touristen.

Während ich redete, studierte Trimalchio fest den Bericht, den wir damals abgefasst hatten. Ich kannte ihn fast auswendig. Wir hatten ihn gut abgesprochen. Trimalchio kritzelte an manchen Stellen eine Notiz hinzu.

»Ein ruhiger Abend bis zum besagten Zeitpunkt, obwohl viel los war. Eine gute Stimmung. Das Bier schmeckte den

Leuten. Sie standen in den Zelten auf den Tischen, sangen mit. Es eskalierte aber nicht. Bis dahin. Plötzlich gerieten in einem Zelt Jugendliche aneinander. Es seien schon Maßkrüge geflogen. Die Mütter brachten ihre Kinder in Sicherheit. Zwei Gruppen beleidigten sich gegenseitig über ihre Tische hinweg. Es gab ein Geschrei, das die Stimmungsmusik übertönte.

Jetzt Eskalation. Messer wurden gezückt. Ein Gerangel. Als wir eintrafen, kehrte Ruhe ein. Einige versuchten, sich heimlich davonzumachen. Wir hielten sie davon ab. An einem Tisch stützte sich einer auf, der blutete an der Stirn. Er war bei Bewusstsein, hatte aber eindeutig was abbekommen. Vielleicht einen Krug. Wir riefen die Sanitäter.

Tanja, erzähl du's. Wir forderten sie auf, uns ihre Ausweise zu zeigen. Die blöde Kapelle blies weiter, wir waren umringt von Schaulustigen, die drängelten und schubsten. Ich musste mich schreiend verständigen und mehrmals um Disziplin bitten. Wir waren gestresst. Herrgott noch mal. Auf einmal sind zwei abgehauen. Ich befahl ihnen stehen zu bleiben. Einer drehte sich um und zeigte uns seinen Mittelfinger.

Tanja, sag was, so war's. Wir rannten ihnen hinterher, verfolgten sie außerhalb des Festzeltes. Sie drängten sich durch die Passanten, einige von ihnen stürzten beinahe. Aber sie kamen schlecht voran, sie hatten eine Menge intus. Sie kamen zum Glück nicht auf die Idee, sich zu trennen. Wir stellten die Jungen, nahmen sie zur Seite, um ihnen ganz ruhig Fragen zu stellen. Der eine tat zunächst unschuldig, aber er spielte das Unschuldslamm schlecht. Tanja, du hast bemerkt, dass da was faul ist. Du hast gesagt: ›Da stimmt was nicht.‹ Das hast du wortwörtlich gesagt. Du hast mit ihm geredet. Du hast ihm unmissverständlich klargemacht, was das bedeuten kann für ihn. Körperverletzung, versuchter Mord, in seinem Alter kann das Arrest bedeuten trotz Jugendstrafrecht. Du hast ihm klargemacht, dass er was für sich bewirken kann, wenn er jetzt kooperiert.«

Tanja unterbrach: »Du redest nur von mir, Birne.«

»Der andere war besser. Er hat alles zugegeben. Wir hatten recht. Wir hatten sie.«

»Ja, Birne«, unterbrach Trimalchio. »Mir liegt das amtsärztliche Gutachten vor. Die Eltern sind sehr entschlossen. Ich habe versucht zu verhandeln. Ich gebe zu, mir ist auch für einen kurzen Moment der Kragen geplatzt. Birne, das sind keine sozialen Verlierer. Das sind Akademiker, die wissen, was möglich ist. Die reden von Zeitung und Anwalt. Wir sind mit dem Rücken an der Wand, Birne. Uns sollte jetzt etwas Gutes einfallen.«

»Ich bin doch kein Einzelfall. Was hat man denn da in der Vergangenheit unternommen? Du hast gesagt, wir kommen da raus. Oder? Ich habe nichts gegen ein blaues Auge, dafür halte ich meinetwegen auch den Kopf hin. Wenn er dafür dranbleibt.«

»Birne, was war denn da los mit dir? Hast du eine Wut auf irgendetwas gehabt? Ist dir da was durchgebrannt? Der Bub war am Ende schlechter dran als der, der den Maßkrug abbekommen hat.«

»Der ist voll ausgerastet, der hat uns beschimpft und mit Ausdrücken versehen, das war nicht angemessen. Außerdem ist er gewalttätig. Der hat schon mehrere so traktiert. Dafür musste der mal einstecken. Meinst du, wir können was mit Affekt drehen? Ich bin grundsätzlich sehr emotional, immer schon. Du kennst mich besser als meine Verlobte. Da wird sich doch ein Psychologe auftreiben lassen, der etwas ausschreibt. Ja?«

»Das stellst du dir so einfach vor.«

Ich sprang auf. »Die Tabletten. Ich nehm doch die Tabletten gegen den Schwindel. Damit es mich nicht umhaut. Ein Arzt hat sogar gesagt, er würde Epilepsie nicht ganz ausschließen. Er war sich nur nicht sicher, ob das Zeug was taugt. Es hat auf jeden Fall schwere Nebenwirkungen, bis hinein in den Charakter. Das ist es. Ich nehme einen Anwalt und der boxt das durch.«

»Nein. Ruhig bleiben erst mal. Entweder wir lassen uns generell auf die Sache ein, aber dann lassen wir Federn, auch wenn's günstig für uns endet. Oder wir lassen's gleich. Augen zu und durch. Es ist nie etwas gewesen. Tanja?«

»Ich bin mir nicht sicher.«

»Wie?«, fragte ich.

»Der hätte uns auch sterben können.«

»Wieso hast du dann nichts gesagt? Wieso hast du mich nicht gestoppt?«

»Nun …«

»Ja. Jetzt red schon.«

»Wie soll ich sagen? Ich hatte selbst Angst.«

»Scheiße. Du stellst dich sonst nicht so an.«

»Birne, bitte, wir sollten einen gewissen kollegialen Ton wahren.«

Wir haben sie mitgenommen. Der eine folgte gleich brav, aber unser spezieller Freund schrie und schlug um sich. Ich habe ihm die Arme auf dem Rücken zusammengehalten und ihn mit den Knien vorwärts gestoßen. Kurz bevor wir ihn auf der Wache hatten, schrie jemand hinter uns mit einer hysterischen Frauenstimme: »Das ist ja mein Bub, hallo, wo wollen Sie mit dem hin?«

Als wir sie drin hatten, hat er noch lauter gebrüllt. Und als er mich angespuckt hat, ist mir der Kragen geplatzt, ich habe ihn gegen die Wand gedrückt. Mit ein bisschen Anlauf. Da ist ihm wohl ein Stückchen vom Zahn weggebrochen. Nicht viel, war vielleicht schon locker.

Die Frau war plötzlich im Raum und verlangte, zu ihrem Sohn durchgelassen zu werden. Tanja versuchte sie zu beruhigen. Den braven Burschen haben wir gar nicht mehr beachtet. Den schlimmen habe ich im Trubel noch mal angelangt. Ein bisschen ins Gesicht. Auf keinen Fall genug für ein blaues Auge. Na ja. Gut, er hat geblutet. Im Gesicht. Dort sieht es immer brutaler aus, als es ist. Wir wurden die Mutter los, indem wir ihr versprachen, dass sie ihren Sohn gleich wiederhabe. Endlich konnte Tanja sie rausbugsieren. Die Jungs wurden dann vernünftig, auf einmal. Geht doch.

Ich habe gedacht, wir hätten die Sache glimpflich hinter uns gebracht. Jetzt Nachspiel. Wieder waren wir von der Polizei die Bösen. Dabei haben wir nur unseren Job erledigt. Keiner will mit offenem Schädel im Bierzelt liegen, wo ihm zum Takt von Hubert von Goisern das Hirn auf den Boden rinnt. Gehobelt soll werden, Späne dürfen aber keine fallen. Wir sollen einschreiten, wenn was passiert, wenn wir aber hinlangen müssen, dann am besten mit Samthandschuhen. Da stimmt was nicht ganz tief im Herzen unserer Gesellschaft.

Wunderbare Katharina, wunderbare Frau. Wie sie mich gehalten hat im Arm, wie sie mich meinen Kopf auf ihre Brust legen ließ, das Heben und das Senken, die Wiege, die Geborgenheit.

Es werde alles gut, lieber Birne, alles werde gut.

EISCAFÉ

Sie gingen mir aus dem Weg. Wunderte mich nicht. Den Leprösen wegsperren, damit man sich selbst nicht ansteckt. Freunde? Scheiß drauf. Das Wühlen in mir, die Bewegung ganzer Erdschichten in meinem Magenbereich, versuchte ich zu beruhigen, indem ich meinen wahren Freundeskreis nach möglichen Trauzeugen durchforstete. Trimalchio war durchgefallen.

Diesen Betrieb schädigen, ihn vernichten durch die größtmögliche Ineffizienz. Kaffee saufen, literweise, aber dafür nichts in die Kaffeekasse. Abführen, dreimal eine halbe Stunde mit meiner aktuellen Tageszeitung, allein während des Vormittags. Ein Anruf in Abwesenheit. Privatgespräche führen im Dienst. Hätte mich auch krankmelden können nach meinem Schwindel gestern.

Beim Bahnhof in Augsburg gab es ein kleines Eiscafé, das guten Zulauf hatte, je höher die Temperaturen waren, das aber aufgrund der Unfreundlichkeit des Personals die Gesamtnote ›beschissen‹ verdiente. Ein ausgesprochen schlechter Treffpunkt für eine Mittagspause.

Alwin kannte nicht viel mehr von Augsburg. Er saß dort, als ich dazukam, mit einem mittelalten Mann. Ich ließ mich vorstellen, er fragte wie jeder, ob wirklich nur Birne. Ich vergaß im nächsten Augenblick schon seinen Namen, nicht aber, was Alwin – in seiner Anwesenheit – über ihn erzählte:

»Er liebt die Frauen, junge Frauen, alte Frauen, Hauptsache Frauen.« Alwin setzte dem Fremden ordentlich zu.

»Natürlich hat einer, der die Frauen so liebt, eine eigene Frau.«

»Sie übertreiben«, warf er ein.

Ich bestellte einen Cappuccino bei der Bedienung, die anderen hatten schon gehabt und wollten vorerst nicht mehr.

»Eine eigene Frau ist das beste. Birne, besorg dir schnell eine.«

»Ich hab eine. Die Katharina ist sowieso unerreichbar. Das weißt du.«

»Die eigene Frau, die kannst du gebrauchen, wie du sie willst. Sie muss dir zur Verfügung stehen, sie muss dich bedienen. Du stellst sie einfach zur Seite, wenn du keine Lust mehr hast. Vielmehr: wenn du Lust auf eine andere hast.«

»Es war Liebe. Verdammt.« Der Schnurrbart des Fremden zitterte.

»Alles ist Liebe heutzutage. Liebe inflationiert regelrecht. Seid mir sparsam mit dem Wort Liebe. So lautet das elfte Gebot. Ich liebe dich. Ich liebe dich. Ich liebe dich.«

»Aufhören«, bat der Mann, das Gesicht schmerzverzerrt. Er rutschte beinahe vom Stuhl.

»Was bekomme ich dafür?«, fragte Alwin.

»Alles.«

»Würden Sie meinen Freund Birne und mich einladen?«

»Natürlich.«

Die um uns Sitzenden drehten die Köpfe. Die, die mir den Cappuccino brachte, erkundigte sich, ob alles in Ordnung sei.

»Alles wunderbar«, sagte Alwin. »Mein Bekannter muss gerade einen schweren inneren Schmerz verarbeiten.«

Die Bedienung ließ uns in Ruhe, der Fremde krümmte

sich vor unseren Augen, als ob wirklich schwere Schmerzen ihn plagten. »Was kann ich tun?«

»Gib jedem von uns 50 Euro«, schlug Alwin vor.

»Dann erfährt meine Frau nichts?«

»Wenn du mir versprichst, dass so etwas nie wieder passiert.«

»Ich verspreche es. Ich verspreche es.«

»Ich bekomme das raus. Ich bekomme alles raus. Ich beobachte dich.«

»Ich bin sonst ruiniert.«

Alwin erlöste den Mann, nachdem er jedem von uns 50 Euro gegeben hatte. Er haute schnell ab, zahlte die Rechnung beim Gehen an der Theke, ließ uns dabei nicht aus den Augen. Ich war extrem beeindruckt.

»Jetzt hast du Geld genommen«, stellte ich fest.

»Nicht zu meiner Bereicherung. Ihn schmerzt es, er ist ein Geizhals. Er büßt dabei am meisten.«

»Er hat doch nicht etwa mit Sylvia?«

»I wo. Erstens würde die niemals mit einem anderen als mit mir, zweitens wäre er dann tot.«

»Selbstverständlich. Andernfalls könnte ich dich dann nicht mehr achten.«

Alwin lachte auf. »Wie geht's dir? Du siehst sagenhaft schlecht aus. Quält dich was?«

»Ach, hör auf. Ich bin morgen auf der Beerdigung.«

»Verstehe.«

Er wollte nicht länger zuhören, er wollte lieber mehr von sich reden. »Mich hat dieser Auftrag hergeführt, hierher nach Augsburg. Ich kenne diesen Lackaffen noch von früher, als ich noch im Geschäft war. Hat er so eine tolle Frau und benimmt sich wie ein Lump. Sie war ganz verzweifelt, hab sie zufällig getroffen, bin an ihr vorbeigeradelt. Da hat sie plötzlich geweint, nachdem wir uns schon eine Viertelstunde unterhalten haben. Ich hab's mit Worten versucht, sie zu trösten, so gut ich konnte. Natürlich wusste sie alles. Er meinte, er könne es ihr verheimlichen. Doch diese Wunde ist tiefer, da mussten Taten folgen. Jetzt bin ich da und nutze diesen Anlass, dich zu treffen. Birne, schön ist es. Sag mal, wenn man hier in Augsburg Weizen trinken will um diese Uhrzeit, geht man nicht in die Eisdiele am Bahnhof. Oder?«

Ich führte ihn zum Biergarten am Zeugplatz, wir bekamen Weizen, wonach mir nach all dem Ärger wahrlich der Sinn stand, und Kässpatzen. Ich gestattete es nicht, dass er mich wieder einlud, zückte einfach schneller den Geldbeutel am Selbstbedienungsstand. Aber gut, da war der 50er von dem Herrn eben.

»Auf die Gerechtigkeit!« Wir stießen an. Ich hatte mein privates Problem mit der Gerechtigkeit. Ich tanzte mit dem Bierglas in der Hand über dem Abgrund. Ohne dass ich es ahnte, konnte in dem Moment schon meine Existenz vernichtet sein. Scheitern bedeutet Chance. Freilich. Ich konnte mir schon mal eine neue Existenz suchen, war eh eine beschissene Existenz, die eben. Polizei-Kacke. Ich saß mittlerweile auf einem ganzen Haufen wertloser Existenzen. Gab es da draußen noch einen, der aus der einen oder anderen noch was rausquetschen könnte, so konnte er sie jetzt billig haben. Ich wollte aus meinen Existenzen kein Geschäft mehr machen, ich wollte nur noch hier raus. Wenn die mich einsperrten, war alles im Arsch, zusätzlich im Arsch. Bis ich mich da rausgewühlt hätte, mitten durch den Scheißdreck dort, das würde ewig dauern. Das konnte mich unter Umständen Katharina kosten. Lieber noch ein Weizen, als an dieser Stelle weiterdenken.

»Weißt du noch was? Damit dieser Tag nicht so angebrochen rumliegt. Ich habe zwar nichts mehr zu tun, aber Tag ist Tag.«

»Wir könnten ins Kino gehen. Man geht zu wenig ins Kino. Wir könnten daran was ändern.«

»Schmarren. Ich will was anstellen. Einen Ungerechten fertigmachen. In mir steckte heute so viel Tatendrang, da muss noch was raus.«

Mir fiel gleich was ein. Ich tat aber so, als müsste ich noch eine Weizenlänge lang überlegen. Damit hatte ich in dieser Mittagspause drei Weizen, drei schwere, also keinesfalls leichte oder alkofreie, und die Idee, alles auf meinen Alkoholismus zu schieben. Mein Alkoholismus, mein Freund und Helfer. Zum richtigen Zeitpunkt war er wieder da, um mir eine Hand zu reichen. Ich war besoffen im Dienst und hatte deswegen den Jungen unsanft gepackt. Die Motorik war in meinem Suff nicht mehr kontrollierbar. Ich trank schon untertags mehr, als erlaubt war. Immer wieder, würde ich behaupten. Ich würde mich sogar in Therapie begeben, zum Schein meinen lieben Freund eine Weile verraten und nur noch maßvoll trinken, um dann, wenn alles durchgestanden war, brachial meine Rückkehr ans Glas zu feiern.

»Wir haben in der Nachbarschaft einen Rentner, das ist vielleicht ein Arschloch. Den könnten wir besuchen.«

»Was macht er denn, dein Nachbar?«

Wir hatten es beim Metzger erzählt bekommen. Katharina und ich, wir waren zusammen einkaufen, ein Samstagvormittags-Ritual, mit dem wir das Wochenende einläuteten. Die Frau wohnte in unserem Haus. Sie war immer daheim, jeden Tag. Sie sieht und hört eine Menge. Sie hat es uns erzählt, hat uns am Ende der Schlange extra ein wenig zur Seite gezogen, damit nicht ein Falscher lauscht und es womöglich weiterträgt. Wir wurden aufmerksamer nach dem Bericht, wir hielten die Augen so lange offen, bis wir leibhaftig Zeugen wurden eines Samstags.

»Wissen Sie, dass Sie eine Fahne haben?«, sagte er anstatt eines Grußes, als er uns die Tür öffnete.

»Herr Zwingli.«

»Was wollen Sie?« Er deutet auf mich mit seinem nackten, blassen Greisenfinger. »Sie kenne ich. Sie sind bei der Polizei.«

Alwin übernahm. »Wir wollen mit Ihnen reden.«

»Was gibt's? Ich habe nichts angestellt – und ich habe nichts beobachtet. Ich habe Sie nicht gerufen.«

»Lieben Sie Kinder?«, fragte Alwin.

»Was soll denn diese Frage? Wollen Sie mir was unterstellen? Vergessen Sie's. Ich wurde verleumdet.«

»Uns wurde gesagt, dass sie ein Kinderfreund sind. Stimmt doch?«

Ich nickte.

»Sie lieben es nicht nur, wenn Kinder Ball spielen. Sie spielen gern selbst ein bisschen mit. Stimmt doch?«

Ich nickte.

Der Alte wehrte sich. »Was wollen Sie? Ich rufe gleich noch eine andere Polizei.«

»Und wenn Sie dann mal den Ball bekommen, wollen Sie ihn alleine für sich haben, dann wollen Sie nicht mehr teilen mit den anderen.«

Alwin haute den Fuß dazwischen, als Zwingli versuchte, seine Tür zu schließen.

»Waren Sie als Kind schon so? Was hat denn da der Nikolaus gesagt? Mussten Sie dem nicht versprechen, keine Bälle mehr zu zerstechen?«

Auf einmal wurde Zwingli ganz ruhig. Er starrte geradeaus vor sich hin. Er war geistig nicht mehr anwesend, in Gedanken ganz woanders, tief in der Vergangenheit.

»Der Nikolaus.« Tränen stiegen ihm in die Augen. »Ich habe es ihm versprochen«, sagte er kleinlaut. »Bitte nicht. Bitte nicht in den Sack stecken, nicht in den Wald. Ich bin brav. Ich verspreche es.« Zwingli schlug seinen Kopf an die Tür, grunzte, ging zu Boden, nässte ein.

»Der Nikolaus geht das ganze Jahr über um und kontrolliert, ob alle Sie Ihre Versprechen einhalten. Und wenn Sie sie nicht einhalten, wird er böse«, sagte Alwin streng.

Als ich Alwin zum Zug brachte, sagte ich ihm, wie toll das wäre, wenn er uns helfen könnte bei Verhören. Er hatte den Zwingli nicht berührt und doch erreicht, was wir beabsichtigt hatten. Ich war mir sicher, dass er von jetzt an keinen spielenden Kindern den Ball wegnehmen und kaputtstechen würde. Er hatte gewinselt und seinen Fehler für immer bereut.

»Birne, ich gesteh dir jetzt mal was: Ich hatte heute mal kurz Angst, dass mir der Alte nicht mehr hochkommt. Wir müssen mit den Weizen aufpassen. Ruf mich bald wieder an.«

WOHNUNG

Katharina erwartete mich. Trimalchio sei sauer, er habe mehrmals angerufen. Ich sei unauffindbar.

»Zum ersten Mal seit Langem hat mir wieder etwas Spaß gemacht. Ich war im Kopf ganz bei einer Sache.«

Ich wollte ihr nicht sagen, wo ich mich den ganzen Tag rumgetrieben hatte, das glaubte mir sowieso keiner.

Katharina war nun ebenfalls sauer auf mich. Ich ließe mich gehen.

Ließ ich mich gehen? Ich freute mich darüber, Alwins Bekanntschaft gemacht zu haben. Daraus konnte etwas entstehen.

Sie war nicht begeistert davon, dass ich nach Bier roch. Ich rief Trimalchio an. Er war voll. Ich hörte es. Er blaffte mich an. Er habe keine Lust auf weitere gute Ideen von mir. Er ließ den Chef raushängen. So brauchte er mir nicht zu kommen. Dass ich Mist gebaut hatte, war mir inzwischen klar. Einmal aufs Brot schmieren und gut ist es. Das Haus ist eingestürzt. Wir spucken in die Hände und bauen es wieder auf. Jesus brauchte drei Tage dafür. Wie lange brauchst du?

»Ich will nur, dass wir konstruktiv mit der Situation umgehen«, sagte ich zu ihm. »Wir können uns ein Leben lang Vorwürfe machen. Oder wir können den Blick nach vorne richten. Du willst doch die Verantwortung, deswegen bist du der Boss. Wenn du die Verantwortung scheust, dann brauchst du nicht auf eine solche Position. Ich bin jetzt mal ganz ehrlich. Sorry.«

»Birne, ich will ab jetzt jede Sekunde wissen, wo du bist und was du dort treibst. Du legst mir für jeden Atemzug

Rechenschaft ab. Sonst werde ich keinen Finger für dich krümmen. Kapiert?«

»Heißt das, dass du mir nicht mehr traust?«

»Vertrauen ist ein großes Wort. Genauso wie Misstrauen. Birne, ich gebe zu, dass eine gewisse Enttäuschung auf meiner Seite da ist.«

Katharina lag auf dem Sofa vor dem Fernseher. Es lief was, sagen wir eine Talkshow. Wir schauen normalerweise keine Talkshows zu zweit. Ich suchte ihre Nähe und bekam sie nicht.

»Erinnerst du dich an den komischen Alten?«, fragte sie. »Den wir beobachtet haben, wie er einem Mädchen den Ball mit einem Messer zerstochen hat.«

»Den Herrn Zwingli?«, fragte ich.

»Heißt er so? Kann sein.«

»Was ist mit dem?«

»Der hat mich heute gegrüßt. Superfreundlich. Und dir lässt er einen schönen Gruß ausrichten.«

BEERDIGUNG

Eine Menge Schulklassen waren da. Ein Chor hat gesungen. Gut. Am Grab selbst lief ›All You Need Is Love‹ von den Beatles. Darüber habe ich mich gewundert. Bei Tom. Das hatte er wohl nicht selbst arrangiert. Aber wer plant schon seine Beerdigung in diesem Alter?

Viele davon aus unserer Klasse. Es wurde fest geweint. Ich konnte auch nicht dichthalten. Was soll's? Es war nicht weit vom Schwaltenweiher. Er hätte heimfahren können. Der Pfarrer predigte nicht vom Alkohol, obwohl im Evangelium vom Weinstock die Rede war, der Weinstock, durch den wir alle leben werden.

Toms Frau war nah am Grab, gleich bei den Eltern. Und noch eine Frau war da, eine mit einem Kind, vielleicht zehn. Die weinten auch fest. Susanne schaute ernst zu ihnen hinüber. Sie wäre gern näher dran gewesen, sie wäre gern eine derer gewesen, denen man am Grab die Hand schüttelt. Es war in der Todesanzeige gestanden, man solle von Beileidsbekundungen absehen. Die Leute vom Dorf ignorierten das. Sie gingen alle hin. Wir folgten ihrem Beispiel nach kurzem Zögern. Die Eltern wollten, dass die Freunde mitgingen zum Leichenschmaus. Wir genierten uns, wir zogen weiter in eine andere Wirtschaft, um uns dort einen Kaffee zu genehmigen. Die Nerven beruhigen.

»Bist du heute mit dem Auto da?«, fragte mich Lisi.

»Ja«, antwortete ich. »Ausnahmsweise. Jeden Tag das Auto zu nehmen, wäre blöd.«

»Wegen … Wie hieß sie noch mal?«

»Katharina.«

»Ah ja. Katharina, die Reine.«

Uli saß neben ihr wie angeklebt. Er hatte den Arm um ihre Schulter und schwieg, während wir uns unterhielten. Er starrte mich an.

»So rein ist die gar nicht«, sagte ich.

»Wer ist das schon?« Susanne war auch bei uns. Ebenso Irmi und Teddy. Friedrich war ebenfalls auf der Beerdigung, danach fuhr er aber gleich weg, ohne mit irgendjemandem ein Wort gewechselt zu haben. Wir bedauerten den Anlass, der uns so schnell wieder zusammengeführt hat.

Zum ersten Mal mischte sich Uli ein: »Kann doch sein, dass es eine höhere Macht gibt, die das alles regelt.«

»Oh Gott, fang bitte nicht schon wieder mit diesem Schrott an«, fuhr Susanne ihn an. »Wer hat denn davon was?«

»Mich tröstet das«, sagte Uli.

»Ich glaube auch an Gott«, gab ich zu. »In dem Fall war es aber nicht das Schicksal alleine, glaube ich. Da war noch ein Helfer dabei.«

Lisi fiel mir ins Wort: »Seid ihr auch zusammengezuckt, als das Beatles-Lied kam?«

»Wo er sich doch so gegen die Beatles gewehrt hat«, erinnerte sich Susanne.

»Ich fand die Rede, die sein Direktor gehalten hat, ergreifend«, sagte Teddy.

»Was war denn daran ergreifend? Nur Hülsen. Der hat unseren Tom gar nicht gekannt«, grummelte Uli.

»Dennoch. Gute Wortwahl.«

»Susanne, kann ich dich kurz was fragen?«

Ich hatte gewartet, bis sie mal aufs Klo musste und passte sie auf dem Gang ab.

»Was gibt's, Birne?«

»Warst du bei ihm?«

»Wie meinst du das?«

»Warst du bei Tom, als er ertrunken ist?«

»Birne, spinnst du? Ich war im Bett.«

»Da war jemand in der Nacht bei ihm. Ich weiß das, ich habe einen Zeugen.«

»Wen denn?«

»Das spielt keine Rolle. Warst du es?«

»Ich habe keine Ahnung, wie du auf mich kommst.«

»Du warst den ganzen Abend um ihn herum.«

Susanne wehrte sich. »Das ist übertrieben. Wir haben uns unterhalten. Das stimmt. Mehr war nicht.«

»Du hast dich an ihn rangeschmissen.«

»Birne, ich bin verheiratet. Du warst besoffen, du hast gar nichts mitgekriegt. Du hast mit Irmi rumgemacht. Spiel jetzt nicht den Mister Superdetektiv, nur weil du bei der Polizei bist. Es ist so schon schlimm genug. Lass uns in Ruhe, blöder Bulle!«

Teddy bog in den Gang ein, er musste auch mal. »Stör ich euch beim Knutschen?«

»Nein, garantiert nicht.« Susanne ging aufs Klo.

»Die ist gut drauf«, sagte Teddy. »Ist es wegen Tom?«

»Weiß ich nicht.«

Es fiel schwer auseinanderzugehen. Es war schon später Nachmittag. Ich trank keinen Alkohol wegen des Autos. Ich wurde müde und durstig, schließlich packte ich es. Teddy kam mit, weil Lisi und Uli, die ihn mit hergenommen hatten, noch einen Umweg über einen Verwandten machen wollten.

»Eigenartig. Kann sein, dass wir uns in dieser Runde nicht mehr sehen«, stellte Teddy im Auto fest.

»Wieso meinst du das?«

»Es müsste einer in Toms Fußstapfen treten und die Treffen organisieren. Das will keiner. Jedenfalls nicht so schnell. Nicht in fünf Jahren.«

»Mach du doch.«

»Ich? Nein. Ich bin nicht der Typ dafür. Ich kann nichts organisieren. Da bräuchte ich einen Macher neben mir. Dich?«

»Mich? Nein, Teddy. Ich bin, ehrlich gesagt, gar nicht so scharf auf diese Veranstaltungen. Diejenigen, mit denen man gern zu tun hat, die sieht man eh dazwischen und auf die anderen verzichte ich gern.«

»Da hast du recht. Uli und Lisi nerven mich.«

»Die nerven dich?«

»Der Uli ist ein blöder Griesgram. Egal, wer was sagt, er zerlegt es ihm noch im Mund. Immer. Ständig. Ich sage, die Worte am Grab waren ergreifend. Er …«

»Aber Lisi ist nett.«

»Sie ist mit ihm zusammen, also stimmt mit ihr was nicht.«

Ich wechselte das Thema. »Wie läuft es mit deinen Büchern?«

»Super.«

»Na dann.«

»Man kann nur nicht davon leben.«

»Willst du davon leben?«

»Wenn es geht, schon.«

»Wenn es nicht geht, kannst du nicht davon leben. Dann musst du von was anderem leben. Dann ist es Hobby.«

»Alles andere ist Hobby. Schreiben ist eine Berufung.«

»Natürlich.«

»Du nimmst mich nicht ernst.«

»Doch, doch. Ich habe nur noch nichts von dir gelesen.«

»Dabei hast du mir versprochen, mich zu unterstützen.«

»Ich? Wann war das?«

»Als wir noch zur Schule gingen.«

Ich lachte auf.

Teddy blieb ernst. »Kennst du die Geschichte von dem Mann, der auf einer Party einem Mädchen verspricht, sie immer zu lieben. Im Hintergrund läuft ein Beatles-Lied?«

»Und 20 Jahre später steht sie vor seiner Tür und will das Versprechen eingelöst haben? Obwohl der Mann längst mit einer anderen verheiratet und Kinder?«

»Du kennst die Geschichte?«

»Nein. Ist die von dir?«

»Nein.«

»Wie geht sie aus?«

»Weiß ich nicht. Wahrscheinlich hält er sein Versprechen.«

»Und hat dann zwei Frauen?«

»Keine Ahnung. Und du? Kaufst du mir jetzt 5.000 Bücher ab?«

Und wieder lachte ich. »Könntest du dann davon leben?«

»Nicht ganz, aber es wäre ein Anfang. Dazu noch ein paar Lesungen.«

»Vergiss es.«

Teddy antwortete nicht mehr. Nicht einmal, als ich ihn darum bat, mir die Handlung zu erzählen. Er war beleidigt.

»Du kannst mich gern mal besuchen, dann erzähle ich dir etwas über die Polizeiarbeit.«

»Das werde ich machen.«

Er verstummte. Ich dreht die Musik laut. Unser Lied zum Tod: ›Hang down your head‹ von Tom Waits. Das passte so gut, dass ich den Rhythmus auf dem Lenkrad mitklopfte. Teddy fand es unpassend.

MITTAG

Ich räumte an meinem Schreibtisch rum. Ich spielte mit dem Gedanken, mich krankzumelden; Kopfweh, Übelkeit, nicht vorgetäuscht. Bier gesoffen, weil Katharina nicht wegwollte von der Kiste, geschweige denn in die Kiste. Niemand zum Reden. Die Einsamkeit vor dem Computer verbracht. Im Netz nur noch trauriger geworden.

Trimalchio noch nicht gesehen. Es konnte sein, dass er mir aus dem Weg ging. Am späteren Vormittag trafen wir uns auf dem Flur. Er grüßte im Vorbeigehen. Ich wollte ihm nach, mit ihm reden. Er wies mich ab. »Nicht jetzt.«

Ich wartete ein Weilchen, dann telefonierte ich mit Alwin und machte ihm einen Vorschlag. Er klang interessiert. Er versprach, sich gleich darum zu kümmern.

Wenig später eine SMS von einer unbekannten Nummer. »Melde dich mal, ich brauche deine Hilfe. Und sorry wegen gestern. Teddy.«

Gerne, wenn jemand meine Hilfe braucht, wird er nicht enttäuscht.

Zur Mittagszeit behielt ich den Ausgang im Auge. Als Tanja rausging, schlüpfte ich ihr hinterher, überredete sie, mit mir essen zu gehen. Ich lockte sie mit einer Einladung und erklärte ihr die Lage.

»Dein Bekannter schreibt Kriminalromane und sucht jemanden, den er über unsere Arbeit ausfragen kann?«

»Genau.«

»Er will ein bisschen hospitieren?«

»Wenn es möglich ist, wenn Trimalchio nichts dagegen hat.«

»Wieso erzählst du mir das?«

Tanja hatte im Moment keinen Freund.

»Du bist mir irgendwie immer noch am nächsten von allen. Mit dir kann ich reden, Tanja. Ich kann ihm natürlich auch was zeigen, aber das hat wohl keinen Wert.«

»Birne, tust du dir gerade ein bisschen leid? Du, wenn ich das nächste Mal Zeit habe, bedauere ich dich. Okay?«

»Zu nett.«

»Der wird am Ende auf die Idee kommen und mich in sein Buch einbauen, Birne.«

»Wenn er dich einbaut, Tanja, dann kauf ich es mir und wichse auf jede Seite, auf der dein Name steht.«

»Versprochen?«

BAHNHOF

In der Bahnhofsbuchhandlung hatten sie sein Buch. Ich kaufte es, Tanja ebenfalls. Sie wollte keinesfalls warten, bis ich es ihr leihen konnte.

Nach Dienstende kam sie ins ›1516‹, das Wirtshaus am Bahnhof. Es war noch nicht viel los, der Raum füllte sich schnell, am Abend würde ein Bluesrockband aufspielen. Die zog das Publikum an.

Teddy war überrascht, mich nicht allein anzutreffen. Er schüttelte Tanja die Hand und beachtete sie danach nicht mehr. Er sprudelte mit seiner Idee heraus: Ein psychopathischer Entführer treibt in Augsburg sein Unwesen. Er hat es auf junge Mädchen abgesehen. Er versteckt sie in einem Keller und treibt geheimnisvolle Dinge mit ihnen, nachdem er sie unter Drogen gesetzt hat. Keine kann sich erinnern, nachdem man sie schwer traumatisiert irgendwo aufgegriffen hat. Die Polizei ist ratlos. Der Täter bleibt ein Phantom. Man setzt einen Lockvogel aus. Ein Ermittler legt sich auf die Lauer, um zuzuschlagen, wenn der Entführer zugreift, nichts passiert vorerst; dann aber plötzlich alles auf einmal: Bei einem Routineeinsatz in einem Bordell wird der Ermittler zusammen mit einer Prostituierten entführt. Doch anstatt ihn umzubringen, macht ihn der Entführer nach und nach zu seinem Komplizen.

»Nur zum Schein«, betonte Teddy. »Denn am Ende schafft er es natürlich, dem Gauner das Handwerk zu legen. Und die Prostituierte verliebt sich in ihn und für beide fängt ein neues Leben an.«

»Total unrealistisch und überzogen«, urteilte Tanja.

»Mein Held ist ein etwas übergewichtiger Kommissar Ende 50, der vor allem seiner Frühpension entgegenträumt. Seit dem Tod seiner Frau ist er desillusioniert, die einzigen Freuden, die ihm noch bleiben, sind regelmäßige Schafkopfabende und eine Affäre mit einer Kioskbesitzerin, die dem Alkohol schwer zugetan ist.«

Er freute sich, dass ich sein Buch gekauft hatte und signiert haben wollte. Tanja holte ihres nicht heraus. Sie schaute den Bühnentechnikern zu beim Aufbauen der Tonanlage.

»Weißt du, die Zielgruppe ist wichtig: weiblich, über 50. Die braucht eine Identifikationsfigur. Sein Lieblingsreiseziel ist Skandinavien, mit der Fähre die Fjorde entlang. Er besucht dort einen guten Freund, ebenfalls Polizist, mit dem skypt er immer, wenn er nicht weiter weiß.«

Tanja stand auf, legte vor mich drei Euro. »Wir sehen uns.«

»Wieso gehst du?«

»Ich bin müde.«

»Ich will mit dir reden. Ich habe einen Fehler begangen. Ich will eine Chance«, bettelte ich sie an.

»Tja, ich fürchte, ich bin niemand, der dir da helfen kann. Du musst dich mit anderen gut stellen. Wir sehen uns, vielleicht.«

Der letzte Satz war an Teddy gerichtet. Sie verschwand. Der Soundcheck begann. Ab jetzt mussten wir uns anschreien.

Ich lobte Tanja vor Teddy. Ich riet ihm, sich Zeit zu lassen. Sie taue schon noch auf. Teddy ging es jedoch um etwas anderes, von Anfang an.

»Ich will das Geld nicht geschenkt. Ich gebe dir Bücher. 500 Stück. Die kannst du verkaufen. Der Erlös gehört dir. Als Zins sozusagen. Im Endeffekt ist es ein Riesengeschäft. Und du hilfst mir über einen kleinen finanziellen Engpass.«

»Was ist denn los mit euch? Friedrich hat mich auch angeschnorrt. Wieso geht ihr nicht zur Bank?«

»Ich will arbeiten mit dem Geld. Das sehen die nicht ein. Du auch nicht. Gib's zu. Du willst mir nicht helfen. Obwohl du's könntest. Du traust mir nicht. Scheiße, Birne. Wenn ich ein Wildfremder wäre.«

»Eben. Was ist denn los, wenn du einen Freund um so einen Gefallen bitten musst?«

Er hatte nun Tränen in den Augen. »Da ist niemand in meinem Leben. Ich war schon drauf und dran zu springen.«

»Und wenn du springst, nachdem ich dir Geld geliehen habe?«

»Das ist eine Unverschämtheit, du lachst mich aus. In meiner Situation.« Er stand auf. »Wir sehen uns auf der nächsten Beerdigung. Ich bin mir nicht sicher, ob ich dir die Hand schütteln werde.«

»Hock dich hin.« Ich zog ihn runter. Die Band testete ›Honky Tonk Woman‹.

»Ich kann mich jetzt nicht konzentrieren. Zu Honky Tonk Woman. Und ich habe keine Ahnung, was du wirklich willst«, gab ich zu.

»Birne, du hast immer Glück gehabt, dir ist es immer gut gegangen im Leben. Auch in der Schule, da war immer ich der Arsch, egal, was los war. Du hast ein geregeltes Einkommen, eine Frau, die du bald heiraten willst. Ich habe nichts davon, nur einen Haufen Schulden. Und jetzt komme ich einmal im Leben und bitte dich um etwas: nur ein kleines Stück von deinem Glück, das du leicht entbehren kannst. Du unterstützt Kunst damit. Das ist eine Form von Kultursponsoring. Ab einem gewissen gesellschaftlichen Status ist das üblich.«

»Mir geht's auch nicht so rosig. Wieso kommst du zu mir? Es gibt andere, die wirklich Asche haben. Frag Lisi und Uli.«

»Aber du hast einen Sinn dafür. Damals schon. Du bist zu mir gestanden. Erinnerst du dich nicht mehr?«

»Doch, ich erinnere mich.«

»Aber du stehst nicht mehr dazu.«

»Doch, ich stehe dazu. Der Moment ist etwas ungünstig.«

»Der Moment? Darf ich lachen? Wenn ich ein Leben lang auf den passenden Moment warte, dann schreibe ich kein Buch. Birne, vielleicht ist das der Grund, warum du nicht zufrieden bist. Du wartest. Jetzt, immer schon eigentlich. Reiß eine Sache mal an dich. Ich helf dir, das verspreche ich dir, egal, wie es mir dann selber geht. Birne, du musst deinen eigenen Traum verwirklichen. Das ist das Problem. Du bringst es selbst nicht auf die Reihe.« Er winkte der Bedienung mit seinem leeren Glas.

Ich ließ ihn sitzen. Das Bier bezahlte ich ihm. Es ist nicht so, dass ich keinen Sinn für Kunst habe, aber woher soll ausgerechnet ich 500 Menschen auftreiben, die mir so wohlgesonnen sind, dass sie mir etwas abkaufen? Den eigenen Traum verwirklichen. Scheißdreck.

GARTEN

Trimalchio saß auf der Terrasse und blickte in die Dunkelheit hinein. Er zog an einer Zigarre, die Glut leuchtete auf, der Rauch drang in seine Lungen und kratzte im Hals. Die Gedanken, die in seinem Kopf wirbelten, kamen zur Ruhe, ordneten sich. Er war niemandem Rechenschaft schuldig, ihm schenkte keiner was. Er befand sich ziemlich genau in der Mitte seines Lebens und kein Mensch um ihn herum bedeutete ihm etwas. Auch er hatte niemanden, dem er wichtig war. Seine Frau hatte ihn verlassen, er bewohnte sein Reihenhaus allein. Er verbrachte nicht viel Zeit hier, das Alleinsein innerhalb dieser Mauern bekam ihm schlecht. Davon wurde sein Gemüt trübe. Depression konnte er nicht brauchen, nicht zum jetzigen Zeitpunkt.

Birne war leider ein furchtbares Arschloch. Das wurde ihm mehr und mehr bewusst. Er hatte vom ersten Tag wahnsinnig um ihn gekämpft. Die Zahl der guten Worte, die er für diesen Mann eingelegt hatte, konnte ein dickes Buch füllen. Er war seinerzeit der Meinung gewesen, jemand wie Birne im Team brauchen zu können. Einen Querdenker und Quereinsteiger, jemand mit Motivation und frischen Ideen. Er hatte ihm den Job verschafft. Anfangs funktionierte Birne hervorragend. Die anderen akzeptierten den Neuen ohne Weiteres. Sie luden ihn ein zu gemeinsamen Grillabenden oder zum Videoschauen. Birne war witzig, er unterhielt die Mannschaft. Und mit Tanja verstand er sich besonders gut. Trimalchio fand das sympathisch, weil er Tanja mochte. Nicht nur als Frau, auch als Mensch. Sie arbeiteten gut zusammen.

Trimalchio blickte zurück durchs offene Wohnzimmerfenster auf sein Sofa. Dort lag seine jüngste Eroberung. Nackt. Er fand sie in diesem Licht unbeschreiblich hässlich, verglichen mit seiner Frau, die ihn verlassen hatte. Er verfluchte seine Freiheit, die es ihm erlaubte, jeden Abend auszugehen, in Spelunken abzustürzen. Es war gleich klar, weshalb die Dame dort war. Sie hatte in dem Licht der Kneipen, in die sie gingen, ein hübsches Gesicht. Klar, alle sind schön in dem Licht.

Dann ereigneten sich die ersten Ausrutscher. Birne wurde übermütig. Sie hatten sich ein Programm an Fortbildungen ausgearbeitet, so sollte Birne nachholen, was ihm mangels Ausbildung fehlte. Birne war dabei nicht wirklich eifrig. Trimalchio duldete das. Birne war halt mehr ein Mann für die Straße und durchaus erfolgreich, keiner zweifelte das an. Aber seine Alleingänge nahmen zu, auch seine Ausfälle, durchaus immer wieder alkoholbedingt. Der einzige Grund, warum er als Vorgesetzter noch nicht eingeschritten war, lag darin, dass er sich selbst nicht unbedingt vorbildlich verhielt. Manchmal nahm er Birne zur Seite, aber dabei soffen sie meist schon wieder. Das hatte keinen Wert. Birne war sogar ein bisschen zum Freund geworden. Er, Trimalchio, hätte sein Trauzeuge werden sollen, er hätte es gern gemacht. Jetzt war das Thema erst mal gestorben. Birne steckte im Schlamassel und er tat nicht viel, um sich da rauszuholen. Er machte es ihm nicht leicht.

Die Frau auf dem Sofa war kein einmaliges Abenteuer, sie war inzwischen seine Freundin, sie übernachtete öfter bei ihm, sie war manchmal daheim, wenn er von der Arbeit zurückkehrte. Sie kochte dann für ihn. Hausmannskost. Trimalchio lag nicht viel daran, er brauchte das nicht. Aber er erkannte, dass sie sich bemühte. Wenn er sich nur ein wenig erkenntlicher zeigte, würde sie bei ihm ganz einziehen. Er konnte sich nichts Schlimmeres vorstellen. An ihrem Körper passte nichts mehr. Er würde sich nicht binden, nicht an so einen Körper. Das verbot ihm sein Stolz. Lieber einsamer Wolf bleiben, früh sterben. Ja, Sterben war gar nicht mal das Schlechteste. Vor dem Sterben hatte er gar keine Angst mehr, Leiden, Mitleid, nur der Tod am Ende lockte ihn noch nicht genug. Dafür hatte er das Leben zu lieb. Es gab da noch eine Hoffnung, dass sich eine, die er noch nicht kannte, wirklich in ihn verliebte, und er sich in sie, und mit ihr was aufbaute. Er spürte, dass da noch was kommen musste in seinem Leben.

Es raschelte im Busch. Eine Katze vielleicht, ein Marder eventuell. Der könnte ihm die Bremsleitungen durchbeißen. Früher hatte er sein Auto geliebt. Jetzt war es ihm zu alt geworden, er wollte sich kein neues kaufen, das freute ihn nicht mehr, sich Maschinen zu kaufen. Maschinen sind nur schön, wenn man an den Menschen um einen rum Freude hat.

Aus dem Busch löste sich eine Gestalt heraus. Sie war zu groß für eine Katze und zu ungelenk. Es gab keine Bären hier und keine entlaufenen Tiger – ein Mensch. Ein Mann?

»Hallo.«

Der Fremde blieb stehen.

»Was wollen Sie? Haben Sie sich verlaufen?«

»Nein. Ich bin richtig.«

»Verschwinden Sie, das hier ist Privatbesitz.«

»Ich weiß. Ich bin gleich wieder weg.«

Trimalchio stand auf. »Sofort.« Er sprang ins Dunkle, verlor das Gleichgewicht und lag im Dreck. Seine Zigarre fiel einen Meter vor ihm ins Gras. Der Unbekannte trat auf die Glut.

»Was fällt Ihnen ein?«

Plötzlich durchzuckte Trimalchio ein schrecklicher Schmerz. Er stöhnte auf. »Scheiße.« Er versuchte aufzustehen, doch sein Kopf fühlte sich an, als ob jemand darin Dynamit hochjagte. Er hatte noch nie so etwas gespürt. »Verdammt. Was …?« Weiter kam er nicht. Es ging nicht. Trimalchio war sich sicher, dass es das war. Er würde hier auf seinem Rasen in wenigen Augenblicken sterben. Wahrscheinlich ein Schlaganfall. Das Ende. Er wartete auf das Licht am Ende des Tunnels, und darauf, dass der Film einsetzte, in dem sein ganzes Leben noch einmal an ihm vorbeirauschte.

»Du machst zu viele Fehler in letzter Zeit«, sagte der Fremde. Trimalchio hörte es wie aus großer Entfernung. »Kehre um, höre auf die um dich. Sie können dir helfen. Noch ist es nicht zu spät.«

Mehr bekam er nicht mit. Er verlor das Bewusstsein.

Als er Stunden später erwachte, war sein Kopf wieder klar. Es fror ihn. Er ging ins Haus. Dort lag seine Freundin. Er zog sich aus und legte sich neben sie aufs enge Sofa. Er küsste sie auf die Stirn und nahm sie fest in die Arme. Sie grunzte behaglich und schmiegte sich an ihn.

KAUFBEUREN

Ich konnte Katharina nicht überreden mitzukommen. Ich bedauerte das. Ich hätte sie gerne bei mir gehabt am Wochenende. Das hätte unserer Beziehung gutgetan. Wir lebten zurzeit unter der Woche arg nebeneinander her. Jeder drehte sein eigenes Ding. Sie wollte nicht. Sie wollte in der zu Hause bleiben, runterkommen. Der Stress unter der Woche sei zu viel gewesen.

Alwin hatte mir beschrieben, wie ich zu ihm kam. Es war eine halbe Stunde Fußweg vom Bahnhof in Kaufbeuren. Zeit hatte ich mir großzügig eingeplant, wie immer.

Im Zug von Augsburg las ich die ersten 50 Seiten von Teddy. Wenn ich bei einem Buch 50 Seiten lese, breche ich nicht mehr ab. Ich hatte Teddy bei der Lektüre immer vor Augen. Er unterhielt mich blendend, gebe ich zu.

Während der Schulzeit schrieb er Texte für eine Band, der Tom als Gitarrist und Sänger vorstand. Sie nannten sich ›Sleeping Village‹. Schöner Name. Teddy kam immer zu Beginn der Auftritte auf die Bühne und sprach einleitende

Worte. Nichts Konventionelles. Verrückte Gedichte, sehr kryptisch, denen man kaum folgen konnte, die am Schluss eine intellektuelle Pointe hatten. Das wirkte ein wenig überambitioniert, passte aber zur Musik, die es einem nicht leicht machte. Ich mochte die Band gern, sie hatte ihren Freundeskreis, der sehr überschaubar war. Sie war nie richtig erfolgreich, dafür aber sympathisch und experimentell. Manchmal klang die Musik ruhig und überirdisch schön, beinahe so, dass man sie im Radio spielen konnte, dann nahmen die Musiker aber wieder alles auseinander und lärmten frei improvisierend viertelstundenlang. Diejenigen, die ›Sleeping Village‹ nicht kannten und wussten, dass darauf meist harmonische Parts folgen konnten, verließen eilig den Saal, meist ein kleines Juze aus der Umgebung. Tom brüllte meist, er traf wenige Töne, aber das war nicht wichtig. Das Gefühl stimmte. Er konnte auch nicht wirklich Gitarre spielen, dafür gab es einen zweiten Gitarristen, der nie ans Mikro trat, immer nur stumm und ohne sich zu bewegen, seine Läufe spielte. Der hatte was drauf. Er studierte später Jazzgitarre, keine Ahnung, was er heute trieb. Ein Mädchen spielte Bass, damit ist eigentlich schon alles gesagt. Sleeping Village waren groß und sie wurden noch größer dadurch, dass keiner ihre Größe erkannte, bis auf wenige Auserwählte. Es gibt keine erwähnenswerten Aufnahmen, eigentlich nur Bootlegs von Konzerten, auf denen vor allem die Gespräche der Leute an der Bar zu hören waren, die von der Musik nichts mehr wissen wollten.

Es konnte sein, dass ich mich nach einem der Auftritte länger mit Teddy unterhielt über seinen literarischen Werdegang. In ihm brodelte ein Roman, der müsse raus. In der Euphorie des Augenblicks versprach ich ihm, sein erster Leser zu sein und seine Kunst zu unterstützen.

Jetzt hatte ich das Ergebnis in der Hand. Es war nicht so aufregend und nicht so experimentell wie die Band, dennoch sehr sympathisch. Ich nahm mir vor, ihn noch mal zu kontaktieren. Ich würde einen Weg finden, ihn zu unterstützen. Dessen war ich mir sicher. War ja guter Stoff, den konnte man ohne schlechtes Gewissen unters Volk bringen. Auf dieser Fahrt ins Wochenende, weg von dem Mist daheim, fühlte ich mich wieder gut, ich wollte etwas unternehmen.

Ich war natürlich zu früh. Alwin war noch nicht da, er war mit dem Rad unterwegs. Das Radfahren ließ ihn nicht mehr los, jede freie Minute verbrachte er auf dem Sattel. Ihm ging es dabei um die Zeit. Es war wichtig, sich mindestens einmal pro Woche zu steigern, sonst war seine Stimmung im Eimer, auch wenn die Schuld nicht bei ihm lag. Die Schuld lag nie bei ihm: Es gab Gegenwind, der eine Woche lang wehte; Abende, an denen er ein Glas zu viel getrunken hatte oder eine Stunde zu spät ins Bett gekommen war, machten sich fünf Tage lang bemerkbar. Vor ein paar Jahren noch nicht, aber genau an diesem wichtigen Punkt zog ihm das Alter einen Strich durch die Rechnung.

Ich musste nicht vor der Haustür warten. Es war ein relativ neues Haus in einem Neubaugebiet. Alwins Frau Sylvia öffnete. Sie umarmte mich. Ziemlich herzlich. Damit hatte ich nicht gerechnet. Sie bot mir ein Glas Weißwein aus einer eben geöffneten Flasche an. Sie setzte sich zu mir an den Tisch, auf dem zerlesen die heutige Zeitung ausgebreitet lag. Die Terrassentür stand offen, ein gepflegter kleiner Garten war zu sehen. In einem Holzpavillon rauchte eine zurückgelassene Zigarette allein zu Ende.

»Ich wollte Sie nicht aufhalten. Ich lese etwas, wenn Sie noch etwas zu tun haben.«

»Nein, nein. Es ist Samstagvormittag. Das ist für mich kein Arbeitstag. Da ruhe ich und Alwin ist beim Radeln.«

Sie war gesprächig für ihre Verhältnisse. Ich nahm an, es lag am Wein. Sie erzählte mir Alwins Sportgeschichten mit einem leicht süffisanten Unterton. Offenbar konnte sie damit nicht viel anfangen.

»Hat er denn sein Rad wiederbekommen?«

»Nein«, sagte sie. »Das war das Erste: sich ein neues Gerät kaufen. Da spielt Geld keine Rolle. Dabei habe ich gedacht, dass ihn der Sturz erst mal heilt. Oder vorsichtiger werden lässt. Manchmal komme ich mir zurückgesetzt vor, seitdem er dieses Hobby hat.«

»Da ist er selbst schuld. Ich würde lieber auf das Hobby scheißen.«

»Wie?«

»Wenn Sie meine Frau wären.« Ich stammelte, es war mir rausgerutscht. Ich hatte gar nichts vor mit dem Kompliment.

Sie schenkte mir ein zweites Glas ein, vergaß auch sich nicht, und erkundigte sich nach meinem Zustand nach dem letzten Aufeinandertreffen. Alwin habe noch gekotzt.

»Ich nicht. Ich habe mich schon warmgemacht am Tag vorher.«

»Ihr Männer. Wenn er das Saufen sein ließe, würde ich nichts mehr zum Radfahren sagen.«

»Ja mei, so sind wir halt.«

»Ja, so seid ihr. Sag mal, macht es dir was aus, wenn wir du sagen? Ich bin die Sylvia.«

Wir gingen in den Garten, weil sie rauchen wollte. Ich nahm gern eine. Leichte Marlboro. Der Garten war ihr

Hobby, da tobte sie sich aus. Ich wurde mein zweites Kompliment los. Es war alles unaufrichtig. Der Garten sah so aus, als ob sie noch dem letzten Grashalm seine Wuchsrichtung vorgab. Das ist nicht meine Vorstellung von einem Garten. Dennoch sah sie mir nicht nach harter Gartenarbeit aus, in ihrer gepflegten Schönheit glich sie ihrem Objekt der Leidenschaft.

»Du bist nicht die ganze Zeit im Garten. Was treibst du sonst noch?«

»Komm mit.«

Sie führte mich in den ersten Stock. Es gab keine Türen dort, ich konnte in ihr Schlafzimmer sehen. Sie schaltete einen Computer an. Apple. Sie zeigte mir Fotografien.

»Ich fahre durch die Gegend. Und plötzlich, wenn mich ein Ort anspricht, steige ich aus und spaziere drauflos. Ich fotografiere. Ich halte auf diese Weise kurze Momente der reinen Schönheit fest, bevor sie vergehen.« Als sie das Wort rein sagte, dachte ich kurz an Katharina. Ich vermisste sie. Dann fuhr Sylvia fort: »Weißt du, da entsteht immer wieder etwas vor unseren Augen – im wahrsten Sinne des Wortes ästhetische Augenblicke. Einen Sekundenbruchteil später ist dann alles wieder gewöhnlich. Ich hoffe immer, im entscheidenden Moment auf den Auslöser zu drücken.«

Ich sah Blumenblüten, ich sah Insekten – Schmetterlinge, Käfer, Hummeln. Ich sah Steine am Wegrand, eine Hütte an der Straße, hinter der sich Wolken erhoben. Und ich sah Menschen, in oftmals alte Gesichter, von ihrer Lebenszeit geformt – Gebirge von Geschichten im Antlitz der Leute. Ich war beeindruckt, ehrlich, ich wäre achtlos vorbeigegangen, ohne einen Blick auf diese Kostbarkeiten zu werfen.

»Manchmal stehst du vor einer Landschaft, vor einem

Menschen, und irgendetwas spricht dich an, zwingt dich, stehen zu bleiben und zu betrachten. Du weißt nicht genau, was es ist, das dich so anzieht. Du hast Schwierigkeiten, es mit Worten auszudrücken. Doch genau das interessiert mich. Seit ewiger Zeit probiere ich, diese unaussprechlichen Dinge festzuhalten, sie immer wieder und wieder zu betrachten, um herauszubekommen, was mich daran fasziniert.«

»Machst du nur zum Spaß oder machst du auch ein Geschäft damit?«

»Ich kann es nicht in Worte fassen, aber ich kann es malen. Wenn ich ein Foto abmale, muss ich vereinfachen, ich muss mich auf die wichtigen Details konzentrieren und die anderen Sachen großflächiger behandeln. Ich muss andere Farben nehmen wie die auf der Fotografie oder die echten. Aber wenn ich dann das Bild betrachte und die Schönheit des Originals strahlt mich immer noch an, dann weiß ich, dass ich es geschafft habe, dann habe ich den Kern dieser Schönheit eingefangen. Solche Bilder verkaufen sich.«

»Ich habe einen Bekannten, der versucht vom Bücherschreiben zu leben, das scheint schwieriger zu sein.«

»Er soll sich eine Frau suchen mit einem soliden Beruf, damit die ihm den Rücken freihält. Sonst wird das nie was.« Nun, Tanja hatte keinen Freund, dafür aber einen sicheren Job. Sie waren sich nur noch nicht sympathisch.

Weil es gerade so nett war, öffneten wir eine weitere Flasche und rauchten noch mal, bevor sie mich weiterführte und mir ihre Gemälde zeigte.

Ich verstehe nicht viel davon, deswegen heißt es nicht viel, wenn ich sage, dass mir gefiel, was ich da zu sehen bekam.

»Warte mal, zeig das letzte noch mal her.«

Sie blätterte zurück in ihrer Mappe.

»Das ist eins meiner absoluten Lieblingsbilder. Ich bin mir nicht sicher, ob ich das überhaupt verkaufen will. Besser, ich behalte es bei mir.«

Es war ein alter Mann auf dem Bild. Er blickte den Betrachter direkt an, als erwarte er etwas. Ich brauchte eine Weile, bis ich draufkam, woher er mir bekannt war.

»Wo hast du das Original getroffen?«

»Am Schwaltenweiher.«

»Ich kenne ihn.«

Unser Mädchen für alles dort. Der Hausmeister und Portier. Wie klein die Welt ist. Was für ein Zufall.

»Interessanter Mensch. Er wirkt zuerst sehr verschlossen, aber als ich ihn geknackt hatte, ließ er sich fotografieren und erzählte eine Menge von sich. Er hat sich richtig gefreut, als er gehört hat, dass ich ihn noch gemalt habe. Er hat mir einen kleinen Gefallen getan. Feiner Mensch.«

»Was er jetzt wohl macht? So einer geht doch ein, wenn er keine Lebensaufgabe mehr hat.«

»Wieso hat er keine Aufgabe mehr?«

»Uns hat er gesagt, dass das Hotel schließt.«

»Hat er das gesagt? Armer Kerl.«

»Würdest du es mir verkaufen?«, fragte ich.

»Wenn du mich mal einlädst, damit ich es anschauen darf.«

Sie wollte sich noch zurechtmachen. Für Alwin, schließlich habe er Geburtstag. Das wusste ich nicht. Es war mir peinlich, mit leeren Händen gekommen zu sein. Er hatte am Telefon seinen Geburtstag nicht erwähnt, als er mich einlud.

»Denk dir nichts. Er mag den Wirbel um seine Person nicht. Meistens sind wir an diesem Tag sowieso verreist.

Heute ist eine Ausnahme. Es kommt sonst keiner, wahrscheinlich ruft nicht mal einer an. Sie rechnen gar nicht mehr damit, ihn an seinem Geburtstag zu erreichen.«

Bei seiner Rückkehr umarmte mich Alwin noch ganz verschwitzt. Er war extrem gut gelaunt: »Neuer Streckenrekord.« Das Beste, was er sich selbst schenken konnte.

Während er duschte, schaute ich mir seine Sylvia noch mal an, schön, zweifellos. Ich bewahrte mir den Anblick im Herzen auf.

Alwin wollte keine Entschuldigung hören. »Ich brauche nichts, ich habe wirklich alles, was ich mir wünsche.« Er drückte Sylvia einen Kuss auf die Wange, sie lächelte ihn an. »Das Wichtigste bist du. Dass du da bist. Und das Einzige, das fehlt, ist deine Katharina. Wieso hast du sie nicht dabei?«

»Sie arbeitet.«

Wir kochten zusammen. Vier Gänge. Raffiniert. Ich ließ mich anleiten. Was mit Fisch. Sonst nicht mein Fall, aber der Anlass verwandelte es in etwas Besonderes: Mir schmeckte es schließlich. Die Mitesser waren gut. Es ging laut und lustig zu, wir sparten nicht am Wein. Oder: Wir gefährdeten Alwins Bestzeit in der kommenden Woche. Ich sollte sein Alter schätzen. Ich stellte es so an, dass er danach sehr glücklich war und ich auch.

Plötzlich klingelte das Telefon doch einmal. Sylvia stand auf und ging hin. Sie kam bald zurück und drückte Alwin den Hörer in die Hand. »Für dich.«

»Wer?«

»Er.«

Alwin griff sich das Telefon und verschwand.

»Doch jemand, der an seinen Geburtstag gedacht hat«, sagte ich.

»Ja«, antwortete Sylvia. »Ausgerechnet der, über den er sich am wenigsten freut.«

»Wer denn?«

»Sein Stiefvater. Seit seine Frau tot ist, sucht er den Kontakt, Alwin kann damit nichts anfangen. Sei so gut und frag nicht, wenn er zurückkommt.«

Alwin kam zurück, er riss sich zusammen. »Alles klar?«

Sylvia schlug vor, den Nachtisch zu holen. Das rettete die Stimmung.

Walnusssorbet zum Schluss, selbstverständlich selbst hergestellt. Schon gestern eingefroren. Wir lachten und köpften eine weitere Flasche Weißwein. Sylvia nahm mich noch mal mit zum Rauchen nach draußen.

»Er hat sich wieder gefangen. Gott sei Dank. Es hat schon Jahre gegeben, da war er so schlecht drauf nach dem Anruf, dass die Gäste gegangen sind und wir ins Bett mussten. Du hast einen guten Einfluss auf ihn, Birne.«

Alwin blickte durchs Fenster zu uns heraus. Als wir wieder am Tisch saßen, erzählte er vom Urlaub im vergangenen Jahr. Gardasee, muss traumhaft gewesen sein. »Da kannst du radeln, Birne.«

Sylvia stand auf. Sie sagte, sie könne nicht mehr, sie wolle schnell ins Bett. Ich merke daran, dass ich voll bin, dass ich andere für betrunken halte. Meiner Meinung nach war Sylvia noch stocknüchtern, obwohl sie seit heute Nachmittag Wein trank. Sie ließ uns Männer allein. »Übertreibt es nicht.« Ich holte mein Handy und rief Katharina an, damit sie Alwin gratulierte. Es war halb zwölf, also beinahe die letzte Chance.

»Ist schon gut, Birne«, sagte sie, als ich sie endlich dran hatte und sie fragte, ob sie schon im Bett gewesen sei.

Alwin öffnete die Tür und wir pissten in den Garten. Er legte seinen Zeigefinger auf seinen Mund. »Psst!« Er deutete nach oben, wo sie schlief und kein Licht mehr brannte.

»Der Trick ist«, sagte er und langte sich an die Stirn.

»Verstehe.«

»Scheißdreck. Nichts verstehst du. Also, wenn ich das will, dann spürt der andere, wenn er mir gegenüber sitzt, einen Kopfschmerz. Wenn ich will, wird es heftiger für ihn oder leichter. Ich muss ihn nicht berühren. Ich brauche keine Zauberformel. Es funktioniert einfach. Ich brauche nur einmal den Blickkontakt.«

»Auge in Auge, Zahn in Zahn.«

»Wenn er geht und immer noch Kopfweh hat, dann bleibt er ihm.«

»Birneweh. Verstehe.«

»So lange, bis ich ihm wieder begegne und mir denke: aus. Dann ist der Schmerz weg, von einer Sekunde auf die nächste.«

»Das ist ja irre.« Ich schenkte mir Rotwein nach.

»Willst du eine Demonstration?«

»Mir tut das so gut, das glaubst du nicht. Einfach einmal weg sein und den ganzen Ärger wegspülen. Das ist so gut.«

»Ich habe dich gefragt, ob du eine Demonstration haben willst.«

»Puh, ich weiß nicht. Wenn dann nicht zu heftig bitte.«

»Birne, du bist mein Freund.« Er schaute mich an, ganz fest in die Augen. »Und?«

»Ehrlich gesagt, ich spüre nichts.«

»Ich bin auch ganz schön betrunken.«

»Ich auch, das müsste sich ausgleichen.«

»Dadurch wird es schwerer. Mach dich bitte ganz locker.«

Er probierte es erneut. Ich konzentrierte mich, so gut es noch ging. Tatsächlich kam jetzt was, ganz sachte nur, aber deutlich, als ob jemand an meinen Haaren zöge – nicht fest. Natürlich war da niemand hinter mir. Ich schloss die Augen. Nichts veränderte sich.

»Ich drehe jetzt ein bisschen mehr auf. Sag Bescheid, wenn's dir zu heftig wird.«

Der Schmerz wurde stärker. Es fühlte sich wie ein Schädel nach einer durchzechten Nacht an.

»So. Jetzt gehe ich stufenweise zurück.«

Plötzlich war alles weg. Ich war überwältigt. »Kannst du den Schmerz auch verschwinden lassen, wenn du ihn nicht erzeugt hast?«

»Leider nicht. Ich habe es mal bei Sylvia ausprobiert, ohne es ihr zu sagen. Es ging nicht.«

»Das heißt, dass Sylvia gar keine Ahnung hat, was du kannst?«

»In der Beziehung nicht, aber in manch anderer schon, hähä.«

»Versteht sich. Wer viel radelt, ist fit.«

»Wie meinst du das?«

»So wie ich es sage.«

»Ich selbst bekomme keine Kopfschmerzen. Mein ganzes Leben lang noch nicht.«

»Du übertreibst.«

»Nein. Ich schwöre es dir. Sylvia ist schon neidisch. Ich bin halt kerngesund.«

»Auf die Gesundheit.«

Er legte wieder den Zeigefinger auf den Mund. »Kein Wort zu niemandem. Birne, ich verlasse mich auf dich. Keiner weiß davon.«

»Du kannst dich auf mich verlassen.«

Wir pissten noch mal in den Garten. Alwin fiel um. Er fluchte, als ich ihm aufhalf. Es war Zeit.

Damals hielt ich es für einen süßen Traum. Heute weiß ich, dass es bittere Realität war. Ich bekam das Sofa im Wohnzimmer mit Blick auf den Garten und eine Decke zum Schlafen. Es dämmerte, Vögel begannen ihr Gezwitscher, vor mir hatte sich eine dunkle Gestalt aufgebaut. Sie beugte sich über mich und ließ sich auf mir nieder. Sylvia.

Sie küsste mich und deckte mich zu, bevor sie wieder hochging. Ich schlief wieder ein. Ich hatte keine Chance mich zu wehren.

HEIMWEG

Ein, wie man so sagt, ein normaler Tag unter der Woche. Ich war einkaufen. Ich kam vom Einkaufen nach Hause, bepackt, sah wieder aus wie eine Suckel: den Rucksack auf dem Buckel dermaßen gefüllt, dass die Zähnchen des Rucksackreißverschlusses ächzten. Die Hände voll mit Plastiktüten, alter Packesel ich. Riss das dünne Plastikbändchen, liefe dieser Weg voll mit Milch aus berstenden

Tetrapacktüten, Eichhörnchen vom nahen Kinderspielplatz labten sich daran, bis der letzte der Tropfen in der Erde versickerte. Ein Schmerz packte mich von hinten, am Nacken. Kurz und heftig und peinigend. Ich wurde Opfer einer Attacke. Hilflos. Die Kinder saßen bei einem Klettergerüst, die Kinder waren eigentlich keine Kinder mehr; für die war dieses Spielgerät nicht aufgestellt. Dem Stein, der mich getroffen hatte, folgte ein Lachen im Stimmbruch, vielkehlig. Ich drehte mich um und sah den erbärmlichen Haufen. »Na wartet.« Es gibt nichts Erbärmlicheres als junge Männer, die erwachsen werden. Ihre natürliche Peinlichkeit kompensieren sie mit Gefährlichkeit. Ich zog das irgendwie an, richtig blutig wurde das schon mal in Kempten, da hätten sie mich um ein Haar umgebracht, da half mir das Glück und die Tatsache, dass man sich in der Nacht besser verstecken kann, aus der Patsche.

Aber das hier und jetzt war helllichter Tag. Hinter den Fenstern dieser Häuser saßen Myriaden von Zeugen, oder wenigstens der ein oder andere. Wo war denn jetzt Herr Zwingli? Ich war provoziert, sie erwarteten meine Antwort. Ich drehte mich um zu ihnen. Sie grinsten. Ein Mädchen war dabei, das grinste am breitesten, ließ eine Kaugummiblase platzen. Vier Jungs bei ihr. Ich sollte einen Schritt auf sie zu machen. Einer zog ein Handy aus der Tasche und hielt damit auf mich. Meine Reaktion sollte festgehalten werden. Ein weiterer Kiesel flog auf mich, verfehlte mich, ich wich ihm aus, schleifte dabei mit einer der Tüten im Dreck und erntete neues Lachen.

Der Weg war matschig vom Regenschauer vorhin. Ich stellte die Tüten ab, den Rucksack daneben. Sie sagten: »Oh, jetzt kommt er.« Ich ging auf sie zu. Zwei wichen zurück. Das Mädchen grinste weiter.

»Wollen Sie wieder mein Handy?«, fragte einer der zwei, die ruhig geblieben waren.

Ich erkannte ihn und er sah es mir an, dass ich ihn erkannte. »Sie können es haben, ich habe die Bilder eben verschickt.« Er reichte es mir hin, ich reagierte nicht. »Sie haben jetzt echt ein Problem. Ich will nicht in Ihrer Haut stecken, auch wenn meine noch ein paar Kratzer hat.« Er hatte Narben, noch von unserer letzten Begegnung. »Meine Mutter sagt, dass Sie sicher bald kein Polizist mehr sind. Wir werden Ihnen einheizen.« Die zwei anderen waren wieder herangekommen. Sie gingen an mir vorbei zu meinen Einkäufen in meinem Rücken.

»Lasst das!«, befahl ich.

»Wollen Sie wieder gewalttätig werden? Ich habe hier vier Zeugen. Und Sie bräuchten dringend jemanden, der aussagt, dass Sie sich unter Kontrolle haben.«

Ich hörte, wie eine Einkaufstüte ausgeleert wurde, hinter meinem Rücken. »Lasst das!«

Sie lachten. Ich drehte mich um, ging auf sie zu, wurde dabei wieder gefilmt. »Fest drauf. Hau zu, Bulle. Wir wollen was sehen. Wir wollen Material.«

»Schalt das Ding aus.«

»Ich kann nicht, es filmt einfach weiter.«

Sie kickten mit einer Milchtüte. Die Milch besudelte weiß den grauen Kies.

»Hört auf. Ich gehe zu euren Eltern.«

»Meine Mutter freut sich schon auf Sie. Die sagt, sie macht Sie fertig und ich glaub auch, dass sie's fertigbringt. Hey, was soll das?«

Ich war bei ihm und riss ihm sein Handy aus der Hand, trat wütend drauf, bis die elektronischen Innereien hervorquollen. Hinter mir wurden hydra-artig neue Geräte gezückt. Jeder meiner Aktionen wurde zweifach dokumentiert. Ich stürzte mich auf die anderen, schrie. Sie wichen zurück, wären sie weggelaufen, wären sie mir entkommen. Sie liefen nicht, sie hielten wie Schutzschilde ihre Smartphones vor sich, stachelten mich an wie Pornoregisseure. Ich sollte ihnen alles geben. Passanten stoppten, sie lockte das Schauspiel. Ich ließ es bleiben und ging zu meinem Rucksack, schnallte ihn mir auf den Rücken und nahm meine zweite, heil gebliebene Tüte. Ein Herr trat auf mich zu. Er steckte in Turnschuhen und triefte vom Schweiß. Ein Läufer.

»Sie haben dem jungen Mann eben das Handy zertrümmert.«

»Ich weiß es. Ich weiß es.«

»Sie sollten ihm Geld dafür geben. Sonst hole ich die Polizei.«

»Guter Mann, ich bin die Polizei.«

Um uns bildete sich ein Kreis. Schaulustige, die erleben wollten, wie der Polizist jetzt reagiert, an den Pranger gestellt, nicht geschützt durch sein Amt.

»Ich kenne die Mutter. Die kriegt es von mir. Die kriegt noch viel mehr von mir.«

Der Jogger hielt mich auf. »Sagen Sie mir Ihren Namen.«

»Nein.«

»Sagen Sie mir Ihren Namen. Sie werden nicht weggehen, bis ich Ihren Namen habe.«

»Sie haben überhaupt kein Recht, mich hier festzuhalten.«

»Hab ich nicht? Sie da, rufen Sie die Polizei!« Er deutete auf einen Rentner aus der Gruppe. Der gehorchte diensteifrig, zog sein Telefon aus der Tasche und wählte.

»Sie dürfen mich nicht festhalten, damit bringen Sie sich in Schwierigkeiten.«

Der Jogger lachte laut auf. »Dann schlagen Sie doch mal da rein, in mein Gesicht. Dann ist es Notwehr.«

Ich drängte vorwärts, er riss an meiner Jacke. »Hören Sie auf.«

»Sie bezahlen dem Jungen sein Handy.«

»Meine Jacke.«

»Helfen Sie mir.«

Vier bis fünf Personen umringten mich, sie wagten es sogar mich zu berühren, vereinzelt. Ich begann zu zappeln und mich herauszuarbeiten. Keine Schläge. Ich stolperte über ein Bein und fiel, weil mich einer noch festhielt. Am Boden liegend hörte ich wieder stimmbrüchiges Lachen. Und das Schlagen einer Autotür. Die Kollegen von der Streife trafen ein.

Katharina bemerkte, dass es mir schlecht ging, gleich beim Heimkommen.

»Wieder dieser Schwindel. Hast du brechen müssen?«

»Auch.«

»Du musst das untersuchen lassen.«

»Mach ich, mach ich.«

Ihr fiel auf, dass unser Kühlschrank nicht gefüllt war.

»Ich war einkaufen. Ich bin auf dem Heimweg überfallen worden.«

»Überfallen? Da musst du was unternehmen.«

»Die Polizei war schon dabei.«

»Und?«

»Es sieht nicht gut aus. Da waren eine Menge Leute, die sich gegen mich zusammengerottet hatten, die Zeugen sein wollen gegen mich. Kaum habe ich gesagt, dass ich selbst Polizist bin, waren alle gegen mich. Ich kann bald nicht mehr.«

»Aber die Kollegen werden sich hinter dich stellen. Du bist nicht allein.«

»In dem Fall kommt alles zusammen. Da war sogar wieder der Junge beteiligt.«

»Wirklich?«

»Ich glaube nicht an den Zufall. Die haben mir aufgelauert, haben mich provoziert und haben alles gefilmt.«

»Und dann? Hast du zugeschlagen?«

»Nein. Nur ein bisschen. Das Handy ist kaputt.«

»Prima.«

»Mir langt's so. Ich kündige. Ich schmeiße alles hin. Ich suche mir was, wo ich das zeigen kann, was ich wirklich gelernt habe.«

BRUDER

Du fielst mir jetzt ein. Zu dir führte mein Weg.

Mein Bruder ist bei der Zeitung, der kann was machen in den Medien, damit der andere Bruder, also ich, nicht ins offene Messer rennt. Was nützt dir der liebste Bruder, wenn in ihm ein Messer steckt?

Ich kam zu dir, du hast nicht mit mir gerechnet, wie vorhin. Du öffnetest die Tür und warst erstaunt: »Du?«

»Ich sage es ungern: Du kannst mir helfen.«

Du tratst zu Seite und ließest mich hinein in deine Bude. Wenn die Ansprüche eines Menschen mit den Jahren wuchsen, dann beweist du mit deinem Stil das Gegenteil.

Diese Einzimmerwohnung war eines Studenten würdig, aber für einen erwachsenen Menschen zu – einfach. Dir machte es nichts aus, du machtest dir nichts aus Äußerlichkeiten. Deine sehr liebe Freundin Moni hatte jedenfalls keine Lust, diesen Raum mit dir zu teilen. Ich musste jedoch gestehen, dass ich nicht ungern hier war. Vielleicht erinnerte mich das hier an meine Studienzeit.

Wenn dich jemand besuchte, konntest du ihm Leitungswasser anbieten und Tee, Getränke für Kranke. Kaffee wär mal was gewesen. Du sagst, er schmeckt dir nicht. Du magst auch kein Bier, sagst du. Und weil ich nur Getränke zu mir nehme, die entweder wach oder besoffen machen – alles andere halte ich für Zeitverschwendung –, zweifelten manche, sogar die, die uns gut kennen, an unserer Verwandtschaft. Was soll's? Wir müssen uns nichts beweisen.

Ich saß vor dir am Tisch, ließ mir von dir Tee zubereiten. In der leeren weißen Tasse zeichneten sich braune Ränder ab vom letzten Tee, den jemand daraus getrunken hatte. Der Computer war an, du arbeitetest gerade an einem Text. Ich fragte, was das sei, ein Artikel für die Zeitung, oder was?

»Nein. Ein Beitrag für ein Programmheft. Moni führt auf.«

»Schön.«

»Kommt doch auch mal, du und Katharina, es würde euch sicher gefallen.«

»Im Theater?«

»Ja, kommt halt und schaut es euch an.«

»Gut, ich sage es ihr, im Moment ist es schlecht, sie ist ziemlich eingespannt.«

»Verstehe.«

»Jakob, ich habe ein Problem: Die haben mich am Wickel. Ich habe bei einem Einsatz – aus Versehen – einen Jugendlichen ein bisschen zu heftig angelangt. Jetzt wollen die mich vorführen in der Presse. Weißt du: Scheiße. Ich mach nur meinen Job. Ich halt mein Gesicht hin, kann sein, dass morgen einer die Knarre aus der Jacke zieht und – Bumm! – weg bin ich. Das jeden Tag. Verstehst du? Kannst du so was mal in einer Geschichte aufschreiben, damit es mal in der Zeitung steht, dass wir bei der Polizei kein Kaninchenzüchterverein sind?«

»Wie meinst du das?«

»Mach ein Interview mit mir, erzähl was über meinen Alltag, damit die da draußen endlich mal verstehen, warum wir nicht immer anklopfen, bevor wir eintreten.«

»Meinst du, das interessiert jemanden?«

»Natürlich. Die Deppen lesen doch dauernd Krimis, die lesen ja gar nichts anderes mehr und schauen auch immer den scheiß Tatort an. Ich kann da gar nicht mehr hinschauen, immer nur Polizisten auf dem Bildschirm und einer ist unrealistischer als der andere. Sicher wollen die Leute wissen, wie es wirklich zugeht bei uns.«

»Vielleicht gefallen ihnen die erfundenen Geschichten einfach besser.«

»Jakob, du sollst mir helfen. Wenn du das schreibst, dann klingt es gut, du kannst denen die Geschichte vom feuchten Furz aufschreiben und sie würden es immer noch lesen, weil du es geschrieben hast – du hast Talent.«

»Du bist gerade nicht sehr glücklich in deinem Beruf?«

»Doch, doch, doch, insgesamt ist es schon das, was ich immer machen wollte.«

»Ich bin nicht reich, aber ich mache das, wozu ich berufen bin. Ich schreibe. Du hast dich verraten.«

»Nein, nein. Es geht mir sehr gut. Ich bin glücklich. Ich hatte neulich Klassentreffen, da war einer wie du, einer, der vom Schreiben leben will. Der war meiner Meinung nach nicht glücklich.«

»Dann war es nicht seine Berufung.«

»Das wird mir jetzt zu schwammig. Schreibst du was?«

»Ich rufe mal in der Redaktion an und frage, ob sie was haben wollen. Aber ich habe nicht viel Hoffnung, ehrlich gesagt.«

Als ich dich ein paar Tage später anrief, sagtest du einfach, dass das keiner haben wolle. Das war vor ein paar Wochen, jetzt sitze ich wieder hier und die Zeitungen waren voll mit mir, man könnte mit dem Papier, das von mir spricht, einen Erwachsenen ersticken.

ARZT

Katharina hatte natürlich recht, aber ich hatte keine Lust auf Krankenhaus. Du gehst gesund rein und bist auf einmal krank. Ich fühle mich mächtig, wir sind eine kerngesunde Familie.

Lisi wollte sich nachmittags treffen, abends sei es schlecht. Weil das Wetter mitspielte, überredete ich sie zu einem Treffen auf dem Rathausplatz. Im Freien, wo die Menschen sind. Sie sah gut aus, chic gemacht. Für mich? Sie bestellte einen Sprizz und ich zog mit, brach meinen Vorsatz, nicht mehr öffentlich zu trinken. Wie gut das tat.

Sie umarmte mich bei der Begrüßung. Auch das tat gut. Sie zu riechen, sie ein bisschen länger zu halten, als nötig war. Sie fragte, wie es mir gehe und ich begriff nicht gleich, dass sie wegen Tom fragte. Sie war noch geschockt, sie verarbeitete noch.

»Ich denke die ganze Zeit an die Familie. Da gäbe es unter uns einige, bei denen weniger kaputt wäre, wenn sie nicht mehr wären.«

»So darf man gar nicht denken, Lisi. Gott weiß, wieso er es geschehen ließ.«

»Gott?«

»Ja, Gott.«

»Es fällt mir so schwer zu glauben, gerade wenn so etwas passiert.«

»Ich würde gern mit dir beten, wenn es dir hilft.«

»Hier?«

»Überall.«

Sie nahm einen Schluck des orangefarbenen Getränks und ließ mich nicht mehr aus den Augen.

»Zum Beispiel: Was kann das sein? Ich falle immer wieder um. Selten, nicht oft. Aber wenn es mal beim Autofahren passiert.«

»Dann lass dich mal untersuchen. Keine Ahnung, was dir fehlt.«

»Komme ich in die Röhre?«

»Mal sehen.«

»Ich war schon mal im Krankenhaus. Die wissen nicht, was das ist, die suchen und suchen und finden nichts.«

»Du trinkst das wie Limonade.«

»Oh. Ich bin aufgeregt.«

»Meinetwegen?«

»Ja. Manchmal denke ich mir, dass die Schulmedizin am Ende ist, dass wir uns da ein ganz falsches Bild machen von unserem Körper. Da stecken ganz andere Dinge drin.«

»Birne, ich will das nicht hören.«

»Wieso? Weil du im Grunde weißt, dass ich recht habe?«

»Du hast nicht recht, du hast vor allem Angst und dazu noch keine Ahnung, eine gefährliche Mischung.«

»Ich habe einen Bekannten, der kann mit seinem Kopf Dinge anstellen, davon träumt ihr mit eurer materiellen Vorstellung von unsrem Körper.«

»Was kann er denn, dein Zauberkünstler?«

»Das darf ich dir nicht sagen.«

»Sag nicht, ich hätte mich nicht dafür interessiert.«

»Ich habe ihm versprochen, nichts zu verraten.«

»Klar.«

»Er kann in den Kopf von anderen eindringen.«

»Telepathie?«

»Nicht direkt. Er kann keine Gedanken vermitteln.«

»Er kann sie lesen.«

»Nein. Er kann im fremden Kopf Unordnung stiften.«

»Verstehe. Das können andere auch.«

»Bitte, nimm mich ernst.«

»Ich versuche es.«

»Kann man so etwas erklären?«

»Nein.«

»Soll er mal in die Röhre?«

»Ich wüsste nicht, was das bringt.«

»Willst du gehen?«

»Wieso?«

»Du schaust dich dauernd um.«

»Nein. Wir können, aber wir müssen nicht.«

»Wenn es dir hier nicht gefällt, können wir gehen.«

»Es ist wegen Uli.«

»Was?«

»Er ist komisch in letzter Zeit. Er ist immer hinter mir her.«

»Spinnt er?«

»Weiß nicht. Weiß auch nicht, ob es grundlos wäre.«

»Wir sind erwachsen.«

»Ich habe manchmal regelrecht Angst vor ihm.«

»Dann musst du ihn verlassen«, sagte ich.

»Davor habe ich noch mehr Angst. Vielleicht bilde ich mir auch nur was ein. Jedes Jahr um die Zeit dreht er durch.«

»Wieso das?«

»Er hat in seiner Schule am Jahresende sein Abschlusskonzert. Und jedes Mal diese Angst, dass es nicht klappt, dass es nicht perfekt wird. Dabei sind die wirklich gut, seinetwegen.«

ÖFFENTLICHKEIT

Mein Fall kam in die Presse. Ich wurde bekannt. Nach dem Zeitungsartikel brach um mich herum ein Sturm der Solidarität los. In einer offiziellen Stellungnahme wurde ich als ein ›Beamter, der bei allen Beurteilungen die besten Noten erhalten hat‹ bezeichnet. Es kam sogar jemand von der Zeitung – nicht du – und hörte sich meine Version der Ereignisse an. In seinem Artikel schilderte er mich als einen ›zupackenden, aber immer fairen und integren Polizisten‹. Danke.

Es folgten Fluten an Leserbriefen, Kommentare aus jeder Richtung. Von ›Verhinderung eines Polizeistaats‹ war die Rede und ›staatlicher Willkür‹, doch auch von einem ›mutigen Einsatz gegen jugendliche Gewaltexzesse‹ und ›Zivilcourage‹.

Jetzt bemühte ich mich wieder, meinen Dienst so vorbildlich wie möglich zu erfüllen. Ich war wieder ein guter Kollege. Ich trank nicht mehr öffentlich und war spätestens um halb sieben daheim. Katharina war bei mir. Zwischen uns war alles gut. Was in Kaufbeuren geschehen war, blieb in Kaufbeuren. Wir besprachen an den langen Abenden, die wir zu zweit nun zur Verfügung hatten, einen neuen Anlauf für unsere Hochzeit.

Ich lasse mich gern als heillosen Optimisten bezeichnen. Na gut, vielleicht nicht heillos. Jedenfalls ließ mich die Zeit, die uns gemeinsam zuteil wurde, aufblühen. Was geschehen war, mag schlimm sein, was sich daraus ergeben hat, war ein Geschenk. Ich meine, wir hätten unseren Fernseher verkaufen können. Wir gingen wieder aus. Wir besuchten ein Kino, der Film, der lief, war uns egal, solange wir uns halten konnten im Dunkeln. Wir genossen das Abendessen außer Haus und wir kochten wieder zusammen, wie wir es in der ersten Zeit unserer Verliebtheit getan hatten. Wir fuhren übers Land am Wochenende, hielten in irgendeinem kleinen Ort und gingen in die Kirche. Wir traten vor den Altar und stellten uns vor, wie es wäre, hier getraut zu werden: wunderbar. Einmal rutschte es Katharina raus, wie es wohl wäre, mit mir Kinder zu haben, Birnekinder. Schön wäre das. Wir durchstreiften

Hand in Hand einen Wald und sie liefen uns voraus, suchten Stecken und Steine, um an einem nahen Bach Dämme zu bauen gegen das gnadenlos heranströmende Wasser. Und wir standen dabei und waren nahe am Platzen vor Stolz bei dem Anblick.

Nachts, wenn wir im Bett lagen, las ich ihr aus Teddys Buch vor. Sie sagte, sie wolle ihn mal kennenlernen und wissen, ob er die Person sei, die sie im Kopf habe. Ich hatte Katharina verraten, dass ich Teddy immer vor den Augen hätte, wenn ich in dem Roman lese. Das amüsierte uns.

Teddy erzählte uns eine Mafia-Geschichte, die hier in der Gegend spielte. Mit allem, was dazugehörte: Drogenhandel, Killerkommandos, skrupellosen Emporkömmlingen, mächtigen Paten und vor allem mächtig viel Sex. Diese Szenen bekamen eine besondere Komik, wenn ich mir Teddy dazu in Erinnerung rief. Ein Typ, der sich mit einer Prostituierten einließ, wahrscheinlich Teddys Alter Ego, die Dame aus den Fängen ihres Zuhälters befreien will. Dabei bekommt er immer mehr Ärger und wird zum Verfolgten, als er Zeuge eines Mordes wird. Er ist der Einzige, der etwas gesehen hat, der Einzige, der die kriminelle Vereinigung auffliegen lassen könnte. Oh Mann. Der Boss hat einen unfähigen Mitarbeiter, der beim Schutzgeldeintreiben versagt hat, im Hinterhof einer Metzgerei totgeprügelt. Teddy, beziehungsweise sein Held, liegt in der Mülltonne, in der die Teile der zersägten Leiche entsorgt werden, säuberlich in Mülltüten verpackt. Ekelhaft. Armer Teddy. Als er meint, die Luft sei rein, springt er raus und flieht. Die Luft ist aber nicht rein. Sofort hat er die Killer am Hals. Gefahren, Verfolgungsjagden mit dem Fahrrad und mit Autos, sogar im Regionalzug. Schließlich schnappen sie ihn und bringen ihn zum Boss. Der lässt ihn aber nicht abstechen, nein, der lädt ihn zu einem Schnaps ein und nach dem einen zu noch einem und so weiter. Teddy wird nach Strich und Faden abgefüllt. Er kann sich nicht mehr auf den eigenen Beinen halten, ist auch nicht notwendig, denn er wird getragen, in ein Auto verladen und in die Wertach geschmissen. Dort fischen sie ihn raus. In der Zeitung steht: Alkoholleiche. Zu viel gefeiert und dann gestürzt, ertrunken, ein erwachsener Mann. Damit wären wir am Anfang des Romans, wo die Leiche gefunden wird und die Geschichte in einer Rückblende erzählt wird. Denn das Mädchen, das sich prostituierte, muss ihren Freund nun rächen, die Mörder der Polizei ausliefern, nur dass ihr niemand glaubt und sie sich niemandem anvertrauen kann, weil sie ja illegal hier ist. Stress, Trouble und so weiter. Ich war richtig gefesselt.

Katharina auch. »Lies weiter. Wieso blätterst du zurück?«

Ich war wieder am Anfang gelandet und las ihn noch mal leise. »Der Teddy stirbt ganz am Anfang. Ist dir das aufgefallen?«

»Ja, und? Du behauptest doch nur, dass er das ist. Vielleicht identifiziert er sich mehr mit dem Mädchen. Vielleicht wäre er gerne eine Frau.«

»Nein, das passt hundertprozentig zu ihm. Die Beschreibung, das ist er. Und er stirbt gleich auf der ersten Seite.«

»Schlecht für eine Fortsetzung, meinst du.«

Ich dachte nach. »Nicht nur. Es geht ihm nicht gut, er wirkt unglücklich auf mich. Er hat kein Geld und keine Familie.«

»Lade ihn mal zum Essen ein.«

»Ich denke gerade dran, was am Schwaltenweiher passiert ist.«

»Die Sache mit Tom?«

»Wenn er nicht von selbst ersoffen wäre, wenn jemand nachgeholfen hätte, dann wäre das beinahe der perfekte Mord.«

»Aber getrunken habt ihr doch selbst.«

»Ja. Da war ein Mädchen in der Nacht.«

»Birne, da war ein Mädchen in der Nacht?«

»Nicht so, wie du meinst.«

Es klingelte. Ich erschrak. »Wer ist das?«

»Keine Ahnung. Soll ich hingehen?«

»Ich gehe.« Ich zog mir einen Bademantel über und öffnete unsere Wohnungstür. Herr Zwingli. Er streckte mir eine Packung ›Mon Cheri‹ entgegen.

»Weiter so. Sie sind ein guter Mann. Von solchen wie Ihnen gibt es viel zu wenig in Deutschland.«

»Danke.«

»Lassen Sie es sich schmecken. Ich komme demnächst mal auf Sie zu. Sie könnten mir einen Gefallen erweisen.«

Ich stand ratlos im nächtlichen Hausgang und sah ihm beim Weggehen zu.

»Der ist mir unheimlich«, sagte Katharina, nachdem ich zu ihr zurückgekommen war. »Ich habe das Gefühl, der lauert mir auf. Er ist immer da, wenn ich heimkomme. Wieso ist der so speziell mit uns?«

»Wenn du willst, rede ich mit ihm, dann haben wir ihn los.«

»Kann aber sein, dass es dadurch nicht besser wird.«

Zwei Tage später hatte jemand den Lack unseres Autos mit einem Schlüssel bearbeitet. Als man mir in der Autowerkstatt den Preis sagte, nannte ich den Mann einen Wucherer.

HOTEL

»Ich habe mir hier ein Zimmer genommen. Wir gehen jetzt nach oben.«

»Ich weiß nicht.«

»Stell dich nicht so an.«

Mir blieb nichts anderes übrig, als mich nicht so anzustellen. Ich wollte es schließlich auch.

Sylvia reiste in die Stadt Augsburg, um Bilder zu schießen. Über Nacht. Die Nacht macht die Stadt erst schön. Katharina merkte nichts davon. Ich kam nur unwesentlich später, aber gewaltig verwirrt nach Hause. Trimalchio wäre sonst der Richtige gewesen, er hätte mich wieder auf die Spur gesetzt: Alles normal und okay, das schlechte Gewissen komme nicht von innen, das werde einem von außen aufgedrückt.

Ich stellte mich nicht an. Katharina fand, dass ich komisch rieche. Ob ich untertags wieder getrunken hätte.

»Nein. Mittags einen Schluck.«

»Trinken bei euch alle schon mittags? Außer Trimalchio?«

»Ich bin mit dem kaum noch unterwegs. Das ist alles ein bisschen kompliziert zurzeit.«

»Birne, ich weiß, wie schwer das für dich ist. Bitte lass nicht zu, dass dich diese Affäre ruiniert.«

»Die sind alle sehr zuversichtlich, glaub mir. Ich habe mit Tanja noch mal wegen der Bilder geredet.«

»Bilder?«

»Als wir uns den Knaben geholt haben, war er nicht allein. Ein Freund war bei ihm. Und der Freund hat fotografiert.«

»Nein!«

»Kein Problem. Da stand: Alle Bilder endgültig löschen? Auf dem Display. Und Tanja hat auf JA gedrückt. Sie ist sich sicher wie Osterhase. Die haben nichts in der Hand. Und Tanja hält zu mir. Absolut sauber. Der würde ich alles glauben.«

»Was musst du tun, damit sie zu dir hält?«

»Wie? Was tun?«

»Manchmal kann man solche Bilder wiederherstellen, auch wenn sie gelöscht wurden. Eine Festplatte vergisst nicht.«

»Das stand endgültig löschen. Endgültig ist endgültig. Oder etwa nicht?«

»Was will diese Tanja von dir, damit sie dir hilft?«

»Nichts. Woher kommt dieses Misstrauen? Die will nichts von mir. Ich bin nicht ihr Typ. Ich stehe ihr bei, wenn sie meine Hilfe braucht.«

»Oder eine Schulter zum Anlehnen.«

»Katharina, das ist lächerlich.«

»Wart ihr nicht mal zusammen? Ganz am Anfang, bevor wir …«

»Quatsch. Da war nichts. Sie wollte kurz mal was von mir, schien mir jedenfalls, aber sie ist halt überhaupt nicht mein Typ. Viel zu spießig. Du, Katharina, bist du vielleicht eifersüchtig? Du musst dir bei mir keine Sorgen machen. Ich bin nicht Trimalchio. Mir graust es, wenn der redet von seinen Geschichten. Wir sind verlobt, Katharina. Wir werden bald heiraten, wenn diese Scheiße vorbei ist.«

Und noch viele Worte mehr.

Teddy ließ lange nichts von sich hören. Ich hatte ihn in einer E-Mail gelobt für sein Werk und ihm noch mal meine

Hilfe angeboten. Sollte er doch meine Geschichte aufschreiben. »Mein Bruder hat durch seine Arbeit viele Kontakte zu Büchereien, da könnte man mal was organisieren. Du kannst lesen. Da kommen Leute, Honorar gibt es und du kannst deine Bücher verkaufen und signieren. Allein die Plakate, die dann wochenlang an den Bushaltestellen und Raiffeisenbanken hängen, machen dich, deinen Namen und dein Gesicht bekannt in den Gemeinden.« Mein Gott, ich habe so etwas noch nie gemacht. Ich habe überhaupt noch nie etwas verkauft.

Natürlich hätte ich Teddy gern noch wegen der Schwaltenweiher-Geschichte befragt. Ein eigenartiger Zufall.

Ich kochte uns Tee, Katharina trank ihren wieder vor dem Fernseher. Es kann sein, dass sich unsere Beziehung gerade veränderte, vielleicht begann zwischen uns gerade die Fernsehperiode. Und es gibt immerhin Milliarden Paare, bei denen diese Periode die letzte vor dem Tod ist. Der Fernseher als die Schlachtbank, auf der das letzte Wort zwischen uns gesprochen wird, geopfert wird.

Sylvia war noch in der Stadt. Ich sagte Katharina, dass ich noch mal raus wollte.

»Gehst du saufen?«

Ich versprach, ohne sie keinen Tropfen mehr anzurühren.

Ich spazierte durch die Innenstadt, nicht direkt aufs Hotel zu. Ich durchstreifte die Altstadt, lugte durch die Fenster der Kneipen, sah zu den Trinkern, die mal traurig, mal laut lachend vor ihren Gläsern saßen. Ich quetschte mich zwischen den Rauchergruppen auf den Gehsteigen durch. Heute war was los. In der Stadt.

Ich landete an der Rezeption. Ob man mich mit dem Zimmer telefonisch verbinden könne. Es klingelte. Sie war nicht da. Meine Chance, unbefleckt nach Hause zurückzukehren. Gegenüber eine Pilsstube. Ich setzte mich an die Bar. Ich hatte den Hoteleingang im Blick. Ich bezahlte das Pils gleich, als ich es bekam, trank hastig, bestellte dann einen Pfefferminztee. Er war mir zu heiß. Sie fanden es komisch, mich so starren zu sehen, die anderen Gäste. Sie fanden es auch unpassend, dass ich so schwitzte. Aber wahrscheinlich störte sie am meisten mein Getränk. Einer fragte mich, ob mir die Frau davon sei. Ich schnauzte ihn an, als ob das der einzige Grund sei, sich mal ein Pils zu genehmigen. Das gab er zu und lud mich auf einen Schnaps ein, damit der Tee wenigstens ein bisschen wirke. Als wir anstießen, kam Sylvia zurück. Ich kippte schnell weg, bedankte mich, vertröstete ihn auf ein nächstes Mal.

Ich rannte auf die Straße und rief ihren Namen, doch sie war schon im Hotel verschwunden. Ich rannte weiter, wurde langsamer, hastete nach Hause. Katharina war eingeschlafen. Es lief ein Musikmagazin auf Arte. Ich schaute zu bis zum Ende.

KUNSTHALLE

Alles Scheiße. Alles viel zu kompliziert. Das Leben. Alles.

Ich habe mit Trimalchio gesprochen – für mich das größte Arschloch aller Zeiten ab jetzt. Von mir aus Arschloch sein, dann aber auch dazu stehen und nicht im entscheidenden Moment keinen Freund mehr kennen.

Es würde eine Verhandlung geben, sie hatten vor, mich vorzuführen. Es gab einen Termin.

Die Eltern des Scheißkindes, sie redeten nicht mit mir. Man muss das irgendwie aus der Welt schaffen können. Von Mensch zu Mensch, ohne Bürokratie.

»Die wollen, dass einer von uns Federn lässt. Da hängt viel von der öffentlichen Stimmung ab. Man kann vielleicht etwas polieren. Kennst du jemanden bei der Presse? Der dir eventuell einen Gefallen schuldet? War nicht dein Bruder ein Schreiberling? Lass den Wind machen.«

»Der ist nicht mehr bei der Zeitung, der ist jetzt beim Theater, Öffentlichkeitsarbeit. Wieso hilft mir keiner? Ich bin kein Präsident. Steht mir bei.«

»Mal sehen, was sich machen lässt. Ich verspreche mal nichts. Birne, den Kopf nicht hängen lassen.«

Sehet die Lilien.

Meinen Heimweg kann ich zu Fuß bewältigen. Da komme ich runter, da ist der Ärger weggelaufen, bis ich den Fuß über unsere Schwelle setze. Und Katharina hat dann einen problemfreien Birne im Arm, wenn sie vor mir heimgekommen ist. Sie hat es nämlich auch nicht leicht. Wir arbeiten uns auf. Wofür? Wir könnten uns überlegen, uns was zu kaufen, etwas Größeres. Wir könnten uns überlegen, dieser Welt Kinder zu schenken.

Neben mir bremste quietschend ein schwarzer Mercedes. Sie kamen nun wohl, um mich zu holen, mir die Nase zu brechen, mir die Finger auszureißen.

»Steig ein.«

Ich gehorchte und kam als Beifahrer neben einem entschlossen drein blickenden Alwin zum Sitzen. Der Schmerz setzte sofort ein, obwohl ich seine Augen mied.

»Was hast du vor?«

»Birne, der Knaller.«

»Was immer vorgefallen ist, lass uns zuerst reden«, bat ich.

»Manchmal ist es besser zu handeln. Es wird immer zu viel geredet.«

Zwingli wollte gerade über die Straße, als wir anrauschten. Er hüpfte zurück auf den Gehsteig und hob seine Hand, während er schimpfte.

»Den hatten wir doch schon mal. Ist der besser geworden? Manche brauchen eine etwas intensivere Behandlung. Nicht wahr?«

Es hatte keinen Zweck, ich ließ mich fahren. B17, Richtung Süden. Ich war mir sicher, er wusste von Sylvia und mir. Er würde mich kaltmachen, das hatte er angedroht, dass er jedem, der etwas mit seiner wunderbaren Frau anfinge, den Hals umdrehen würde. Ich hatte praktisch keine Chance. Ein paar schöne Stunden gegen ein Menschenleben. Ich rechnete mit einem See, worin er meine Leiche verschwinden lassen konnte. Ich würde nicht um mein Leben winseln, das konnte er vergessen. Freilich war ich schuldig, ich war immer schuldig. Leben heißt schuldig werden.

Die Möglichkeit, ihm ins Lenkrad zu greifen. Wir hatten schöne 170 Stundenkilometer. Das langte für beide. Gegen den Baum, fertig. Ich bin kein Selbstmörder. Er liebte seine Sylvia aufrichtig, und das hatte ich gewusst. Komplett wurscht war's mir nicht. Heiliger Trimalchio, was hättest du gemacht an meiner Stelle?

»Die haben uns alle auf dem Gewissen, die haben uns kaputt prozessiert. Keine kleine Baufirma durfte bestehen. Er war der große Baulöwe, er hatte die Beziehungen zur

Politik, er zog die Aufträge an Land und wuchs und wuchs zum Himmel. Wir Kleinen hatten keine Chance, nichts zu machen. Kein Name zählte, keine Tradition. Aber er zeigte sich großzügig, vergab kleine Aufträge an uns. Wir bemühten uns redlich und gaben unser Bestes für dieses Gnadenbrot. Und nie war es genug. Wir waren fertig und sahen kein Geld, wochenlang, monatelang. Wenn du gewagt hast, dich zu rühren, dann gab es eine Klage wegen Baumängeln. Dabei verlierst du immer, kein Bau ohne Mängel. Vor Gericht blutest du. Und Firmen in meiner Größe gehen dabei kaputt.«

Wir waren bei Landsberg auf die Autobahn gefahren und schossen dahin. Alwin zitterte am Lenkrad. Sein Kopf war rot. Wenn er jetzt einen Herzinfarkt bekam, war es gelaufen. Mein Handy vibrierte. Katharina. Wo ich steckte.

»Auf der Autobahn, bin mit Alwin unterwegs.«

»Sag ihr, wir sind bald zurück. Wir schlachten heute eine große Sau. Sag ihr, sie bekommt das beste Stück von der Wurst.«

»Katharina, wir schlachten heute eine große Sau.«

Sie fragte mich, ob wir auf die Jagd wollten. Sie traute mir alles zu. Ich war schon jagen, vor ihrer Zeit, als ich noch in Kempten war. Diese Zeiten sind lange vorbei. Wir jagen nun Menschen, keine Tiere, Petrus.

Sie legte auf, ohne uns Erfolg oder Waidmanns Heil gewünscht zu haben. Nicht mal ein Tschüss waren wir ihr wert. Immerhin wusste ich jetzt, dass Alwin mir nicht an den Kragen wollte. Der Kopf brummte nicht mehr, es konnte auch der Stress tagsüber gewesen sein.

»Wer denn?«

»Wie?«

»Um wen geht es denn?«

»Liest du keine Zeitung?«

Größte Baupleite Bayerns. Werner Bau, vor drei Jahren. Der Chef, Herr Werner, musste aufgeben. Große Tragödie: Die ganze Region hat gelitten. Der Wirtschaftsminister war da, versprach persönlich Hilfe für die Betroffenen und ihre Familien. Es wurde sogar im Bundestag debattiert. Es ging ums Prinzip. Es ging darum, was der Staat überhaupt tun kann und tun muss für die Wirtschaft in diesem Land, für die Menschen. Er konnte pumpen. Millionen rein ins lecke Schiff. Doch das Papiergeld stopfte keine Löcher, der Kahn sank. Wir alle waren betroffen und machtlos. Der Herr Werner war ruiniert. Er hatte mehr verloren als viele andere jemals besitzen werden. Seine Heimatstadt konnte ihm gerade noch ein paar wertlos gewordene Immobilien abnehmen, den freien Fall nur ein bisschen abfedern. Mehr nicht. Herr Werner hatte auf der anderen Seite aber auch gewonnen. Er konnte in seinen verdienten Ruhestand treten und sich den Dingen widmen, die ihm wirklich am Herzen lagen. Er liebte die Kunst, die Malerei und die Bildhauerei.

»Der Wichser hat sogar Sylvia mal ein Bild abgekauft nach dem Motto guter Geschäftspartner.«

Wir kamen nach Memmingen. Beim Bahnhof ist hier im ehemaligen Postgebäude die Mewo-Kunsthalle untergebracht. Dort waren immer wieder tolle Ausstellungen zu sehen, obwohl im Grunde nicht viel Geld zur Verfügung stand. Gutes Management. Und am Abend spielten des Öfteren hochkarätige Künstler. Alle, die kamen, sahen, dass sie eine gute Sache unterstützten. Deswegen ließen immer wieder welche mehr da als den regulären Eintrittspreis.

»Da lässt er sich jetzt feiern. Er stellt Bilder aus seiner privaten Sammlung zur Verfügung. Da klatschen sie ihm wieder alle zu. Großer Prominentenauflauf heute. Der Augsburger Oberbürgermeister, der bayerische Kunstminister, die Damen und Herren von der Partei. Vor drei Jahren war er pleite, vor drei Jahren hat er uns ausgelacht. Jetzt steht er oben und lacht noch lauter.«

»Kommen wir da überhaupt rein?«

»Ich gehe einfach rein.«

Alwin war im Anzug, ich nicht. Wir wurden nach unseren Einladungen gefragt.

»Wir sind persönliche Gäste vom Herrn Werner.«

Die Frau an der Kasse blätterte in eine langen Liste. »Ihr Name?«

»Mayer.«

»Und Birne.«

»Wie noch?«

»Alwin.«

»Finde ich hier nicht.«

»Muss aber drauf sein. Ich bin ein sehr guter Freund vom Herrn Werner. Er besitzt ein Bild von meiner Frau. Kann sein, dass Sie es sogar ausstellen.«

»Wie schön. Dann kommen Sie an einem normalen Besuchstag wieder, heute ist nur für geladene Gäste.«

»Ich bin mir hundertprozentig sicher, dass wir geladen sind. Können Sie den Herrn Werner mal herkommen lassen?«

»Auf keinen Fall. Der Herr Minister ist da, sogar mit seiner Frau. Sie sprechen miteinander. In zehn Minuten wird er die Ausstellung eröffnen und über seine Sammlung reden.«

»Mein Gott, es liegt am Verkehr. Wir wären gerne früher hier gewesen. Wir müssen ihn dringend sprechen. Ich muss da drauf stehen. Bitte schauen Sie noch mal genau hin.«

Die Frau setzte sich auf einen Bürostuhl, pflichtbewusst ging sie die Liste Namen für Namen durch. Alwin senkte seine Stimme, sodass ich ihn kaum noch verstand.

»Mayer mit A Y E. Ja. Ich muss da drauf sein. Ich muss da rein.«

Sie nickte. Alwin packte mich am Ärmel und zog mich in die Halle, bevor die Dame reagieren konnte. Wir versteckten uns im Gewimmel der Gäste. Die Frau suchte nach uns, gab es aber schließlich auf, um die Kasse nicht zu lange unbeaufsichtigt zu lassen.

»Da vorne ist er. Werner, altes Haus.«

Alwin stürmte los. Herr Werner betrachtete Alwin und mich; die Person neben ihm kannte ich dank meiner Zeitungslektüre, ich hatte mir den Minister größer vorgestellt.

»Das gibt es doch nicht. Erkennen Sie mich nicht mehr, Herr Werner?«

»Entschuldigen Sie, ich habe keine Ahnung, woher wir uns kennen.«

»Ich bin Alwin Mayer. Sie haben meine Firma ruiniert.«

»Wahrscheinlich irren Sie sich.«

Alwin wandte sich an mich. »Birne, kennst du das? Da ist man jahrelang persönlich bester Freund und auf einmal kennt er einen gar nicht mehr. Dabei hat der Wichser ein Bild von meiner Frau gekauft.«

»Ich bitte Sie, sich zu mäßigen. Sie sind alle meine Gäste heute. Da verlange ich ein Quäntchen Respekt.«

Der Minister schaute sich um, ob ihnen jemand zu Hilfe eilen könnte.

Alwin ließ sich nicht beirren. »Hast du gehört, Birne? Wir sind seine Gäste, also sind wir doch eingeladen.«

»Haben Sie sich hier hereingeschlichen? Verlassen Sie bitte sofort das Gebäude, sonst lasse ich den Sicherheitsdienst …«

»Nein. Wir bleiben. Sie werden nämlich gleich auf dem Podium in Ihrer Rede gestehen, dass Sie schuld sind am Ruin vieler armer Menschen. Sie werden sich entschuldigen und Sie werden versprechen, dass Sie mit Ihrem privaten Vermögen versuchen werden, einen Teil des Schadens wiedergutzumachen.«

»Nichts davon. Ich muss jetzt tatsächlich hoch. Ich warne Sie. Wenn Sie stören, lasse ich Sie verhaften.«

»Keine Sorge. Ich unternehme nichts. Das verspreche ich Ihnen sogar.«

Verstört ging Herr Werner zum Rednerpult. Zarter Applaus. Räuspern.

»Liebe Freunde der Kunst. Schon früh in meinem Leben entwickelte ich ein Gespür für Ästhetik, schon als Dreijähriger versank ich stundenlang in der Betrachtung von Schmetterlingsflügeln. Sie wissen, dass ich meine Leidenschaft für vollkommene Formen auch beruflich ausleben konnte, und auch privat blieb ich der Schönheit treu; ich sammelte über Jahrzehnte und gab so manchem Jungkünstler überhaupt die Gelegenheit, in der Szene Fuß zu fassen. Da kommt einiges zusammen. Einen kleinen Ausschnitt daraus können Sie hier ab heute bewundern.«

Plötzlich hielt er inne und schaute in die Zuschauerreihen hinein. Er entdeckte Alwin und schluckte. Alwin nickte zu ihm hinauf und lächelte. Herr Werner schnappte nach Luft. »Alwin, natürlich, jetzt fällt es mir ein, ich habe doch nur …« Nach diesen letzten Worten klappte er zusammen.

Dem Tumult wohnten wir nicht mehr bei. Alwin wollte seinen Triumph im ›Treff‹ feiern. Das Treff ist eine Kneipe, die dadurch bekannt wurde, dass hier nach der Einführung des Rauchverbots in Bayern jeden Tag ein Theaterstück gegeben wurde. Das Stück hieß ›Bayern zu Zeiten vor dem Rauchverbot‹. Auf Bühnen durfte weiter geraucht werden. Alle Gäste waren Schauspieler, wenn sie rauchten. Wenn sie nicht rauchten, waren sie die Zuschauer. Inzwischen musste man auch hier nach dem Sieg der Bürokratie draußen rauchen. Egal. Der freie Geist wehte immer noch durch das Lokal.

»Ich lasse ihm den Schädel noch bis morgen Abend. Die sollen ihn ruhig in die Röhre schieben.«

Katharina lag schon im Bett. Als ich sagte »Ich liebe dich«, antwortete sie nicht. Es konnte sein, dass sie überhaupt nicht aufwachte.

DING DONG

Ich war nervös, Alwin war sofort bereit, erneut anzurücken. Er lobte mich für meine gute Idee. Ich weihte Tanja ein. Sie stand bereit. Trimalchio wusste auch Bescheid.

Alwin und ich trafen Lisi im Vorfeld. Er holte sie an

einer Bushaltestelle ab. Kaum saß sie auf dem Rücksitz, brach sie in Tränen aus. Ich ließ Alwin anhalten und setzte mich zu ihr, ich hielt sie fest. Alles werde gut. Ich war selbst überzeugt davon. Was jetzt kommen sollte, war genau das, was mich mit der Welt versöhnen könnte. Das Vertrauen, das einen Knacks bekommen hatte, würde wiederhergestellt werden.

Lisi war verzweifelt wegen Uli. Er hatte im Schlaf geredet und sich gewälzt. Lisi wollte es ignorieren, doch sie verstand, was er da vor sich her brabbelte, und das war schrecklich. Schwaltenweiher. Tom. Lisi stellte ihn zur Rede. Er explodierte. Sie sagte, sie habe Angst bekommen vor ihm, er sei unberechenbar, ja, er habe seine Hand schon gegen sie gehoben. Nur weil sie in dem Moment geschrien habe wie am Spieß, habe er abgelassen.

»Ich weiß, wozu du fähig bist«, hatte sie zu ihm gesagt.

»Und ich weiß, wozu du fähig bist: Du betrügst mich.«

Lisi blieb der Atem weg. »Niemals, nie im Leben.«

»Du würdest die erste Gelegenheit nutzen.«

»Dann wäre es schon zu spät.«

Als er dann aus dem Raum gehen wollte, hielt sie ihn auf. »Gib es zu«, sagte sie ganz bestimmt, sie ließ ihm keine Chance auszuweichen.

Er hatte nichts geantwortet, er hatte sie lange angeblickt, und dann wusste sie alles. »Doch nicht der Tom, doch nicht er, ausgerechnet der.«

Sie hatte mich angerufen. Und ich daraufhin Alwin und Tanja und Trimalchio. Wir würden es filmen, damit wir einen Vorgang schaffen können, damit er uns nicht auskommt.

Von Lisi wussten wir, dass er seit Tagen in der Wohnung hockte und vor sich hin stierte an die graue Wand, kaum ansprechbar sei, seine Freundin nur ›Schlampe‹ nannte, wenn sie sich in seine Nähe wagte. Ich hatte erst Teddy im Verdacht, sich nachts noch mal an den See geschlichen zu haben, um auszuprobieren, ob sich das, was er sich im Roman ausgedacht hatte, auch in der Realität durchführen ließ. Ich hielt ihn für verrückt genug, ohne Weiteres. Aber das Eifersuchtsmotiv passte natürlich besser zu Uli, der spann eh, gar keine Frage, mit seiner Musik und seiner Schule und seiner Meinung über seine Mitmenschen. Warum es Tom treffen musste, verstand ich nicht ganz. Schließlich hatte zuerst Friedrich sein Glück versucht, und später ich. Ich war weit gekommen, ich wäre sogar zum Zug gekommen, wenn ich mich nicht angestellt hätte. Man hätte mich in meinem Zustand locker genauso versenken können, ohne dass irgendjemand etwas aufgefallen wäre. Aber wer weiß, ob es noch alte offene Rechnungen zwischen Uli und Tom gegeben hatte. Dann genügte manchmal eben ein kleiner Seitenblick, um das Fass zum Überlaufen zu bringen.

Nach dem, was Lisi uns erzählt hatte, fand ich, dass Uli uns sehr gefasst die Tür öffnete. Er schien sogar freudig überrascht darüber zu sein, dass ich dabei war. Lisi küsste er beim Passieren des Eingangs auf die Wange, sie wich zurück, er zuckte mit der Schulter. Alwin schüttelte er die Hand, als ich ihn vorstellte.

Wir kamen in der Couchgarnitur im Wohnzimmer zum Sitzen. Er wollte uns etwas anbieten, doch Lisi schickte ihn zurück, übernahm selbst die Bewirtung.

Wir wechselten einige belanglose Worte über die Beerdigung. Uli tat so, als wisse er nicht, weshalb wir hier sind.

Lisi stand am Türrahmen. »Uli, ich habe die beiden als Zeugen mitgebracht.«

Uli hatte keine Ahnung, oder er tat zumindest so. »Zeugen? Wofür?«

»Du hast Tom umgebracht«, sagte sie gerade heraus.

»Schatz, das ist lächerlich.« Er schwitzte. Er log. »Wieso sollte ich das tun?«

»Weil du eifersüchtig warst, weil du gedacht hast, ich hätte was mit ihm.«

»Das stimmt nicht, Schatz, das stimmt nicht. Ihr glaubt ihr doch nicht. Hey Birne, was machst du da?«

Ich war aufgestanden und hatte auf dem Fernseher eine Kamera aufgestellt. Sie nahm uns und das Geschehen im Wohnzimmer nun auf.

Uli wehrte sich: »Das ist illegal. Ich will nicht gefilmt werden.«

»Du hast gesagt, ich würde jede Chance nutzen, dich zu hintergehen«, sagte Lisi.

»Meinetwegen habe ich so etwas gesagt, ich weiß es nicht mehr. Aber deswegen bringe ich niemanden um.«

»Du hast im Schlaf geredet.«

»Was habe ich denn gesagt?«

»Das war eindeutig, völlig eindeutig. Du hast mir gestanden, was du getan hast, weil du gedacht hast, Tom und ich stünden uns nahe. Und ich will, dass du jetzt vor diesen Zeugen alles noch mal wiederholst.«

»Ich werde nichts wiederholen, weil es nichts gibt, was ich mir vorwerfe.«

Lisi wandte sich an mich: »Und wie bringen wir ihn jetzt zum Reden?«

Ich redete ganz ruhig mit ihm: »Schau, Uli, es gibt Zeugen, die haben gesehen, was passiert ist.«

»Es gibt keine Zeugen.«

»An dem See waren nachts Jugendliche beim Baden, sie kommen jede Nacht, ihre Eltern können das bestätigen. Die haben dich gesehen, die haben dich identifiziert. Es wäre wirklich besser für dich, wenn du dich durchringen könntest, alles zuzugeben. Das ist nicht das Ende. Lass das auf dich zukommen, du hast getrunken, du hast im Affekt gehandelt. Mensch, da ist so viel möglich.«

Uli schwieg, er starrte zwischen uns hindurch. »Du bist das Letzte«, sagte er hasserfüllt zu Lisi, bevor er sie mit einem anderen Wort für Scheide bezeichnete. Nana. »Ihr kriegt mich so nicht, das könnt ihr vergessen. Ich will mit den Zeugen reden, ich will sie sehen, ich will, dass sie mir ins Gesicht sagen, was sie gesehen haben wollen.«

»Vor Gericht.«

»Bin ich schon verhaftet? So einfach geht das nicht. Ihr braucht mehr, wenn ihr mich drankriegen wollt. Ihr braucht was Handfestes. DNA-Spuren oder so. Aber da gibt es nichts.«

»Hast du Teddys Buch gelesen?«

»Was soll die Frage jetzt?«

Ich blieb hartnäckig. »Hast du es gelesen, bevor wir uns getroffen haben?«

»Scheiß Buch, dämliches Buch.«

»Danke. Ihr Zeuge, Herr Kollege.«

Alwin stand auf und baute sich vor Uli auf. »Menschen machen Fehler. Nur, wer nichts tut, macht nichts verkehrt. Das wissen wir alle. Es wäre schlimm, wenn wir ewig auf unseren Ausrutschern sitzen bleiben müssten, wenn wir niemals die Möglichkeit bekämen, etwas wieder gut zu machen.«

»Halts Maul!«

»Deswegen sind wir hier. Wir wollen Ihnen eine zweite Chance im Leben geben, wir wollen, dass alles wieder gut wird. Das wollen Sie doch auch?«

»Nie war etwas schlecht in meinem Leben.«

»Das kann kein Mensch behaupten. Tut mir leid.«

»Haut ab.«

»Ich gehe und ich nehme meinen Kollegen mit, wenn Sie mir jetzt mitten hinein in mein Gesicht sagen, dass Sie unschuldig sind. Schauen Sie mir einfach tief in die Augen und sagen Sie mir, dass Sie nichts getan haben. Dann sind wir weg.«

Uli war wie hypnotisiert. Er setzte ein paar Mal an, doch ihm versagte die Stimme. Lisi grinste zu mir herüber.

Alwin war ganz konzentriert. »Ich berühre Sie nicht, ich übe keinen Druck auf Sie aus. Sie sagen mir einfach die Wahrheit und dann ist alles vorbei.«

Uli zuckte, als ob Krämpfe durch seinen Körper fuhren. Seine Zähne klapperten.

Alwin forderte nach: »Nur die Wahrheit, mehr wollen wir nicht.«

»Das ist lächerlich. Ich bin kein Mörder.«

»Es gibt Zeugen.«

»Die können mich nicht gesehen haben.« Er blickte zu Lisi. »Kommt das von dir? Du betrügst mich, gib es zu. Los, sag es.«

Lisi schaute sich hilflos zu uns um, während Uli mit seinen Anschuldigungen fortfuhr. »Du machst mich kaputt, merkst du das nicht? Was war da mit Tom? Sag es mir ins Gesicht.« Er sprang sie an, wir mussten ihn zurückhalten.

Lisi rollten Tränen übers Gesicht. »Tom hat mich verstanden, er hat zu mir gepasst. Ich hätte dich schon lange verlassen müssen.«

Wir konnten Uli nicht mehr aufhalten, er warf sich auf Lisi und haute ihr eine mitten ins Gesicht. Zu zweit konnten wir ihn gerade wegziehen.

Uli tobte: »Du verschissene Sau, du hast mich jahrelang belogen, du hast mein Leben ruiniert. Ja, in Gottes Namen. Ich war es. Ich gebe es zu.«

»Was genau? Was genau waren Sie?«, bohrte Alwin nach.

Uli brüllte. »Ich habe die Sau ersäuft, ich habe Tom im Schwaltenweiher ertränkt.« Er brach auf dem Fußboden zusammen, richtete sich aber gleich wieder weinend auf.

Ich öffnete die Wohnungstür und ließ Tanja herein.

Wir nahmen meinen ehemaligen Klassenkameraden wegen Mordes an meinem ehemaligen Klassenkameraden fest.

PIZZA

Trimalchio war begeistert, ich war wütend. Wir standen nebeneinander auf dem Klo. Trimalchio redete wie der Wasserfall, der aus ihm hervorschoss.

»Ich hätte es nicht geglaubt, wenn du es mir nur erzählt hättest. Aber nachdem ich es am eigenen Leib erfahren habe, bin ich überzeugt. Es ist nicht nur der Schmerz, da geht mehr in einem vor, finde ich, vielleicht so eine Art Erkenntnisvorgang. Ich bin kein Esoteriker, mit dem Mist kann ich nichts anfangen. Trotzdem habe ich das Gefühl, geläutert zu werden.«

Ich wusch mir die Hände. Er trat hinter mich und wartete auf einen freien Platz am Strahl des Wasserhahns. »Meinst du, er könnte uns öfter unterstützen?«

»Ich habe ihn gefragt. Er will nicht direkt bei uns einsteigen. Von Fall zu Fall können wir sicher mit ihm rechnen.«

»Prima.«

»Ich bin mir nicht sicher. Uli muss das Geständnis wiederholen, damit wir vor Gericht etwas gegen ihn haben. Im Moment schweigt er.«

»Der redet wieder, ich bin mir sicher. Wir kriegen das hin.«

Wir gingen zurück in den Gastraum. Es war Lisis spontane Idee gewesen, noch ein wenig den Triumph auszukosten. Wir gingen in eine Pizzeria beim Augsburger Moritzplatz, wo gut gekocht wurde. Wir bekamen gleich einen Tisch. Lisi, Trimalchio, Tanja, Alwin und ich. Dazu bestellte ich noch Katharina. Ich wusste, dass sie sich ausgeschlossen fühlen würde, wenn ich ihr nicht Bescheid gäbe. Lisi und Tanja wollten von Alwin genau wissen, wie er das angestellt habe. Er verriet nichts, genoss es aber, im Mittelpunkt der Aufmerksamkeit zu sitzen. »Der moderne Mensch lebt absolut an der Oberfläche. Alle Dinge, die wir sehen, scheinen uns im ersten Moment klar zu sein. Es gibt für uns keine Wahrheit mehr hinter der Oberfläche. Dennoch existiert sie. Es gibt eine komplette Welt hinter der, die wir erfahren. Ich habe die Gabe, woher auch immer, dahinter zu blicken und nicht nur das: Ich kann das Innere aus anderen Menschen hervorholen. Irgendwie spüren sie das und offenbaren sich mir. Keiner hat je behauptet, dass er sich danach schlechter gefühlt hat, die meisten danken mir dafür, dass ich ihnen einen Weg gezeigt habe, dorthin, wo ihre eigentliche Wahrheit liegt.«

»Allerdings«, bestätigte Trimalchio. Die Frauen drehten sich zu ihm um.

Katharina betrat den Raum. Alwin sprang auf und begrüßte sie – ich schwöre es – mit einem Handkuss. »Du musst Katharina sein. Wir haben uns noch nie getroffen und doch wusste ich es gleich. Birne hat nicht übertrieben. Ich bin der Alwin.«

Sie setzte sich nicht neben mich, sie setzte sich zu ihm.

»Was willst du trinken?«

Trimalchio kratzte sein aus Zeitschriften angelesenes Fachwissen über unser Gehirn zusammen und bedrängte damit Lisi. Sie hatte auffallend viel Geduld mit ihm.

Tanja und ich blieben übrig. Sie spielte ein bisschen an ihrem Smartphone, tippte Botschaften an die Außenwelt. Ich zeigte mich interessiert: »Hast du hier guten Empfang?«

»Einwandfrei.«

»Ich kann mit dem Zeug nichts anfangen. Ständig erreichbar sein, der Welt jeden Furz mitteilen, den man lässt. Bäh.«

»Birne, du musst ja nicht.«

»Was kostet jetzt so was?«

»Kommt darauf an.«

»Worauf?«

»Auf den Tarif.«

»Soso, der Tarif. Dann könntest du jetzt ein Foto von mir machen und deinen ganzen Freunden da draußen mitteilen, dass du gerade mit mir Pizza isst. Prima. Fragt sich nur: Wozu? Und: Welche Freunde?«

Sie legte das Ding zur Seite. »Stimmt. Ich finde es auch doof. Erzähl mir was von dir.«

Mein zweites Spezi kam. Die anderen soffen Wein und Weizen. Ich beherrschte mich. »Ich trinke nicht mehr öffentlich.«

»Birne, das ist sehr gut.«

»Hast du in Teddys Buch schon mal reingelesen?«, fragte ich Tanja.

»Ein paar Seiten.«

»Der entscheidende Hinweis kam daher.«

»Wieso?«

»Da ertrinkt einer im Suff. Ganz am Anfang. Dann stellt sich heraus, dass es Mord war.«

»Und du meinst, dass das unseren Kandidaten inspiriert hat?«

»Ich meine schon.«

»Birne, du bist dein Geld wert.«

»Natürlich.«

»Und was kannst du aus meiner Hand lesen?«, fragte Katharina Alwin und streckte ihm ihre hin.

Er nahm sie bereitwillig, vertiefte sich in sie. »Oh.«

Ich musste wieder aufs Klo. Die Flüssigkeit lief nur durch mich hindurch, nichts blieb hängen und bewirkte etwas im Kopf ohne Alkohol. So war Trinken sinnlos.

Auf der Straße bat mich Alwin um mein Handy. Er telefonierte mit Sylvia. Es sei spät geworden und er habe getrunken, er könne nicht mehr fahren. Er suche sich hier eine Bleibe. Ich verlangte von ihm, ihr einen schönen Gruß auszurichten. Sie erwiderte ihn gleich.

Als er mir das Gerät zurückgab, fragte er: »Ich muss hier irgendwo bleiben heute Nacht. Kennst du eine gute Pension?«

»Er kann bei uns bleiben.« Katharina hatte der Weißwein geschmeckt. Beim Zahlen hatte es eine kleine Rangelei gegeben. Alwin setzte sich durch gegen den relativ geringen Widerstand von Lisi und mir. Lisi drückte mich zum Abschied, Katharina sah das nicht gern, verstand dann aber, dass da nicht mehr war als eine feste Umarmung. Uli hatte ihr ein Veilchen am Auge verpasst, sie hatte sich geschminkt.

»Er kann auf dem Sofa im Wohnzimmer liegen.«

Ich zuckte bei diesem Vorschlag innerlich zusammen. Ich würde die ganze Nacht hellwach sein, ich hatte vier Spezi getrunken, die mussten noch unten raus. Mir war übel.

Es waren noch Straßenbahnen unterwegs, aber Katharina wollte zu Fuß gehen. Das sei so ein romantischer Spazierweg. Sie wollte Alwin die Wertach bei Nacht zeigen. Klar, schöne Kulisse, doch eigentlich unser Weg, Baby.

»Ich wusste nicht, dass Augsburg so schön sein kann.«

»Das hier ist der Kiosk Sonnenblick«, erklärte Katharina.

»Das ist unser Lieblingsort. Hierher kommen wir immer im Sommer«, sagte ich.

»Wunderbar.«

Wir zeigten ihm das Sofa und das Bad. Er sperrte sich lange ein.

»Ist er eingeschlafen?«, fragte Katharina.

»Weiß nicht, willst du nachschauen? Geschmeckt hat es ihm ja. Kann sein, dass er ein bisschen was da lässt von dem Essen.«

»Wieso bist du auf einmal so gehässig?«

»Ich bin gehässig? Katharina, wieso soll ich gehässig sein? Feiern wir nicht einen Sieg heute?«

»Willst du jetzt was trinken? Nachdem du dich in der Öffentlichkeit zusammengerissen hast? Dann kannst du dich ja hier volllaufen lassen.«

»Ich habe das überhaupt nicht nötig.«

»Kaum hast du nichts getrunken, bist du unausstehlich.«

»Ich bin unausstehlich? Das ist lächerlich. Nur weil ich nicht den ganzen Tag gute Laune heuchle.«

»Ich glaube, er bricht wirklich. Sollen wir die Tür aufbrechen?« Katharina war ernsthaft besorgt.

»Wieso sollen wir die Tür aufbrechen?«

»Damit er nicht erstickt.«

»Er ist ein erwachsener Mann. Wenn er es noch aufs Klo schafft, dann hat er es im Griff.«

»Sollen wir den Notarzt kommen lassen?«

»Auf keinen Fall.«

»Du hast eben einen Klassenkameraden verloren. Damit hat auch keiner gerechnet.«

»Das ist ganz was anderes gewesen. Außerdem hast du nie den Notarzt gerufen, wenn es mir nicht gut ging.«

»Bist du eifersüchtig?«, fragte mich Katharina.

»Natürlich. Den ganzen Abend schon.«

»Das ist also der Grund für deine Laune. Der Birne ist eifersüchtig. Dann bin ich dir wenigstens noch nicht egal.«

»Natürlich bist du mir nicht egal. Wir sind verlobt. Ich finde es so ekelhaft, wie du dich von dem Typen anbaggern lässt.«

»Ich lass mich nicht anbaggern. Du hast ihn angeschleppt.«

»Du lachst über jeden noch so kleinen Witz von ihm. Dabei ist er nicht witzig. Überhaupt null witzig.«

»Dafür bist du lächerlich und zwar ordentlich. Willst du jetzt zum Kühlschrank und dich endlich volllaufen lassen?«

»Weißt du, wenn du frei von der Sünde wärst, dann würde ich jetzt sagen: Wirf den ersten Stein. Aber du hast einen Fehler begangen. Du hast mich schon mal betrogen.«

»Hallo. Du hast mir verziehen. Wir waren uns einig.«

»Aber es war auch ein Freund, den ich angeschleppt habe. Ich warne dich.«

»Du warnst mich?«

»Entschuldigung. Es hat länger gedauert. Es war wohl ein bisschen viel.« Alwin stand plötzlich zwischen uns vor der geöffneten Badezimmertür. Er sah schlecht aus, blass und ausgekotzt. Meinetwegen hätte er einen Krankenwagen haben können, damit der ihn abtransportiert und wir ihn die Nacht nicht hier hätten.

Katharina bot sich noch an, ihm einen Tee zu kochen. Ich legte mich hin. Katharina kochte, obwohl er ablehnte. Ich lauschte durch die Schlafzimmertür. Er konnte tatsächlich nur noch schwach »Danke« sagen, bevor er einschlief. Katharina schlüpfte zu mir. Ich umarmte sie. Wir waren wieder gut miteinander.

ALTSTADTCAFÉ

Ein kleines Klassentreffen. Teddy hatte auf meine Mail geantwortet, Friedrich war ebenfalls ins Altstadtcafé gekommen. Es lief ein FCA-Spiel im Fernseher, die Gäste waren komplett darauf fixiert. Auch Friedrich wollte unbedingt zusehen. Er bedauerte, dass er von Toms Beerdigung so früh abhauen musste. Das Geschäft.

In der sechsten Klasse saß ich neben ihm; unsere gemeinsame Leidenschaft für Karl May hatte uns zusammengeführt. Wir lasen um die Wette, infizierten uns täglich neu gegenseitig. Wir hatten Pläne, wollten mit 16 nach Amerika und dort alle Orte aufsuchen und alles noch mal erleben. Wir würden überall Erinnerungsstücke einsammeln und zurück in Deutschland das größte Karl-May-Museum in Deutschland eröffnen. Das war unser Plan in der sechsten Klasse. Ich weiß, dass Friedrich seine Brille störte, ohne sie war er fast blind. Das ärgerte ihn. Ständig verglich er sich mit Kara Ben Nemsi. Und es machte ihn fertig, immer den Kürzeren zu ziehen. Kara war stark, Friedrich war ein Kind, Kara beherrschte jede denkbare Sprache nach einer halben Woche fehlerfrei, Friedrich kämpfte jedes Jahr verzweifelt um seine Vier in Latein, Kara ritt die schnellsten Pferde, Friedrich hatte eine Allergie gegen Hundehaare, Kara traf mit jedem Gewehr, Friedrich wurde beim Völkerball als Erster abgeworfen und bekam den Ball dann nie mehr in die Hand. All diese kleinen Niederlagen gegenüber dieser Fantasiefigur wühlten in ihm. Mich interessierte Ben Nemsi nicht, mir war dieser Old Shatterhand damals schon zu sauber, zu perfekt. Kein Vorbild. Er soff nicht, er rührte keine Frauen an. Kein Held für mich, auch nicht in der sechsten Klasse. Trotzdem war Karl May unser Thema, wir waren ihm verfallen, aus unterschiedlichen Gründen waren wir besessen. Er träumte sich weg aus dem Elend der echten Welt, ich hoffte Seite für Seite, dass dieser Superman mal ordentlich eins auf die Fresse bekam oder dass er wenigstens mal einen Fehler beging oder sich unrettbar verliebte mit dem ganzen Geschiss, das dazugehört. Ich erinnere mich gern an die Zeit, weil die Desillusion, die mich heute fast ganz ausfüllt, noch so weit weg war.

Im Winter, wenn es schneite, war das Schneeballwerfen im Schulhof verboten. Jedes Jahr wurde dieses Verbot vor der Pause des ersten Schneetags erneut ausgesprochen. Jedes Jahr gab es Verweise, die Kleinen weinten, die Älteren lachten und trugen die Verweise stolz wie Kriegsauszeichnungen nach Hause. Es war jeder gewesen und nur wenige wurden bestraft. Wie ungerecht dieses System damals schon war. Wenn wir damals nur schon einen Alwin gehabt hätten!

Wie immer. Das heißt, wir hatten in der Früh die Radios aufgedreht in der Hoffnung, der Kultusminister gebe uns schneefrei. Es hatte mächtig Material vom Himmel hinuntergehauen und es schneite noch weiter. Es brachte jedenfalls unsere Zivilisation an ihre Belastungsgrenze. Auf den Straßen musste Chaos herrschen, auch wenn seit halb drei geräumt und gestreut wurde, was die Maschinen hergaben. Wir warteten vergeblich auf die Durchsage, dass die Schule witterungsbedingt ausfalle, aber die Moderatoren im Dudelfunk begrüßten den Morgen gut gelaunt wie jeden anderen. Das hieß, wir mussten los, hinaus ins Weiße des aufziehenden Tages.

Wir kamen alle sichtlich getroffen ins Klassenzimmer. Die Großen von der Siebten passten uns ab. Friedrichs Brille war beschlagen. In der zweiten Stunde Mathe. Wir baten den Lehrer, in der Pause im Klassenzimmer bleiben zu dürfen. Doch er kannte keine Gnade, er scheuchte uns auf den Hof. Er blieb hinter uns, bis wir im Freien waren und verschwand dann im sicheren Lehrerzimmer. Die Schneebälle trafen uns sofort. Keine Lehreraufsicht, nirgendwo. Mich erwischte es mitten auf der Brust, mir blieb die Luft weg. Es war mittlerweile über null Grad warm. Der Schneefall war in Regen übergegangen. Wir hatten schönen harten Pappschnee.

Ich gab mich nicht geschlagen. Ich hatte den ersten Treffer überlebt, also konnte ich auch die nächsten überleben. Ich bückte mich und feuerte zurück mit der Kraft der Verzweiflung. Ich war gut, die Alten bekamen Respekt, sie verschonten mich.

Ich achtete nicht auf Friedrich, ich bekam nichts mit von dem Unglück, das ihm geschah, vielmehr seiner Brille. Die holte einer von seiner Nase, der Bügel sprang ab, als wäre er nur ein Streichholz. Die Brille fiel zu Boden, wo einer aus unserer Klasse in seiner eigenen Not auf sie trat. Friedrich heulte auf, als wäre er nicht auf seine Brille, sondern auf ihn selbst getreten. Null Shatterhand, ganz Vorstand vom Heulsusenverein. Er stürmte los, halb blind in seine Gegner hinein. Schwer zu sagen, ob er den Richtigen erwischte. Er schmiss einen zu Boden, nahm seinen Kopf zwischen seine Knie und drosch los. Drosch den Großen blutig im Gesicht, musste von einem Lehrer, der plötzlich aus dem Meer der Schaulustigen auftauchte, weggezogen werden. Friedrich schlug immer noch weiter, in die Luft. Er traf auch den Lehrkörperkörper, während er ihn zum Direktor schleppte.

An diesem Tag kam Friedrich nicht wieder in die Klasse, seine Eltern mussten ihn abholen. Es ging das Gerücht rum, dass sie der Schule eine vierstellige Summe spendeten, damit ihr Sohn bleiben durfte. Wenn es wahr war, verstehe ich nicht, warum sie es für so wichtig hielten, dass ihr Sohn bleiben durfte und nicht die Chance bekam, an einer anderen Schule neu anzufangen.

Für uns war Karl May danach tot, wir erwähnten ihn nicht mal mehr. Nach dem Vorfall war Friedrich mir unheimlich geworden, ich ließ mich bei der nächsten sich bietenden Gelegenheit umsetzen. Friedrich wollte kein Held mehr sein. Wir kamen bald in ein Alter, in dem das keinen mehr beeindruckte. Wie wir heute wissen, verlegte er sich von körperlichen Taten auf Taten auf der Tastatur, er tauchte ein in die Welt der Bits, durchaus mit gewissem Erfolg.

Nun saß er neben mir, konzentriert aufs Spiel. Teddy klopfte nervös mit den Fingern auf dem Tisch herum, er fand ›krass‹, was Uli getan hatte. Ich erzählte ihm euphorisch, wie mich sein Roman auf die richtige Spur gebracht hatte, und ich sagte ihm, dass ich ihn echt gut fände.

»Danke, das ist nett, dass er dir gefällt.«

»Das sagen sicher einige zu dir in letzter Zeit. Ich denke, es ist noch mal ein besonderes Vergnügen, wenn man dich kennt und beim Lesen vor Augen hat.«

»Tja, man tut sein Bestes. Danke.«

»Damit bist du ja jetzt tot. Wieso bringst du dich gleich auf der ersten Seite um? Dann hast du ja keine Möglichkeit für eine Fortsetzung.«

Teddy lächelte verlegen. »Möglicherweise schreibe ich mal ein Prequel.«

Friedrich mischte sich ein: »Oder einen Zombie-Roman, oder Vampire. Der Zombie-Detektiv. Das gibt es noch nicht, das käme an. Ja, schreib so was.« Er ließ die Jungs vom FCA auf dem Bildschirm allein weiterkicken und holte seinen Laptop aus dem Rucksack. Er erklärte mir, dass er geschäftlich seine Kunden in Sachen Datenschutz berate. Er beklagte die Leichtgläubigkeit der meisten, die meinten, sie hätten eine Ahnung davon, was über sie im Netz zirkuliere.

»Unglaublich«, bestätigte ich.

»Oh Mann, Birne«, sagte er, als er seine Kiste hochfuhr. »Du steckst knietief im Schlamassel, wie man so hört.«

»Was hörst du?«

»Nur was in der Zeitung steht. Schau.« Er drehte den Bildschirm zu mir her. »Die Leute kommen zum Beispiel zu mir, wenn ihnen die Festplatte verreckt. Sie schalten ihren Rechner ab, und plötzlich ist alles weg, woran sie lange Zeit gearbeitet haben. Schock. Aber halb so schlimm. Meistens lässt sich alles wiederherstellen. Das ist vielen eine Menge wert, ich könnte nicht schlecht leben; es reicht halt leider nicht für einen Porsche.«

Er klickte die Bilder eines nach dem anderen durch und beobachtete meine Reaktion. Ich wurde starr wie eine Leiche.

Er fuhr fort: »Manchmal kommen sie auch mit Digitalkameras oder mit Handys. Wie du siehst, kann man da viel wiederherstellen inzwischen. Birne, wir sind Freunde, das hier hat niemand gesehen bis jetzt, außer uns dreien, nicht einmal die, die mir das Handy gebracht haben. Ich habe mir gedacht, ich rede fairerweise erst mal mit dir. Unter Freunden hilft man sich doch. Zum Beispiel Teddy, der diesen fantastischen Roman geschrieben hat, du würdest ihm wahnsinnig helfen, wenn du ihm 1.000 Exemplare abkaufst. Er sagt, er würde sie dir für 20.000 Euro überlassen. Spezialpreis. Wenn du alle regulär verkaufst, hast du die Hälfte schon wieder drin.«

Man konnte sehen, wie ich das Gesicht des Jungen an der Wand der Plärrerwache entlangrieb, was eine schöne Blutspur ergab. Der andere, der so still und brav war, hatte seinem Freund nicht geholfen, nein, er hatte fotografiert und gefilmt. Ich war eindeutig zu erkennen.

Tanja hatte es gleich mitbekommen damals, ihm sein Handy abgenommen und alles gelöscht, und zwar endgültig, wie sie mir versichert hatte. Danach haben wir ihn laufen lassen und ihn sein Handy mitnehmen lassen. Und mit dem Drecksteil sind meine Gegner nun zu Friedrich spaziert und haben sich den verhängnisvollen Abend auf dem Plärrer Bild für Bild wiederherstellen lassen. Ich hatte verloren. Ich war auf meine Technikfeindlichkeit auch noch stolz gewesen. Mir blieb nicht viel übrig, als erst mal zu nicken. Old Shatterhand, du hast meine Jugend ruiniert.

BETTEN

Katharina fand es albern, dass sich jemand in meinem Alter Freunde sucht, die er dann am Wochenende allein besucht. Sie freute sich über die Geschichte in der Memminger Kunsthalle und über die Festnahme von Uli. Das stand sogar in unserer Zeitung.

»Vertragt ihr euch wieder?«

»Katharina, es war nie ein Problem zwischen Alwin und mir.«

»Aber zwischen Alwin und mir?«

»Nein. Schau, ich war müde und angespannt. Ich habe viel zu tun. Ich merke, wie ich Fehler begehe, ich merke, wie ich falsch reagiere. Okay?«

»Trotzdem brauchst du dich nicht so aufzuführen. Das war zu viel.«

»Ja, vielleicht war es zu viel. Ich entschuldige mich. Mehr kann ich nicht tun.«

Sie erwartete noch etwas. Es war kein Kuss.

»Willst du mit?«

Sie schnaubte. »Bestimmt nicht. Was kann ich mir dann wieder anhören?«

»Soll ich hier bleiben?«

»Nein. Ich will keine Opfer von dir. Fahr nur. Habt euren Spaß. Irgendwann wird ein Wochenende kommen, an dem wir uns allein haben.«

»Du wolltest lernen. Du warst froh.«

»Ich werde lernen.«

Alwin war über Nacht radeln gefahren. Er trainierte für ein Rennen. Hohe Pässe über die Alpen. Da wenn man nicht richtig trainiert, kann es tödlich ausgehen. Dopen kam nicht infrage wegen der Potenz. In unserem Alter musste man aufpassen, bei all den Mitteln auf dem Markt.

Ich lag in Alwins Bett, neben mir lag seine Frau. Die Zeit, die wir zusammen hatten, verriet uns viel über die Gefühle, die die Angelegenheit erzeugt hatte. Sie hasste es, wenn ich Alwin erwähnte. Sie ging mir nicht aus dem Kopf. Ich musste mit ihm reden.

»Versuch doch, ihn zu erreichen. Er weigert sich, ein Handy mitzunehmen. Manchmal habe ich das Gefühl, du bist nur seinetwegen mit mir zusammen.«

Ich versuchte, ihr das Gegenteil zu beweisen. Doch es gab immer noch was zu regeln. Ich hatte ernsthaft vor, Alwin zu treffen, als ich von daheim losfuhr. Als ich ankam, traf ich nur Sylvia an. Und wir nutzten die Gelegenheit einmal mehr aus.

Nicht einmal die eigenen vier Wände boten Schutz. Katharina saß am Tisch, als ich heimkam, bei ihr war der alte Zwingli. Er kicherte. Sie hatte Schnaps vor ihn gestellt und schaute mich ratlos an. Zwingli wollte mich umarmen. Ich wehrte ihn ab, setzte ihn aufs Sofa.

Er bestand darauf zu bezahlen. »Ich will nichts geschenkt.«

»Das passt. Sie bekommen eine Chance, sich zu revanchieren.«

»Natürlich kommt die. Wo geht es von hier aus zur nächsten Straßenbahnhaltestelle?«

»Wohin wollen Sie?«, fragte ich.

»Nach Hause. Es ist spät.«

»Herr Zwingli, Sie wohnen nebenan. Wenn Sie nach Hause wollen, müssen Sie nicht die Straßenbahn nehmen.«

»Nebenan? Natürlich. Entschuldigen Sie. Ist das Ihre Frau? Tolle Frau. Sehr zuvorkommend. Wie meine Schwester. Kennen Sie sie? Waren Sie nicht zusammen in einer Schulklasse? Ja. Ich kenne Sie. Sagen Sie mir bitte endlich, was ich Ihnen schuldig bin.«

Ich führte ihn nach draußen. Er hatte Filzpantoffeln an.

»Herr Zwingli, ich bringe Sie heim. Haben Sie einen Schlüssel dabei?«

Er öffnete seinen Geldbeutel und gab mir den Briefkastenschlüssel.

»Hier ist übrigens ein Bild von meiner Schwester drin. Sagen Sie mal, sind wir dann nicht verschwägert, wenn das Ihre Frau ist?«

»Ja. Das sind wir. Haben Sie nicht Lust, auf meinen Junggesellenabschied zu kommen? Ich lade Sie ein.«

»Mit Vergnügen, mein Freund. Mit Vergnügen. Wir sollten uns duzen. Ich bin der Ulrich.«

»Ich bin der Birne.«

»Servus, Birne. Schau, wie schön die Kinder spielen. Hast du Kinder? Kennst du das Lied von Michael Jäger?

Ei shit änd watsch se tschildrän plä.« Er summte die Melodie.

Wir standen vor seinem Haus, er sang jetzt so laut er konnte. Der Text war da. Ich lächelte allen zu, die sich zu uns umdrehten. Er hatte vergessen, seine Wohnungstür zu schließen, als er aufbrach. Es gelang mir, ihn in seine Wohnung zu schieben.

»Kann ich jemanden anrufen?«

»Meine Schwester.«

»Hast du ihre Nummer?«

»Meine Schwester ist tot. Schon lange. Setz dich. Habe ich das nicht erzählt?«

»Soll ich Tee kochen?«

Im Wasserkocher lagen Küchenabfälle. Ich ließ ihn allein, ich war müde vom Tag. Alles fiel so schwer, weil alles so schnell vorbei sein könnte.

Katharina war besorgt. »Er hat gar niemanden. Was passiert denn mit so jemandem? Wir sollten uns um ihn kümmern.«

»Was willst du unternehmen?«

»Wir könnten ihm Essen bringen, wir könnten für ihn einkaufen. Wir könnten uns um ihn kümmern.«

»Wir haben keine Zeit.«

»Birne, du kannst nicht mit ansehen, wie er vor die Hunde geht.«

»Man muss ihn einliefern, dafür gibt es Heime.«

»Wer soll das bezahlen? Wer soll ihn dorthin bringen?«

Einige Tage später war ich gerade dabei, Katharina auszuziehen, als es klingelte. Friedrich stand da und drückte mir einen schweren Karton in die Hand.

»Das sind 50 Bücher, ich bekomme 1.000 Euro.«

»Ich habe kein Geld da.«

»Gut. Dann bekommt Trimalchio eine Mail mit Bildanhang.«

»Friedrich, bitte, wir müssen das anders regeln. Ich kann euch unmöglich so viel Geld geben. Ich habe das nicht im Kreuz.«

»Du musst wissen, was dir daran liegt. Ich sage mal, den Job könntest du noch ein paar Jahre behalten, da holst du das wieder rein. Im Gefängnis verlierst du nur Zeit. Unterm Strich gewinnst du was.«

»Mensch, Friedrich, ich habe das Geld nicht. Wir müssen das anders regeln.«

»Deine Frau heißt Katharina, die ist heiß. Wenn die mal nett zu mir wäre, könnten wir über einen Nachlass reden.«

Friedrich war eigentlich niemand, dem ich so etwas zugetraut hätte. Er hatte als einer der Ersten einen Computer daheim, einen Atari. Der war viel besser als der Commodore 64, den die anderen besaßen. Die tauschten Kassetten und Disketten in der Schule. Zu ihm eingeladen zu werden am Nachmittag war eine große Gnade.

Ich hatte einmal die Ehre, unsere Karl-May-Zeit lag eine Weile zurück. Ich erinnere mich, dass das Gerät in einer Ecke des Wohnzimmers stand und seine Mutter um uns herum staubsaugte. Die Frau war genervt von den Freunden ihres Sohns; jeden Nachmittag belagerten sie ihre kleine Wohnung, anstatt draußen zu kicken. Doch auch aus diesem Alter wuchsen wir langsam heraus.

Wir spielten Popeye, das lustige Seemann-Spiel. Man sollte Olivia vom oberen Bildschirmrand retten. Der Bärtige warf irgendwas, vor dem man ausweichen musste, um kein Leben zu verlieren.

Ich stellte mich mit dem Joystick erst recht ungeschickt an; Friedrich entriss ihn mir mehrmals, um die Situation zu retten. Bald wurde ich besser, vielleicht sogar besser als er. Dann bekam ich das Ding allerdings nicht mehr zwischen die Finger. Ich wurde in die Küche geschickt zur grantigen Mutter, um Cola zu erbetteln. Die Mutter füllte nach, nicht ohne uns daran zu erinnern, dass wir unsere Zähne ruinierten und abends nicht mehr schlafen könnten. Wir sollten auch mal raus, bald sei eh Schluss.

Doch nicht wir gingen raus, sondern sie. Einkaufen. Friedrich wechselte die Diskette, legte Larry ein. In dem Spiel ging es darum, Frauen rumzukriegen. Friedrich kannte die Lösung von irgendwoher. Er hatte sie sich besorgt. Es war mir fad zuzuschauen, wie er mir das Spiel vorspielte. Alle Computerspieler sind Arschlöcher. Jede weitere Einladung schlug ich eiskalt aus. Diese Freundschaft konnte ruhig da bleiben, wo der Pfeffer wächst.

Später wurde aus ihm der Marinier- respektive Cocktail-Friedrich. Er besorgte das Fleisch für die Partys. Und mit Fleisch meine ich totes Tier. Er marinierte nicht nur für sein Leben gern, er redete auch dauernd darüber. Wir fraßen sein Fleisch, weil es uns nicht mehr kostete als ein Lob. Es gab ein Gerücht – ich bin mir im Moment nicht sicher, ob ich es nicht am Ende selbst in die Welt setzte – dass er in seine Marinade onanierte. Marinieren und Onanieren, das war das vermeintliche Geheimnis seiner Wahnsinnsmarinade. Wir fanden es lustig und fraßen. Er mixte auch Cocktails, er las sich das Wissen darüber an und investierte sein Geld in die Zutaten. Er verlangte, dass wir uns beteiligten. Wir waren einverstanden und vergaßen regelmäßig, ihm am nächsten Tag die Kohle zu geben. Den nächsten Tag über bereuten wir in der Regel. Insofern stand ich noch in seiner Schuld. Die war verjährt – oder auch mit Zinseszins angewachsen.

Ich probierte die Cocktails, manche von meinen Kameraden sprangen voll drauf an und begannen, stundenlang zu fachsimpeln über verschiedene Sirups. Welche zu nehmen waren, welche im Regal zu bleiben hatten. Da tat sich unter anderem auch Tom hervor. Aus den Cocktails war kein Alkohol rauszuschmecken, worin ja der Sinn im Cocktail-Konsum lag. Mehr nicht. Die Mädchen soffen das Zeug, wurden knülle davon und man konnte mit ihnen anstellen, was man wollte. So war der Plan. Die Wirklichkeit verhielt sich immer anders. In Wirklichkeit war nämlich mit den jungen Männern nichts mehr anzustellen. Elendes Alkoholmanagement damals. Im Prinzip waren wir nur dazu da, den Rotz in uns hineinzuschütten und eventuell darüber zu fachsimpeln. Cocktail-Friedrich war die Ausnahme; meiner Meinung nach legte er es tatsächlich darauf an, alle betrunken zu machen und sich dafür loben zu lassen.

Und jetzt stand er vor mir, 20 Jahre später, und verlangte nach meiner Frau. Natürlich war er es auch gewesen, der den Abiball und die Abizeitung und den Abischerz mitorganisiert hatte. Einen Friedrich muss es immer geben, sonst geht gar nichts, meinte er jedenfalls von sich selbst. Vielleicht stimmte das auch. Mir war er damals als Wichtigmacher unangenehm, ich hielt mich da raus. Tom übrigens auch, er konnte ihn nicht ausstehen, obwohl er sonst gern mitgemacht hätte.

Ich hätte ihn einfach die Treppe hinabstoßen können, einen Absatz nur hinunterfallen, sich seinen hohlen

Schädel an der Wand oder dem Geländer anschlagen und aus die Maus. Ende Gelände im wahren Wortsinn. Und wenn nicht, hätte ich noch nachgeholfen. Küchenmesser oder dergleichen. Die Leiche dann heimlich – Nacht und Nebel – zum Zwingli in die Wohnung gebracht. Sollte der auf meinen Freund aufpassen, jeden Tag füttern oder gießen.

In Wirklichkeit war ich sprachlos. Irgendwie fand ich schon wieder lustig. Was der mit mir anstellen wollte. Arschloch.

POESIEHAUPTQUARTIER

Bei Teddy hatte ich größere Hoffnung. Der war gutmütiger. Mir fällt jetzt Ned Flanders ein von den Simpsons. Nicht so fromm wie Homers Nachbar, aber so gutmütig.

Er antwortete nicht auf meine Mails, wahrscheinlich traute er sich wegen Friedrich nicht. Er stand im Telefonbuch.

Ich legte mich auf die Lauer, observierte ihn eineinviertel Tage und stieß von hinten zu, als er seine Tür aufschloss. Ich warf mich auf ihn, wir flogen gemeinsam in die Dichterwohnung. Viel zu aufgeräumt für einen Künstler. Ein Katzenfressnapf auf dem Parkettboden, halb ausgeschlürfte Milchration.

»Entschuldigung, Teddy, du meldest dich nicht. Ich muss mit dir reden.«

»Das bringt nichts, Birne. Du weißt Bescheid. Entweder du spielst mit oder die Bombe platzt.«

Ich ging zum Kühlschrank ohne Aufforderung. Kein Bier, eine angerissene Flasche Weißwein. Ich trank direkt daraus und schaffte es, laut einen fahren zu lassen. Ich setzte mich und ließ die Kühlschranktür offen.

»Sie haben mich. Sowieso. Ich sitze in der Falle. Sie brauchen eure Scheiß-Beweise nicht mehr. Ich furze auf deine Romane.«

»Das glaube ich dir nicht«, sagte Teddy.

»Lebst du allein hier?«

»Das geht dich nichts an.«

»Jetzt komm, jetzt stell dich nicht so an. Auch wenn du versuchst, mich zu erpressen, können wir trotzdem noch normal miteinander reden. Also: Wohnst du hier mit einer oder mit zwei Muschis?«

»Birne, du bist vulgär.«

Ich schmiss die Weinflasche nach ihm. Sie traf ihn an der Lippe, er blutete sofort los wie die Sau. Wein und Blut mischten sich und tropften auf seinen Parkett. Sollte er schnell wegmachen, damit das Parkett nicht wellte.

»Nur damit wir uns richtig verstehen«, sagte ich. »Weißt du, weswegen ihr mich erpresst? Erstens habe ich kein Geld, keins für euch. Zweitens wirst du das bereuen und zwar physisch, ganz vulgär. Verstanden?«

»Was hast du vor?«

»Ich werde dich kaputt schlagen und dich blutend hier liegen lassen, bis ein Nachbar den Krankenwagen ruft oder die Verwesung riecht.«

»Das bringt dir nichts, Birne. Bau keinen Scheiß, damit reitest du dich nur noch mehr rein.«

»Man kann schon sagen, dass mein größtes Problem

vielleicht das ist, dass ich die Konsequenzen nie im Auge habe. Im Augenblick ist das aber mehr dein Problem. Oder siehst du das anders?«

»Allerdings.« Er sprang auf und warf sich auf die Küchenanrichte, zog aus einem Block ein Messer und stürzte auf mich los. Er bebte vor Zorn. Er stach aus einer Entfernung von einem Meter zu und hieb ein Loch in die Luft zwischen uns. Es genügte, um in Notwehr zu handeln. Ich holte keine Polizei, denn sie war ja schon dabei. Ich ließ ihn liegen, wie ich es angekündigt hatte. Zum Hörer würde sich dieses Stück Fleisch noch schleppen können.

Friedrich mailte noch. Sie verlangten jetzt 30.000. Ich fühlte mich als Sieger und öffnete mit Katharina eine Flasche und anschließend waren wir lieb zueinander.

Ich erwähne das, weil es zu jener Zeit etwas Erwähnenswertes war.

SUMPF

Sylvia versprach mir, ihm auszurichten, dass er mich unbedingt zurückrufen solle. Ich fand an mehreren, aufeinanderfolgenden Wochenenden Vorwände, nicht nach Kaufbeuren fahren zu müssen. Ich rief nur an. Sylvia kam einmal nach Augsburg. Sie wollte, dass ich was zur Hotelrechnung beisteuerte. Ich fand es eigenartig, als ich ihr das Geld gab, doch schnell wurde es mir zur Normalität. Wieder war eine Zeit im Leben vorbei. Eine neue startete: meine Trimalchio-Zeit.

Tanja spendierte zu ihrem Geburtstag Leberkäse. Trimalchio bediente sich bis Ende der Fleischverteilung bereits mehrere Male am Bierkasten, wie in den guten Zeiten. Ich nutzte die Gelegenheit. Um halb vier nachmittags flogen wir mehr über die Straßen, als dass wir gingen, und besorgten uns an der Tankstelle einen Sixpack Jägermeister. Den ließen wir in uns versickern, bevor wir selbst in einer Pilsbar absoffen.

Bier. Schnaps. Bier. Schnaps. Akkord. Bier. Schnaps.

Wir holten eine Menge von dem, was nachzuholen war, nach. Wir wurden beinahe wieder Freunde. Wieder und wieder. Er erklärte mir das mit den Frauen noch einmal und gratulierte mir zu meinem privaten Durcheinander.

»Es gibt nichts Besseres, um sich vom Job abzulenken.«

Ich rannte aufs Klo. Als ich zurück war, hatte er uns Willis bestellt.

Beim Anstoßen fand er es »Schade, schade, nur noch schade.«

»Ach, leck mich, heute doch nicht.«

»Birne, es ist ein Problem unserer Gesellschaft. Wir sind Auslaufmodelle. Apropos. Ich gehe auch mal.«

Mir wurde barbarisch schlecht, als ich allein war und die Stereoanlage hinter dem Wirt anstierte. Die LED-Birnen des Equalizers hüpften im Takt von Schlagermusik. Ich musste raus an die Luft.

Nach dem ersten Atemzug konnte ich mich noch zusammenreißen, doch schon nach dem zweiten ergoss sich ein Schwall schlecht gekauten Leberkäses auf den Gehsteig.

Viel Flüssigkeit dabei, im Prinzip war der Leberkäs und die halbe Semmel dazu das Einzige, was ich an diesem Tag gegessen hatte. Und Flüssiges spritzt auch ordentlich. Spießer, ein Paar, wahrscheinlich auf dem Heimweg von irgendeiner Mistopernaufführung. Sie mussten ausweichen, sonst wäre ihr Strumpf vollgesudelt worden. Passierte aber nichts. Sie war flink.

Trotzdem sagte sie: »Also bitte.«

Ich unterbrach extra für sie und nannte sie eine »Fotze«, weil ich ihr nichts getan hatte, außer ihr beinahe auf die Füße zu kotzen. Betonung auf beinahe.

Ihr Mann, einer der allerschlimmsten Menschen überhaupt, wollte eine Entschuldigung von mir hören. Er bekam meinen Mittelfinger, zuerst den linken und dann, weil es noch nicht genug war, den rechten. Ich bohrte mit beiden in meinen Nasenlöchern und summte – nur für ihn – »Oh, du dummer Augustin«. Und ich glaube, ich bezeichnete ihn als »Wichser« oder dergleichen. Obwohl sein Schatzi meinte, ich sei zu betrunken und es habe keinen Sinn, begann der Schnösel mit der Schubserei. Er wollte erst aufhören, wenn ich mich entschuldigte. Der Trick ist ja, die Energie des Angreifers zu nutzen, seine Attacke ins Leere laufen zu lassen oder noch besser: den Schwung für den Gegenschlag zu nutzen. Ich war gut. Es kann allerdings auch sein, dass er einfach ausgerutscht ist. Jedenfalls lag er in meinem Erbrochenen, Tanjas Geburtstagsleberkäse. Die Frau kreischte. Keine Rücksicht auf die Anwohner. Wie schnell die Etikette und die Kultur vergessen sind und der Höhlenmensch wieder hervorkommt. Jetzt hätte noch Tanja ums Eck biegen müssen. Hatten wir alles schon.

Stattdessen kam Trimalchio, Meister der Deeskalation.

Bemerkenswert, wie professionell er den Eklat managte. Er half dem Mann auf die Beine und reichte ihm Papiertaschentücher aus dem eigenen Bestand. Er drohte, soweit ich das mitbekam, einmal kurz mit Gewalt. Ich stand unbeteiligt daneben. In dem Moment rief Alwin auf meinem Handy an. Es musste wichtig sein um diese Uhrzeit, zehn Uhr abends.

»Sylvia sagt, ich soll mich melden.«

»Ja. Ja. Ja – sehr gut, dass du dich meldest.«

»Ich muss auch was Wichtiges mit dir besprechen.«

»Ja, ja, ja.«

»Bist du betrunken?«

Wir rauchten schweigend. Ich vertrug es wieder gut, nachdem das feste Material draußen war.

»Birne, du hast ein Problem mit deiner Impulskontrolle.«

»Impulskontrolle? Woher hast du dieses Wort?«

»Bist du noch nie psychologisch betreut worden?«

»Der war ein Arsch. Der hat es nicht besser verdient.«

»Freilich war er ein Arsch. Ein richtiges Arschloch sogar.«

Man muss nur einmal richtig Arschloch sagen, so von innen heraus. Damit ist so viel Ärger und Stress raus. Dann passt wieder so viel rein. Aber das steht nicht in den verfickten Ratgebern.

Beim Heimkommen weckte ich Katharina auf. Unabsichtlich. Wir redeten noch etwas länger, ziemlich laut, ebenfalls ohne Rücksicht auf die Anwohner. Sie nahm das Wort »Verlassen« in den Mund. War mir egal, ich hatte ja noch Sylvia. Das sagte ich aber nicht. Ich war nur betrunken und nicht blöd. Im Gegenteil: Ich versprach ihr eine Menge roter Rosen, nahm sie zärtlich in den Arm und küsste sie. Auf Versöhnungssex hatte ich keine Lust. Ich musste schließlich raus am nächsten Morgen.

WALDBURGER

Mir war noch etwas blümerant, als mich Alwin abholte. Ob ich was dagegen hätte, wenn wir spazieren führen. I wo. Ein wenig waren gut eineinviertel Stunden. Er erzählte mir vom Training, dass er langsam in Form komme. »Ohne Doping.«

Wir fuhren durch Marktoberdorf. In einem kleinen Ort namens Wald bog er ab. Wir hielten an einem Badeweiher. Er habe Durst. Wir setzten uns bei einem Kiosk nieder. Er holte Weizen für uns. Die von der Dorfbevölkerung besetzten Bänke und Tische waren gut gefüllt, die Kinder sprangen ins Wasser. Gemütlich. Ich gewann an Substanz. Ich packte das Weizen locker, ach was: Es schmeckte richtig.

Eine Mutter mit vier Kindern, die viele Leute kannte und grüßte, setzte sich zu uns an den Tisch. »Darf ich?« Wir rutschten und ließen sie hinsitzen. Sie bot uns dafür Zigaretten an, während ihre Kinder zum Baden gingen. Wo wir her seien, was wir hier suchten. Alwin antwortete, sie stieß mit ihm an und wir wurden Freunde. Sie nötigte uns, einen Burger zu essen. »Den besten weit und breit.«

Mir war nicht wirklich danach, aber das Fleisch verhalf mir, wieder zu Kräften zu kommen.

Die Frau erklärte uns den Ort: »Es hat hier in der Kirche gebrannt, mitten im Winter, der Turm ist eingestürzt. Unglaublich. Und noch unglaublicher: Niemandem ist etwas passiert. Seitdem sind die Leute hier anders drauf. Sie halten viel mehr zusammen, der Turm steht fast schon wieder. Wir glauben wieder an etwas. Wissen Sie: Es gibt mehr Dinge zwischen Himmel und Erde.«

»Ja, ja«, unterbrach sie Alwin. »Ich staune jeden Tag. Manchmal erstaune ich mich selbst.«

»Der Mann versteht mich.« Sie stieß mit uns an. »Viel Spaß noch.« Sie stand auf, wir schauten ihr hinterher beim Weggehen. Sie kannte jeden hier.

»Ich bekomme ein Kind«, sagte Alwin.

»Was?«

»Sylvia ist schwanger.«

»Wie lange weiß sie es schon?«

»Erst seit ein paar Wochen.«

»Das ist großartig.«

»Ich bin total fertig. Das kann eigentlich gar nicht sein. Das kann ich jetzt nicht brauchen.«

»Mensch, Alwin, freu dich, ein Kind hält jung.«

Er stand auf und drohte mir regelrecht: »Willst du sagen, ich hätte es nötig, mich jung zu halten?«

»Nein, niemals.« Ich kann es nicht beschwören, aber ich bildete mir ein, dass mein Kopf schmerzte. Konnte aber auch am neuen Weizen liegen.

Die nannten ihren Burger Waldburger. Ich wäre so gern ein Waldbürger, dann gingen mich die Sorgen hier nichts mehr an. Dann verschwände ich in einem großen, grünen Maul.

Alwin war still geworden.

»Was ist?«

Er nahm meine Hand und schaute mir tief in die Augen. »Birne.«

»Ja?«

»Nichts. Wir müssen langsam tun, sonst kann ich dich nicht mehr heimfahren.«

»Wir können auch hierbleiben und unter freiem Himmel übernachten.«

Er ließ mich wieder los. »Ein anderes Mal gern.«

»Woran denkst du jetzt?«, fragte ich.

»An den Herrn Werner.«

»Wie kommst du auf den?«

»Birne, du weißt so wenig von mir. Du weißt im Grunde so wenig von mir wie ich von dir. Was daran liegen könnte, dass ich praktisch auch nichts weiß über mich.«

»Weil es dich nicht interessiert?«

»Quatsch. Wer interessiert sich nicht für sich? Ich weiß nichts. Was ich bin, wer ich bin, warum ich bin. Eigentlich nur wozu ich bin.«

»Das Gute«, wusste ich.

»Das Gute. Ich bin im Krankenhaus gewesen, die erste Zeit meines Lebens. Wohl zu früh auf die Welt gekommen und dann im Kasten gelegen, und als ich raus war, kam niemand, der mich genommen hätte. Ich kenne meine echte Mutter nicht. Sie wollte mich nicht, sie ließ mich zurück. Die Menschen sagen immer, dass man sich nicht an die erste Zeit erinnern kann, an die ersten drei Jahre oder so. Ich bilde mir aber ein, dass ich Bilder im Kopf habe von meinen ersten Erdentagen. Ich fühle das tatsächlich heute noch, dass ich da liege und dass keiner kommt und mich berührt. Ich bin der einzige Mensch, keiner kümmert sich um mich, wochenlang. Es ist kein Wunder, dass man sich dann auf andere Dinge konzentriert. Dass man neue Sinne entwickelt und neue Eigenschaften.«

»Du willst damit sagen, dass du das schon immer kannst, das mit dem Kopfweh.«

»Auf jeden Fall so lange ich mich erinnern kann. Was vorher war: keine Ahnung. Ich sehe diese Bilder. Ich sehe die ersten Menschen, die sich um mich kümmern. Ich will meinen Adoptiveltern keinen Vorwurf machen. Sie gaben ihr Mögliches. Wir konnten trotzdem keine Beziehung zueinander aufbauen. Es blieb kalt zwischen uns. Sie bekamen nach mir andere Kinder, zwei, obwohl sie gedacht haben, dass es nicht klappt bei ihnen. Deswegen holten sie sich ja auch mich. Und plötzlich ging es. Dann war ich halt da. Das haben sie nie gesagt, nein, sie haben versucht, fair zu sein. Aber Eltern und fair: Ich glaube nicht, dass auf so einer Basis so etwas wie Liebe entstehen kann. Blöd jetzt. Mir ging es gut, nach außen hin ging es mir gut, innen war Wüste.«

»Arme Sau.«

»Ich brauche kein Mitleid. Verstehst du? Ich habe es selbst geschafft, habe mich hochgearbeitet, der Betrieb. Ich bin gut, ich kann es noch mal schaffen. Man muss nur einmal mehr aufstehen, als man hinfällt. Nur ein Mal. Der Herr Werner hat mich gesehen und mein Talent erkannt, er hat mich gefördert – fast wie ein echter Vater. Er hat sogar gesagt, ich könnte ihn eines Tages beerben, da bin ich gewachsen. Oh Mann. Ich wollte trotzdem mein Ding durchziehen – ich hab mein Ding durchgezogen und dann hat die Sau mich abgeschossen, die Drecksau. Ausgerechnet er, der Erste, zu dem ich ein Vertrauen aufbauen konnte – und beinahe der Einzige, abgesehen von Sylvia und …« Er stoppte, blickte mich wieder an.

Ich sagte: »Und dann kam das in deinem Kopf wieder hoch? Deine Fähigkeit?«

»Ja. Dann kam das wieder. Dann besann ich mich drauf. Weil ich enttäuscht war wie noch nie zuvor. Dann habe ich beschlossen, dass es in meinem Leben um etwas anderes geht. Ich muss was machen, bei dem ich mich nicht mehr auf jemanden verlassen muss. Etwas, das ich allein durchziehen kann. Ich habe einsam begonnen und ich werde einsam enden. Das ist mein Schicksal.«

»Ich bin doch da.«

»Birne.« Er nahm meine Hand. »Ich bin froh, dass du da bist. Du hast ja gar keine Ahnung, wie viel du mir bedeutest.«

»Ist schon gut, mach ich gern. Die Freundschaft, verstehst du. Ab einem gewissen Alter haben Männer keine Freunde mehr, nur noch ihre Frauen. Das ist nicht gut.« Ich schlug vor, noch eines zu trinken und wollte ihn, sobald wir angestoßen hätten, fragen, ob er meinen Trauzeugen machen würde.

Aber er lehnte ab. »Ich kann jetzt keines mehr trinken, sonst müssen wir wirklich hier übernachten.« Uns beiden gefiel aber die Idee am besten, dass ich mit zu ihm kam. Er schüttete maßlos Wein in sich hinein, ich lieh ihm mein Ohr. Sylvia verabschiedete sich früh ins Bett.

Nachts suchte sie mich auf dem Sofa auf. Ich sagte ihr, wie sehr ich mich freute. Da legte sie mir ihren Finger auf den Mund.

Alwin ging es elend am nächsten Morgen. Er hatte zwar kein Kopfweh, dafür war ihm richtig schlecht. Er ärgerte sich brutal darüber, dass er wochenlange Trainingsarbeit mit einem dummen Abend zunichte gerichtet hatte. Er dramatisierte furchtbar und gefiel sich wahnsinnig in seinem Selbstmitleid. Eventuell könnte es aber auch sein, dass der menschliche Körper an sich von Natur aus zum Verfall tendiert und wir ihn dabei am besten nicht auch noch unterstützen sollten, wenn wir nicht unglücklich werden wollen. Ich behielt das für mich.

Stattdessen schilderte ich ihm mein Problem mit Friedrich und Teddy. Ich sagte, ich sei verzweifelt und wisse nicht mehr ein und nicht mehr aus. Er hörte es sich schweigend an und strich sich nach meiner Rede drei Schinkensemmeln und fraß sie weg. Ich kippte meinen kalt gewordenen Kaffee weg.

»Hm. Hm, hm. Birne, du hast wenig verstanden von dem, was ich dir sagen wollte.«

»Warum?«

»Das ist eine scheiß Sache, in die du dich da hineingeritten hast.«

»Das weiß ich.«

»Ich muss mir das gut überlegen, ob ich dir da helfe. Ich glaube – ehrlich gesagt – nicht, dass ich dir helfen werde.«

»Alwin, unsere Freundschaft.«

»Nein, nein, nein, Birne, du hast Mist gebaut. Vom Standpunkt der Gerechtigkeit aus musst du irgendwie dafür bezahlen. Meine Meinung.«

»Ich habe das scheiß Geld nicht.«

»Dann rede mit ihnen.«

»Das habe ich versucht, verdammt noch eins, das hat keinen Wert.«

»Soll ich mit ihnen reden?«

»Du sollst sie fertigmachen.«

»Das wäre nicht gerecht, Birne.«

»Scheiß auf die Gerechtigkeit. Das war einen Scheiß gerecht, was wir bisher getrieben haben. Diese Arschlöcher erpressen mich. Ist das gerecht?«

»Es geht darum, dass du irgendwie Rechenschaft ablegst.«

»Ach, leck mich. Du hast doch selbst keine Ahnung, was du da anrichtest.«

»Wieso?«

»Den Zwingli hast du kaputt gemacht, der hockt hilflos und dement in seiner Wohnung und verreckt vor sich hin. Daran bist du schuld, du hast ihm seine Birne zerschossen. Ist das gerecht?«

»Das ist Quatsch, der ist alt, auf seinen Alzheimer habe ich keinen Einfluss«, behauptete Alwin.

Sylvia brachte mich zum Bahnhof, weil sie sowieso gerade aufbrach. Wir fuhren aufs Land hinaus, hielten auf einem einsamen Feldweg und ich samte ihr meinen ganzen Frust noch mal rein. Gerechtigkeit erzeugt Gegen-Gerechtigkeit.

ALT

PARTY

Irgendwann wollte jeder mit Musik rummachen. Die, die schnell waren und gut, lernten ein Instrument und gründeten Bands. Die meisten kamen nicht weit damit, maximal mal ins Lokalradio. Sie feierten sich trotzdem wochenlang, spielten allen, die sie greifen konnten, die Kassetten mit dem Interview vor.

Die, die nichts richtig konnten, probierten es mit auflegen. Ich auch. Spät, wenn alle nur noch besoffen rumlagen, eroberte ich heimlich den Platz an der Anlage und legte mein Zeug rein in den CD-Player, extrem unerfolgreich. Ich bekam regelmäßig Prügel angedroht für meine aufrichtigen Versuche, auf den Drecks-CDs, die von den Partygästen mitgebracht wurden, die Perlen zu finden. Ich landete oft draußen vor der Tür, ich war zwar äußerlich ruhig, innerlich aber hochunzufrieden mit meiner Generation. Nichts verband uns. Ich musste dringend weg von hier.

Auch auf diesem Gebiet war Friedrich der Baron, er beherrschte die DJ-Kunst perfekt. Man lud ihn zu den Partys, damit er komme mit seinen silbernen Koffern. Einmal sah ich sogar, dass man ihm Geld gab. Das ging mir gegen den Strich. Damals hätte ich es nicht zugegeben und auch heutzutage fällt es mir schwer: Das Volk jubelte. Sie tanzten zu dem Schutt aus den Boxen. Sie liefen zu ihm und wünschten sich Hits. Er entschied gnadenvoll. Mal »Das passt jetzt nicht«, mal »Mach ich als übernächstes«.

Er rauchte drei Schachteln am Abend, blätterte seine Discs durch und hielt sich mit der anderen Hand den

Kopfhörer ans Ohr. Es sah hochprofessionell aus. Es sah aber nur so aus.

Ich erinnere mich nur an Revivals. Zuerst die Neue Deutsche Welle, ausgelöst durch einen Sampler, der damals bei Karstadt für wenig Geld zu haben war. Ich verwechsle nicht Ursache und Wirkung. Nah dran dann die Schlager-Welle, wieder waren ein oder mehrere Sampler in Warenhäusern daran schuld. Singen auf Deutsch – ach leck mich. Knallrotes Gummiboot. Feldbett im Korn. Damit hatte Friedrich sie am Haken. Ich fing an zu diskutieren, mitten in den Lärm hinein über den Biertisch, der als DJ-Pult fungierte. Ich wurde vulgär, er reagierte gelassen, ganz der Sieger. Er antwortete mir: »Ich mag keine Rockmusik. Wieso soll ich Geld ausgeben dafür, dass mich jemand anbrüllt? Das habe ich in der Schule kostenlos.«

Mir fiel nichts drauf ein. Argumentativ hatte er mich niedergerungen. Wo er mit Gewalt nicht weiterkam, versuchte er es mit Worten. Der totale Niedergang der Steinzeitkultur. Die Keule zählt nicht mehr.

Die Musik war schlimm, aber das, was dort getrunken wurde, war noch grausamer. Ich kann zum Beispiel den Schnaps der Marke Southern Comfort nicht ausstehen, gemixt mit Kirschsaft ergibt er ein Gesöff, verglichen mit dem jede Mischung mit Red Bull die Qualität eines erlesenen Rotweins bekommt. Ich erinnere mich an eine Party, auf der man mir das in die Hand gedrückt hatte, weil die Organisatoren der Fete in ihrem Wahn zu wenig Bier und zu viel von dieser Pisse gekauft hatten. Ich wollte das nicht mehr saufen. Ich schüttete das volle Glas in den Verstärker, über den CD-Player und das Mischpult. Die Sicherungen flogen raus, Friedrich übers Pult.

Sie trennten uns, bevor ich mich wehren musste. Es gab Einige, die mich totschlagen wollten (Hatte er eigentlich irgendwelche Feinde?). Sie waren alle im Schlagerwahn. Ich blieb ganz ruhig. Wenn ich jetzt sterben sollte, war es okay.

Ein wütender Gastgeber brüllte auf mich ein, was mir einfalle, mir besoffenem Schwein.

Ich sagte ganz ruhig: »Leck mich am Arsch.«

Friedrich hatte sich zu mir durchgekämpft, er ging mir an den Kragen, er würde mich erwürgen. Ich riss ihm mit einem gezielten Griff die Brille runter. Er war orientierungslos. Es kam zu einem Gerangel, in das sich andere einmischten, weil sie Friedrich bremsen wollten oder weil sich mich zur Rechenschaft ziehen wollten. Im Eifer des Gefechts entglitt mir die Brille. Irgendjemand trat drauf, das Glas knirschte, ich sagte: »Hey.«

Die Feiergesellschaft wandte sich gegen mich, denn ohne Brille konnte ihr DJ und Stimmungsmacher unmöglich fortfahren, selbst wenn sie einen neuen Verstärker auftrieben. In gewisser Weise hatte ich erreicht, was ich wollte. Eine Bierflasche streifte mich am Hinterkopf. Sie zerbrach, Scherbensplitter fielen in meinen T-Shirt-Kragen und rutschten mir den Rücken hinunter. Ein Unbekannter schubste den hinter mir Stehenden in mich hinein, die Scherben bohrten sich durch meine Haut. Ich schrie auf. Von vorne traf mich Friedrichs Faust in den Magen. Die Luft blieb mir weg, ich krümmte mich. Der nächste Hit von Friedrich traf mich am Hinterkopf, ich ging in die Knie und griff nach einem von Friedrichs Beinen, zog es weg und er fiel hinterrücks auf den Betonboden der Garage, die die Party beherbergte. Ein Raunen ging durch die Menge. Wörter wie »bewusstlos« und

»Gehirnerschütterung« waren zu hören. Ich war wieder auf den Beinen und beugte mich über mein Opfer, streckte eine Hand aus, um ihm aufzuhelfen. Friedrich ließ sich von mir nach oben ziehen, nur um dann wie ein Gestörter auf mich einzuprügeln. Das allein wäre nicht so schlimm gewesen, ich konnte ihm gut ausweichen. Allerdings fühlte sich nun der Gaffermob eingeladen. Sie schlugen wahllos, aber relativ uneffektiv auf mich ein. Es fühlte sich warm an. Ich blutete schon an diversen Stellen. Plötzlich packte mich ein kräftiger Arm von hinten am Hals und zog mich nach draußen. Ich musste nachgeben, um nicht zu ersticken.

Tom holte mich raus, er führte mich durch die Massen in die Sicherheit.

Wir verschwanden in der Nacht, er lachte laut auf, als wir weit genug weg waren. Ein Verbündeter.

VERHÖR

Er blickte starr auf den Bildschirm des Laptops vor sich und blieb stumm. Er hörte seine Worte, er sah sich dort sitzen. Es war eindeutig. Ich drückte noch einmal auf Wiedergabe. Er fuhr dazwischen.

»Es langt?«, fragte ich. »Redest du jetzt?«

Uli lehnte sich zurück. Er zog den Rotz hoch und schnaufte aus. Dann fiel er wieder in seine Regungslosigkeit zurück, als hätte ihn jemand auf den Grund des

Meeres versenkt, wo kein Licht und kein Geräusch ihn erreichte, wo er im Komazustand dem Herzstillstand entgegen dämmern konnte.

Das Schulkonzert rückte näher, er konnte nicht mehr eingreifen. Lisi hatte sich angeboten, sein Werk zu vollenden. Sie hatte sich freigenommen, um mit dem Schulorchester zu proben. Die Leitung von Ulis Schule war froh darüber. Denn auf diese Weise konnten sie Normalität simulieren, wenn schon ihr renommierter Musiklehrer weg war. Man hatte noch nichts Offizielles herausgegeben, aber auch hier war die Presse selbstverständlich nicht stumm. Gerüchte waren ebenfalls im Umlauf. Daher war es gut, dass die Frau oder Verlobte des Verdächtigen ihn unterstützte, indem sie seinen Platz einnahm.

»Es ist unglaublich, wozu die Schüler in der Lage sind, wenn man sie machen lässt. Ich bin begeistert. Da entsteht etwas sagenhaft Tolles. Das ist eine gute Jugend, die da nachwächst«, sagte sie mir.

»Wir kommen mit Uli nicht weiter, der sagt gar nichts mehr.«

»Lasst doch Alwin noch mal auf ihn los, dann habt ihr alles, was ihr braucht. Ich bin froh, dass ich ihn loshabe. Kommst du auf unser Konzert?«

Trimalchio hielt es für eine gute Idee, Alwin noch mal kommen zu lassen. Ihm ging die Geduld aus. Er brüllte Uli an.

»Wir müssen Leni finden. Die kann uns helfen«, sagte ich.

»Welche Leni?«, fragte Trimalchio.

»Das Mädchen am Schwaltenweiher. Sie hat behauptet, sie hat etwas gesehen in der Nacht.«

Ich fuhr mit Tanja dorthin. Ich sah keine Gäste, dennoch erschien mir das Hotel noch in Betrieb. Der Alte an der Rezeption hatte keine Ahnung, von wem wir redeten. »Jugendliche? Ja, es kommen manchmal welche zum Baden hierher. Aber das geht mich nichts an.«

Ich erinnerte ihn daran, dass er sie vertreiben wollte.

Das stritt er ab. »Lass denen ihren Spaß.«

Tanja schaute mich voller Zweifel an. Als er sich nicht mehr an den Toten erinnern konnte, glaubte sie mir, dass das Gedächtnis des Alten nicht mehr zuverlässig war. »Der ist keine Hilfe. Lass uns nach Seeg fahren und dort nach ihr suchen.«

Es war ein trüber Tag, kein Badewetter. Ihr Vorschlag war gut.

»Klar kennt man sich hier, so groß ist der Ort nicht, aber von einer Leni oder Marlene weiß ich nichts«, sagte die Kassiererin im Edeka. Sie hätte vom Alter her die Mutter des Mädchens sein können und sie hatte einen Sohn in dem ungefähren Alter Lenis.

Wir fuhren zu ihr nach Hause, dort öffnete uns ein Junge mit verschlafenem Gesichtsausdruck, wir hatten ihn beim Fernsehen oder Computerspielen gestört. Er erschrak, weil die Polizei etwas von ihm wollte. Ich war mir nicht sicher, ob er einer der Jungen war, die ich gesehen hatte. Er gab jedenfalls zu, hin und wieder am Schwaltenweiher zu baden, auch an der Stelle, die wir ihm beschrieben. Aber in dieser Nacht sei er sicher nicht dort gewesen und auch keiner seiner Kumpels. Er kannte auch keine Leni und konnte mit der Beschreibung nichts anfangen. Er erstellte uns eine Liste von etwa gleichaltrigen Mädchen im Ort. Tanja und ich machten die Runde im Dorf und klingelten an den Häusern. Leni blieb ein Phantom. Ergebnislos brachen wir unsere Suche am Abend ab und nahmen uns vor, noch die Buben am Ort zu überprüfen. Ich würde ja den einen oder anderen erkennen, der damals mit Leni oder wie auch immer sie heißen mochte zusammen war.

TEPPICHE

Ich musste das verstehen. »Birne, wir helfen dir gerne und immer. Eine Hand wäscht die andere. Aber jetzt ist erst mal die andere dran. Die soll die eine waschen, dann kann die andere …«

»Ich habe schon verstanden. Danke. Ihr lasst mich also in der Scheiße sitzen.«

»Birne, so kann man das nicht sagen. Nur kommt uns das ein bisschen wie Einbahnstraße vor in letzter Zeit. Das ist schlecht.«

Jeder hat so seine Kontakte. Ich fühle mich nicht schlecht dabei. Mir ging's nicht um Geld. Mir ging es nie ums Geld. Davon hatte ich genug, also für mich genug. Ein anderer könnte damit nicht auskommen, wieder andere würden es als Reichtum bezeichnen. Mir langte es. Es sollte nicht mehr sein und nicht weniger. Meine Kontakte nutzte ich für spezielle Geschäfte, fast ausschließlich privater Natur. Wenn mir einer blöd kam und ich mir allein nicht den nötigen Respekt verschaffen konnte; oder falls es blöd wäre, wenn ich selbst Blut an die Finger bekäme. Unlängst zum Beispiel hatte einer versucht, an Katharina rumzuschrauben. Ich fühlte mich im Recht, ich bekam es, und derjenige landete im Krankenhaus. Abgesehen davon ist keinem was passiert. Eine einwandfreie Angelegenheit. Meiner Meinung nach.

»Was ist denn mit dem Clemens?«

»Was ist mit dem? Das war eine hervorragende Zusammenarbeit.«

»Birne, du sollst uns eben nicht nur mit Worten loben.«

Sluko kannte ich noch von früher. Sagen wir, dass wir eine gemeinsame Freundin hatten, die uns auf eine unschöne Weise verlassen musste. Im Nachhinein ist es lächerlich, doch seinerzeit gaben wir uns gegenseitig die Schuld an ihrem frühen Tod. Wir gingen unharmonisch auseinander. Inzwischen haben wir eingesehen, dass wir damals am Lauf des Schicksals wenig ändern konnten. Wir begegneten uns mehr oder weniger zufällig wieder, als er in Augsburg seine Filiale eröffnete.

Er war im Teppichgeschäft, er verkaufte Teppiche und ›Reste‹: damit war so ziemlich alles gemeint, was man sich vorstellen kann. Wenn man was Spezielles suchte, sollte man Slukos Teppichgeschäft aufsuchen. Er betrieb es zusammen mit seinem Bruder, den man ›Iron‹ nannte. Der redete nicht viel, er verstand alles, denn er fragte nie nach, er war halt ein bisschen maulfaul. Wenn man aber etwas abgemacht hatte, war es schnell erledigt. Nun, man kann sagen, dass sich aus unserem Zusammentreffen eine florierende Zusammenarbeit ergeben hatte.

Wir saßen im Brotzeitraum. Wir tranken Zwetschgenschnaps und aßen Salami. Das ist so üblich. Normalerweise trank ich zu der Zeit tagsüber nichts mehr. Normalerweise bezahlte ich die zwei mit Informationen, die mir während meiner Arbeit zufielen. Das war sehr nützlich für die zwei, es machte manche ihrer Geschäfte wesentlich unkomplizierter. Nur wenn es nicht genügte, legte ich ab und an mal einen Hunderter drauf. Ich konnte mich nie beschweren.

Ich fragte nach einem Preis. Sie nannten eine Zahl, bei der ich mir glatt überlegen musste, Friedrich und Teddy einfach auszubezahlen und die Sache damit gut sein zu lassen.

Andererseits ging es ums Prinzip.

»Birne, du hast im Moment keine guten Karten. Weißt du, wir sind Freunde und dieser Schnaps ist Schnaps. Ich kenne wenige, mit denen ich so gerne trinke wie mit dir. Wir haben uns immer gut verstanden. Ich weiß nicht, ob das gut ist, aber Schnaps ist Schnaps. Und Schnaps bleibt Schnaps. Oder?«

»Ist ja gut, Sluko, ich habe verstanden.«

Sluko gab nicht nach: »Ich weiß nicht, ob es der Schnaps war oder ist, dass wir uns verstehen; und ich weiß nicht, ob das gut ist, dass wir uns verstehen. Denn wir verstehen, dass es nur der Schnaps ist und wenn der Schnaps weg ist, wissen wir nicht, ob wir uns noch verstehen. Deshalb muss der Schnaps bleiben und der Schnaps muss Schnaps bleiben. Weil Schnaps und nur Schnaps Schnaps ist.«

Er erhob sein Glas, wir stießen an. »Sluko, eben deshalb.«

Und Sluko fuhr fort: »Und die Zeit und die Zeit und die Zeit schließt alle Wunden, und die Wunden, die die Zeit nicht schließt, die löst der Schnaps erst mal weg.«

»Keine Frage«, stimmte ich ihm zu.

»Aber man hört zurzeit nicht viel Gutes über dich, Birne. Du hast Probleme und die musst du allein lösen. Da können wir dir nicht direkt helfen. Und schau, solange du diese Probleme hast, bist du uns geschäftlich nichts wert. Da musst du bezahlen wie jeder andere. Weißt du, das ist wie im Puff, da bekommt man auch höchstens einmal eine Gratis-Spritze. Leider.«

»Genau deswegen bin ich ja da. Um dieses Problem zu lösen. Ihr könnt mir helfen. Sluko, mach dich nicht kleiner, als du bist. Ihr könnt sehr viel für mich tun. Wir gehen in eine goldene Zukunft. Hand in Hand.«

Irons Hand half mir ein wenig beim Hinausfinden. Ich überlegte, ob ich Katharina eine Kleinigkeit mitbringen sollte, ein Wohn-Accessoire oder dergleichen. Aber man behandelte mich nicht freundlich, nein, also ließ ich es bleiben.

Alwin wollte mir nicht helfen. 30.000 Euro, um meinen Job zu retten und nicht ins Gefängnis zu müssen. Man konnte sich das überlegen. Aber keiner konnte mir garantieren, dass es bei einer einzigen Forderung blieb. Gut, ich hatte ein Problem, das konnte ich nicht aus der Welt diskutieren.

HEIMATLOS

Ich musste Katharina gestehen, dass ich was getrunken hatte, während ich draußen war. Es war geschäftlich. Sie war beleidigt, sie behauptete, dass ich sie anlüge und hintergehe. Ich widersprach heftig und versprach, ab jetzt alle unsere Vereinbarungen einzuhalten und wenn mich ein Mafiaboss zwänge zu schlucken, standhaft zu bleiben und auszuspucken. Ich strengte mich während unserer teilweise sehr laut geführten Diskussion an, legte mich dermaßen ins Zeug, wie ich es mir selbst kaum zugetraut hätte. Gut, dass es keine Zeugen gab, denn ich gab meine Mannhaftigkeit ganz schön preis, nur um sie später wieder heftig unter Beweis stellen zu können.

Das war ein Fehler. Auf diese Weise löste ich die größte Katastrophe aus. Sie sagte, ich röche unten rum anders. Nach einer fremden Frau.

»Das kann gar nicht sein.«

»Lüg mich nicht an. Wenigstens waschen könntest du dich. Wenigstens das.« Sie spuckte in unser Ehebett. »Du hast gar keinen Respekt mehr vor mir.«

Ich leugnete nicht mehr und erinnerte sie daran, dass sie nicht frei von Schuld sei und dass der einzige Weg, der der Verzeihung.

Ich konnte nichts zusammenpacken, ich konnte nur ein wenig zusammenraffen. Einen Rucksack voll.

Sie sagte: »Ich will dich nie wieder sehen.«

Sie fand es gut, dass das jetzt passiert sei, dass sie es nicht erst habe herausfinden müssen, nachdem wir geheiratet hätten.

Gut ist relativ.

Ich stand auf der Straße. Du fielst mir ein. Ich suchte dich ein paar Mal auf an diesem Tag, nie warst du anzutreffen. Die Stunden zwischen den erfolglosen Versuchen verbrachte ich im Park. Ich las in einer Zeitung, die ich gekauft hatte in der Hoffnung, einen Artikel von dir darin zu finden. Abends gab ich es auf. Du warst wohl verreist oder bei Moni, deiner Freundin. War okay, du bist ein erwachsener Mensch, mein Bruder, und hast ein Recht auf ein glückliches, gelingendes Leben. Und ich hatte keine

Ahnung, zu wem ich gehen konnte. Tanja und Trimalchio schieden aus, auf keinen von beiden hatte ich einen Funken Lust. Allein die Vorstellung, ihnen erklären zu müssen, warum ich jetzt hier war, trieb mich in die nächste Kneipe. Genau diese Situation, in der ich mich befand, rechtfertigte endlich einen ordentlichen Rausch.

Ich schaffte nicht ein ganzes Bier. Mich packte Ekel vor mir selbst. Ich zahlte und ging hinaus in die Nacht. Ich ging unter deinem Fenster vorbei, es war dunkel dahinter. Du warst nicht zur Stelle. Ich ging zurück zu unserer Wohnung. Ich glaubte, Katharina würde mir verzeihen, es würde ihr leidtun. Als ich in die Straße einbog, verlor ich den Mut. Ich blieb stehen und sah zu unserem Haus hin. Ich hatte die Konsequenzen zu tragen. Ich war oft genug mit einem blauen Auge davongekommen. Jetzt war ich bereit dafür, den Schmerz zu spüren, die Wunde auszuhalten, Gerechtigkeit wiederherzustellen.

Ich wanderte in Richtung Altstadt auf der Suche nach einer Absteige. Ich landete in einem Hotel, keine erste Liga, konnte ich mir nicht leisten und hatte ich auch nicht verdient nach allem, was ich verbockt hatte. Man fragte mich, wie lange ich bleiben wollte. Ich sagte, ich wüsste es noch nicht. Ich wusste es noch nicht. Es war alles blank. Irgendwie fand ich es gar nicht schlecht. Ich konnte heute noch abhauen und für immer weg sein. Ein ganz neues Leben anfangen. Ich war frei geworden. Es hielt mich nichts hier. Es war nicht die Angst, die mich hinderte, den Schritt zu tun, es war die vage Hoffnung, dass alles gut werden würde.

HOTEL

Einen ganz klaren Vorteil hatte meine neue Situation jetzt zweifellos: Ich konnte Sylvia empfangen, wann und wie ich wollte. Ich musste kein schlechtes Gewissen mehr haben, nichts zu ihrer Hotelrechnung beitragen. Ich musste ihr einfach nur die Tür öffnen und das Glück hereinlassen.

Wir genossen diese Zeit. Sie half mir zurechtzukommen. Ich verliebte mich: Als hätte einer einen Schalter umgelegt. Ich ließ mich von ihr neu einkleiden in den Geschäften der Stadt. Wir zeigten uns dort ungeniert. Sie holte mich ab, wir fuhren an irgendeinen abgelegenen Baggersee in der Umgebung und schlugen unsere Stunden innigster Zweisamkeit tot. Wir planten einen Urlaub zu zweit.

Erst als wir über Alwin sprachen, bekam unsere Unbekümmertheit einen Schatten. Sie war der Meinung, dass genau jetzt der richtige Zeitpunkt sei, ihn einzuweihen. Wir sollten Nägel mit Köpfen machen. Meiner war der erste Schritt, ihrer sollte nun folgen.

»Nein, Sylvia, ich bin mir nicht sicher.«

»Birne, wenn du auf dein Herz hörst, wenn du ganz leise bist und nur auf dein Herz hörst: Was sagt es dir?«

»Dann ist es ganz einfach, dann packen wir heute noch unsere Koffer und verschwinden von hier.«

»Also.«

»Nein. Alwin ist ein Freund.« Ich bestand darauf.

»Na und?«

»Weißt du, die Liebe rechtfertigt vieles, aber eben nicht

alles. Der Alwin bleibt ein Freund, und ich will ihn nicht verraten.«

»Es gibt keinen größeren Verrat als den, den du gerade begehst.«

»So sehe ich das nicht. Immerhin weiß er noch nichts davon.«

»Er ahnt eine Menge.«

»Nein, das glaube ich nicht. Er glaubt, dass dein Kind von ihm ist.«

»Das verunsichert ihn gerade so.«

»Wieso?«

»Das viele radeln.«

»Ich verstehe. So schlimm?«

»Auf jeden Fall. Ärztlich bestätigt sogar.«

»Das heißt, ihr hättet gerne.«

»Oh ja.«

»Aber das ist nicht der einzige Grund, weshalb du dich mit mir?«

»Nein, Birne, da sei ganz beruhigt.«

»Und wenn du Alwin sagst, es sei von ihm?«

»Wieso?«

»Ein kleines medizinisches Wunder. Dann freut er sich. So war es bei seinen Adoptiveltern auch. Denen hatte man gesagt, sie könnten nicht und dann kamen noch zwei auf natürliche Weise.«

»Es ist wegen Katharina«, sagte sie. »Gib es zu. Eigentlich willst du sie. Du spielst nur mit mir.«

»Nein. Auf keinen Fall. Es braucht nur seine Zeit, sich innerlich zu lösen.«

»Erstens hat sie dich auch hintergangen, zweitens löse ich auch eine Ehe auf.«

»Ich liebe dich.«

»Mach dir keine Sorgen wegen Alwin. Um den kümmere ich mich, du wirst ihn gar nicht mehr zu Gesicht bekommen.«

»Das will ich doch gar nicht.«

»Bald wird er wieder am Schwaltenweiher radeln, da werde ich ihn erledigen.«

»Armer Kerl. Was heißt erledigen?«

»Schicksal. Ich liebe dich auch, Birne.«

Ich kam dann nicht mehr dazu, ihr zu sagen, dass es bei mir finanziell ein bisschen klamm wurde. Es lag an der Hotelrechnung. Wenn ich gar nicht mehr damit rechnete, bei Katharina eingelassen zu werden, konnte ich mir auch eine Wohnung suchen. Oder?

Egal. Es konnte auch sein, dass Friedrich und Teddy Katharina zur selben Zeit mit Tausenden von Büchern belieferten und sie sich außerdem die Zudringlichkeiten des blöden Friedrich vom Leib halten musste. Und das musste ich dringend unterbinden. Ja, es war nötig, dass ich meine Probleme anging. Eines nach dem anderen. Alles würde gut werden.

FIRE

Die CDs füllten immer noch eine ganze Regalwand, unter einer Kommode im Wohnzimmer lagen die Silberkoffer. Friedrich konnte sofort zum Einsatz, wenn man ihn rief. Sicher war seine Sammlung längst digitalisiert, er benötigte nur noch einen Laptop. Er legte aber nirgends mehr auf. Die Sammlung gammelte vor sich hin. Plastikschrott. Nicht mehr lange.

Ich schwenkte den Benzinkanister und netzte sie ein.

Seine Adresse hatte ich aus einer Excel-Tabelle, die er selbst getippt und herumgeschickt hatte. Ein Einfamilienhaus in Stadtnähe, ein schöner Ort, aber einsam. Es sah gepflegt aus. Friedrich lebte noch nicht lange allein, seine Familie war noch nicht lange weg. Ich klingelte an der Haustür, keine Reaktion, ich umrundete das Haus und erkundete, von wo aus Nachbarn mich beobachten konnten. Ich fühlte mich unbeobachtet. Mit einem einfachen Schraubenzieher öffnete ich seine Terrassentür, ohne großartig Geräusche zu verursachen. Ich stand in seinem Junggesellenreich. Er räumte auf, nichts lag herum, fast ein bisschen pedantisch. In seinem Schlafzimmer stand ein Laptop auf dem Nachttisch. Ich fuhr ihn hoch und wurde nach einem Passwort gefragt. Keine Ahnung.

Ich fand keine Bücher, auch keine von Teddy, dafür noch einen Laptop im Wohnzimmer, der mit dem Fernseher verbunden war. Auch hier schaffte ich es nicht, an irgendwelche Daten zu kommen. Wäre zu einfach gewesen. Im Keller hatte er sich ganz altmodisch eine Bar eingerichtet. Sie sah aus, als benutze er sie häufiger. Dort mixte er sich Cocktails und schaute sich allein Filme an. Ich fand einen Beamer und ein umfangreich gefülltes DVD-Regal. Hier stand ein benutzter Aschenbecher. Keine Beute für mich.

Es war die Kraft der Verzweiflung, die mich antrieb. Ich würde ihm schlicht die Bude abfackeln. Wenn er das Beweismaterial hier lagerte, war es vernichtet. Wenn nicht, wusste er, dass ich kein Spaßgegner war, den Erpressungs-Amateure wie er und Teddy um den kleinen Finger wickeln konnten.

»Das stinkt ja zum Kotzen, Birne. Hör auf. So wird alles nur noch schlimmer. Wie soll ich diese Soße aus der Wohnung bekommen?«

Friedrich überraschte mich. Ich konnte immer noch das Streichholz anstecken und fallen lassen, ihn umschmeißen. Tot konnte er mir nicht mehr schaden.

»Alle Daten sind längst in der Cloud. Du musst mich umbringen, damit ich dir nicht mehr schaden kann.«

Ich persönlich hatte kein Problem damit, jemanden umzubringen. Ich hatte das schon mal gemacht und mein Gewissen blieb bis heute ruhig. In dem Moment, in dem ich es getan habe, hat es der Arsch verdient. Insgesamt konnte ich darüber kein Urteil fällen, dazu kannte ich ihn zu kurz.

Und Friedrich jetzt? Wenn er noch ein Wort sagte, wenn er noch einmal darum bettelte, war er fällig.

Katharina lag auf dem Boden unseres Wohnzimmers. Ich war nur kurz reingeschneit, um ein paar Sachen zu holen, ohne die es nicht ging. Ein Blutfleck um ihren Kopf. Ich ließ den Notarzt kommen, sie atmete, ich hob ihren Kopf, nahm ihn in meine Hände. Die Lider zitterten.

»Katharina.«

»Birne.« Ganz schwach.

»Alles wird gut.«

Ein Glas Wasser. Die Lippen benetzen. Die Sanitäter kamen.

Katharina saß wieder aufrecht. Mir ist das schon mehrmals passiert. Ein plötzlicher Schwindel und das Licht geht aus. Bei Katharina war die Tischecke im Weg. Daher das Blut. Die Wunde konnten sie versorgen. Wir versprachen, zum Arzt zu gehen. Sie musste nicht mit ihnen mit.

»Ich kenne eine Neurologin«, sagte ich.

»Meinst du, es ist was Ernstes? Es könnte eine Art Allergie sein. Als 14-Jährige bin ich oft umgefallen. Jedes Mal, wenn ich in der Kirche war.«

»Du bist keine 14 mehr.«

»Hast du schon mal jemanden erpresst?«

»Was denkst denn du? Als Anfänger würde ich mich nicht an einen Polizisten wagen. Da waren schon ein paar Nummern. Als Übung.«

»Ich mache es kurz: Ich werde das Geld nicht zusammenbekommen. Da häufen sich noch ein paar Probleme privat.«

»Ihr habt ein Auto. Wenn ihr das erst mal verkauft? Das wär eine erste Rate.«

»Ich wollte Katharina raushalten.«

»Dann erzähl ihr doch was vom Leben in der Stadt.«

Der Termin beim Staatsanwalt war vormittags. Ich konnte in der Nacht davor kaum schlafen. Katharina erlaubte mir, ausnahmsweise bei ihr zu übernachten, ihr war noch übel. Ich betrachtete sie im Schlaf und überlegte, was in zehn Jahren aus uns geworden sein würde. Falls mal jemand fragte.

»Sie und Ihre Kollegin geben übereinstimmend zu Protokoll, dass die Gewalt vom Jugendlichen ausgegangen ist. Sie behaupten, in Notwehr gehandelt zu haben. Gibt es dafür Zeugen?«

»Nein.«

»Damit können wir doch schon mal arbeiten.«

Sylvia setzte mir das Messer auf die Brust. »Ich habe keine Lust auf Lügerei. Ich werde Tatsachen schaffen.«

Meine Argumente der Vernunft zählten nicht. Ich redete mich müde. Katharina gehe es nicht gut. Ich würde das gerne klären lassen. Einen kranken Menschen im Stich zu lassen widerspräche meiner Natur.

Chancenlos. Unser Kind. Unser Weg. Ich sei nicht gebunden. Familiär. Ich sei alt genug zu wissen, auf was ich mich einließe. Ich wisse, was es heiße, wenn jemand von Liebe rede.

Ich habe Geld, um ein Hotelzimmer zu zahlen.

»Wir können uns was suchen. Das hier ist kein Zustand.«

An diesem Abend besoff ich mich.

Ich rief Lisi noch mal an. Wegen Katharina. Sie müsste selbst kommen. Und Alwin sei ein Scharlatan, sie glaube nicht ein Wort an dieser Geschichte. Der Trick sei ein billiger.

»Ich habe es selbst gespürt, erst neulich hat er es an mir demonstriert.«

Der heilige Thomas wollte nicht glauben, dass Jesus auferstanden ist. Er musste erst die Finger in die Wunde legen. Ich kenne eine Darstellung, wo zwei Finger bis zum letzten Glied in der geöffneten Brust stecken. Nur um den Glauben ging es dem auch nicht.

Ich sagte ihr, dass ich Alwin bringen würde, nur um zu beweisen, dass ich mir das nicht einbildete, weil ich es glauben wollte. Wenn ich es mir aussuchen könnte, würde ich es vorziehen, nicht daran zu glauben. Mein Glauben ist eine Krankheit.

»Sie ist mir davon«, gab Friedrich zu.

»Wenn ich die Zeit hätte, würde ich dich bedauern. Ehrlich.«

»Birne, ich genieße diese Freiheit sehr.«

»Sie kostet halt viel Geld. Die ganzen teuren Frauen die ganze Zeit.«

»Allerdings. Kann ja nicht immer die Lisi sein.«

»Die Lisi?«

»Ja, die hatte ich auch mal, war schon zur Schulzeit, davon hast du nichts mitbekommen, da musstest du früher weg.«

»Dann sage ich nichts mehr. Da müssen sich die geilen, teuren Frauen jetzt bei dir die Klinke in die Hand geben. Ich beneide dich.«

Friedrich sagte nichts. Er lächelte stolz.

»Wie geil. Du könntest die Bude verkaufen, um dich flüssig zu kriegen. Liquidiere dich.«

»Wäre zwar eine Möglichkeit, aber – vergiss es.«

Ich bin allein auf das Konzert gegangen. Niemand wollte mit. Ich habe nicht viele gefragt. Katharina und Sylvia. Ich war froh. Die Dinge setzten mir zu in letzter Zeit. Ich schlief nachts kaum noch. Dafür gab ich nach einer knappen Stunde den Kampf auf. Es war gut, was ich da zu hören bekam. Lisi hatte gute Arbeit geleistet mit den Schülern ihres Mannes, aber ich war müde, so unendlich müde.

Danach lud sie mich noch ein, mit Essen zu gehen. Drei Lehrerkollegen von Uli begleiteten uns. Sie wollten wissen, was los sei. Ich konnte ihnen nichts sagen. »Wir suchen ein Mädchen. Die soll etwas gesehen haben.«

»Das kann doch nicht so schwer sein«, fand eine Kollegin von Uli.

»Keiner der Jugendlichen weiß, von wem ich rede. Wir waren schon in Nachbarorten und in der Schule in Marktoberdorf. Ich kenne mittlerweile die ganze Jugend von dem Landstrich.«

»Und die Jungs, die bei ihr waren?«

»Die haben uns immer zu den falschen Mädchen geschickt.«

»Mit Absicht?«

»Ich weiß es nicht.«

Lisi glaubte inzwischen nicht mehr, dass es Uli war. »Der ist ein Hund, aber so etwas tut er nicht. Findet das Mädchen, sie wird euch sagen, dass er es nicht war.«

»Aber Uli hat es zugegeben.«

»Nein. Ich weiß nicht, was da los war, was Alwin da angestellt hat.«

»Du glaubst doch nicht, dass er etwas Übersinnliches kann.« Bei Übersinnliches machte ich mit den Zeige- und Mittelfingern Anführungszeichen.

»Ich habe darüber nachgedacht. Der ist ja völlig überzeugt von sich. Und mit Überzeugung geht er auf die anderen zu, sagt es ihnen ins Gesicht, was sie falsch machen und schon knicken sie ein. Es ist seine direkte Art.«

»Ich habe gesehen, wie sie die Schmerzen bekamen.«

»Hast du sie gespürt?«

»Wie?«

»Du hast erzählt, dass er es an dir ausprobiert hat.«

»Es hat nicht so geklappt, weil wir was getrunken hatten. Ein Ziehen im Schädel war schon da.«

»Und die anderen?«

»Welche?«

»Bei denen du dabei warst.«

Ich erinnerte mich. »Da war der Junge am See. Aber das konnte ich nicht richtig erkennen. Dann war da der Schaffner.«

»Der hatte wirklich unrecht und du hast im gedroht mit Presse und Beschwerde. Da musste er nachgeben.«

»Außerdem waren sie auf dem Klo. Damals habe ich gedacht, Alwin hat ihm Geld gegeben, damit er still ist. Auf den folgte der Herr Zwingli.«

»Hat Kindern den Ball zerstochen und gedacht, dass ihn keiner gesehen hat. Als ihr ihn angesprochen habt, ist es ihm peinlich geworden und er wollte sich entschuldigen. Er hat sich an seine Kindheit erinnert an seine Angst vor dem Nikolaus. Der lebt wieder in seiner Kindheit.«

»Seitdem ist er auch so freundlich zu uns. Trimalchio wurden die eigenen Weibergeschichten zu viel und er ist froh, einen Grund zu haben, um wenigstens eine Weile wieder bei einer Frau zu bleiben.« Meine Zweifel wuchsen. »Und der Kunstsammler Werner hat sich natürlich an Alwin erinnert und hat ihm von der Bühne aus direkt in die Augen blicken müssen. Das hat ihm den Rest gegeben.

»Sie alle hatten Dreck am Stecken und alle waren sie froh, ihn loszuwerden. Alwin gab ihnen die Gelegenheit dazu. Indem er es ansprach.«

»Trotzdem, Lisi. Irgendwas ist dran.«

Lisi lächelte. »Da bleibt wenig übrig für ein Trotzdem, Birne. Ich gebe schon zu, dass da irgendwas dran ist. Es ist seine Art, er hat schon Charme. Und er glaubt an sich. Der Glaube an sich. Wenn wir den hätten, könnten wir auch Berge versetzen.«

Ich schluckte schwer und verabschiedete mich von Lisi vor der Tür des Lokals. Ihre Einladung, anderswo noch etwas trinken zu gehen, schlug ich aus.

Mein Problem? Ich konnte es gar nicht recht beschreiben. Eigentlich war es klar, auf was es rauslaufen sollte: Die eine Frau wollte ihren Mann verlassen zu meinen Gunsten. Sie trug ein Kind unter ihrem Herzen, dessen Vater ich sein konnte, weil der andere Mann, der dafür infrage kam, dafür eigentlich nicht infrage kam. Er radelte zu viel in letzter Zeit, in der Zeit, die die fragwürdige war jedenfalls. Sylvia war sich sicher. Sie musste es wissen.

Die andere Frau, die, die ich bis vor Kurzem als meine bezeichnet hatte, obwohl sie es weder vor dem Gesetz noch vor Gott war, der soff ich zu viel. Die wollte mich loswerden. Die tolerierte mich nur noch als Krankenschwester. Und ich spürte in mir einen Schmerz, dem ich nur alkoholisch beikommen wollte.

Sie sagte: »Alkohol ist ein hervorragendes Lösungsmittel. Er löst fast alles, nur keine Probleme.«

»Ich habe zurzeit genug am Hals.«

»Wenn du dir helfen lässt, dann stehe ich dir bei.«

Ich darauf mal so richtig wütend: »Du hast echt ein Problem.«

Abends allein im Hotelzimmer lag ich auf dem Bett mit einem Schnaps und stand erst auf, als ich kotzen musste.

Wir leben in einer Versicherungsdiktatur. Was die Nazis und die Stasi nicht geschafft haben, schaffen die Assekuranzen – die totale Unfreiheit. Wenn du das nicht getan, wenn du dich dort nicht anschnallst, wenn du deine Alarmanlage nicht eingeschaltet, wenn du den Herd angelassen, während das Telefon läutete, wenn du keinen Helm, keine Mütze, keine Hose getragen hast … dann zahlt keine Versicherung. So erzählen sie es uns von Kindesbeinen an. Alles zu gefährlich. Die Bürokratie ist größer als Gott. Deswegen sind wir Deutschen das Vorbild für die Welt. Auch da sind wir besser als die Nazis. Wir produzieren mehr Schrott als der Rest: Bürokratie und Kleingeist am Fließband.

Rein versicherungstechnisch war Brandstiftung tatsächlich das Günstigste. Da bekäme er mehr raus als beim Verkauf, außer er hätte sehr viel Glück und fände einen ganz außerordentlich Blöden. Das Problem: Er musste der Versicherung beweisen, dass er es nicht selbst gewesen ist. Am einfachsten wäre das, wenn der Brandstifter in den Flammen läge, ganz schwarz und Opfer, weil was schief gegangen ist. Ich bin als Brandstifter kein Profi. Mein Brandstiften ist das eines untalentierten Amateurs. Wenn du beim Putzen den Fußboden wischst und du fängst an der Tür an, dann stehst du am Ende an der Wand und ärgerst dich, weil du beim Rausgehen alles wieder dreckig machst, außer du wartest, bis der Boden trocken ist. Wenn du beim Brandstiften in der Ecke stehst, nachdem du das brennende Streichholz hast fallen lassen, nachdem du alles gewissenhaft mit Benzin besprengt hast, dann ärgerst du dich erst mal. Aber im Gegensatz zum Bodenwischen bleibt dir da nicht die Möglichkeit zu warten, bis alles ausgebrannt ist, bevor du den Raum verlässt. Wenn es dumm läuft, bleibt dir nicht mal viel Zeit, dich zu ärgern.

Friedrich war dick geworden. Ich unterschätzte seine Beweglichkeit. Es war nicht allein seine Beweglichkeit, es war auch die Brutalität, mit der er sich auf mich warf und auf mich einprügelte, bis Blut aus meiner Nase schoss. Ich rammte ihm meine Knie in die Eier. Er schrie und begann mit den Gegenständen zu werfen. Es flog ein Stuhl, der mich nur streifte, aber trotzdem sauweh tat. Eine Schnapsflasche. Sie zerschlug den Fernseher. Ich rannte davon, schmiss die Regalwand mit den CDs um. Benzindämpfe hingen in der Luft und benebelten uns. Wir rutschten über den Haufen aus CD-Hüllen, wir kamen schlecht vom Fleck. Er hechtete vorwärts und umfasste meinen Unterschenkel. Ich stürzte und bevor ich wieder hochkommen konnte, war er hinter mir, auf mir, mit etwas Schwerem. Obwohl ich seine Brille zu fassen bekam, schlug er mir das Ding auf meinen Kopf und weg war ich.

WEIHER

Der alte Mann ging zwecks Kontrollgang wie jeden Nachmittag zum See. Er fand den Uferabschnitt, der zum Hotel gehörte, besetzt.

Drei Jugendliche hatten sich breitgemacht auf Decken. Sie rauchten und sie tranken Bier. Vor Wut bebend baute er sich vor ihnen auf.

»Ich schreibe mir eure Namen auf, dann bekommen eure Eltern ein saftiges Strafmandat zugeschickt.«

Das Mädchen stand auf, hauchte ihm Zigarettenrauch ins Gesicht, flüsterte ihm einen Namen – Leni – ins Ohr und sprang lachend ins Wasser.

»Dürfen wir dann hier bleiben, wenn unsere Eltern die Strafe zahlen?«

»Dann dürft ihr von mir aus hier bleiben.«

Er drehte sich um und ging den Weg nach oben zu dem Gebäude, wo er in der Rezeption auf Gäste warten wollte.

Wut kochte noch einmal in ihm hoch. Der komplette Weg, den er am Morgen sauber gefegt hatte, war verdreckt. Kippen, Bierflaschen, Eisverpackung. Er wusste, wer dahintersteckte. Er ging hoch, öffnete seinen Spezialschrank und holte ein Luftgewehr raus.

Die Jugendlichen grüßten freundlich und wünschten ihm viel Glück bei der Jagd, auf dass er den Richtigen träfe.

Er winkte ihnen nach, bis sie verschwunden waren. Er überquerte die Straße, ging zum Schloss, wo die Zimmer lagen. Er verwaltete das Anwesen zuverlässig. Ein Mädchen für alles. Er hatte die Straße im Blick, er sah den Übeltäter herannahen, gleich würde er ihn vom Rad holen.

»Grüß Gott mal wieder.«

»Wieso mal wieder?«

»Das ist ein gemeingefährliches Eck hier. Zum zweiten Mal platzt mir hier ein Reifen. Mich lässt es auf die Straße.«

»Das sieht brenzlig aus. Ich hole Ihnen Verbandszeug.«

»Zum Glück nur Abschürfungen. Ich könnte tot sein bei der Geschwindigkeit, die ich draufhatte.«

»Sie trainieren?«

»Ich bin noch nicht gut genug. Wir sind alle verweichlicht. Ich habe zu wenig Luft in der Lunge. Ich muss mich bewegen.«

Nach einer Pause fragte der Alte: »Wollen Sie telefonieren? Soll Sie jemand abholen?«

Alwin schluckte, es kamen ihm die Tränen. »Da ist niemand mehr, der mich abholt. Ich bin allein. Ich haue ab. Daheim ist alles kaputt. Kann ich ein Zimmer haben?«

»Dafür bin ich da.«

»Und stellen Sie mir Bier raus. Einen halben Kasten.«

»Sie können mich wecken, wenn es nicht langt.«

»Heute ist der 22. Juli. Birne, ab jetzt kannst du an diesem Datum jedes Jahr noch mal Geburtstag feiern.«

Trimalchio saß neben meinem Krankenhausbett, als ich erwachte. Er hatte gewartet.

»Was ist passiert?«

»Du kannst deinem Schulfreund dankbar sein. Er hat dich rausgezogen.«

»Friedrich?«

»Nein. Willi Saur, genannt Teddy, heißt der Mann. Er hat den Notarzt kommen lassen und uns. Er wollte offenbar den anderen besuchen, diesen Friedrich, er sei zufällig reingeschneit, gab er zu Protokoll.«

»Und Friedrich?«

»Den hat es nicht ganz so schlimm erwischt. Der ist schon wieder draußen. Hat Glück gehabt. Was ist da passiert? Habt ihr gezündelt?« Trimalchio lachte. »Oh Mann, du musst echt aufpassen mit deiner Sauferei. Ich bin zwar auch gern dabei, wenn es ein, zwei über den Durst geht. Keine Frage. Aber was du in letzter Zeit treibst, erreicht einen Punkt, an dem ich als Chef einschreiten sollte. Hast du schon mal über eine Therapie nachgedacht? Eine Art Neuanfang. Wenn du das durchziehst, stellen wir die Uhren auf null.«

»Ich habe nichts getrunken.«

»Birne, die haben dir Blut abgenommen. Ihr habt euch vollgesoffen, seid in einen Streit geraten, worüber auch immer. Es ging um Musik. Na? War's so?«

Ich blieb stumm.

»Die CD-Regale flogen um, ihr habt euch auf dem Boden gewälzt und vergessen, dass ihr Nudeln auf dem Herd hattet.«

»Nudeln auf dem Herd?«

»Ja.«

»Aber das muss doch gebrannt haben wie Hölle.«

»Gebrannt? Was soll gebrannt haben? Birne, ich rate dir: Bleib bei dieser Version, dann zahlt die Versicherung für den kaputten Ofen. Ansonsten hast du ein Problem mehr.«

Ohne Zweifel: An Problemen hatte ich keinen Mangel. Es musste dringend etwas geschehen. Dazu musste ich raus hier.

»Ich habe noch eine gute Nachricht: Die Ermittlungen gegen dich werden eingestellt. Wir gehen stattdessen in die Offensive und krallen uns den Jungen wegen Widerstandes gegen die Staatsgewalt.«

Außer er lieferte noch die Fotos. Dann würde der Wind wieder von der anderen Seite wehen. Friedrich lief frei herum. Er rechnete damit, dass ich bald was unternahm.

»Weiß Katharina was?«

»Ich habe mit ihr gesprochen.«

»Und?«

»Sie kommt.«

»Gut.«

»Sie ist meiner Meinung, was die Therapie angeht.«

»Ist alles ein bisschen viel auf einmal.«

»Versteh ich. Kann aber auch sein, dass daran was Gutes ist.«

»Der Klügere gibt nach.«

»Du sagst es.«

Eine SMS von Sylvia, plötzlich. Ein Wort: »Schwaltenweiher«. Ein Gefühl, freilich nur ein Gefühl. Sie hatte etwas vor. Und ich war mir sicher, dass ich nicht glücklich damit war. Ich war noch nicht so weit. Zuerst mussten ein paar andere Dinge erledigt sein, dann konnte ich an sie denken. Schwaltenweiher. Am Schwaltenweiher würde sie alles erledigen. Sie würde Alwin dort abpassen und ihn dorthin schicken, wo der Pfeffer wächst, zum Teufel, was weiß ich. Und Alwin würde es sich nicht nehmen lassen, mir den Schädel zu sprengen. Wegen der Gerechtigkeit. Anstatt mir zu helfen. Wenn man unbedingt an allem etwas Positives sehen wollte: Mit zerbrochenem Schädel konnte mir Friedrich auch nichts mehr anhaben, wenn er weiter versuchte, mich zu erpressen.

Heute war Besuchstag. Alle meine Freunde kamen zu mir ans Bett. Haha. Wenn erst meine Beerdigung sein würde, was wäre das für ein Auflauf am Grab, in der Kirche schon, die Leute müssten draußen stehen, bekämen gar nichts mit von der Predigt. Hoffentlich wäre es ein vom Wetter her schöner Tag wie dieser hier. Schön wäre es. Schön war es, von meiner Beerdigung zu träumen und wenigstens da mal im Mittelpunkt zu stehen. Aber wahrscheinlich würde es schiffen und die meisten hätten gerade an diesem Tag etwas Besseres vor. Ich drückte mich ja auch gern bei solchen Anlässen. Eigentlich war es zum Heulen.

Lisi kam, ganz die Ärztin im Kittel. Ob ich mich in der Lage sähe, mit ihr ein paar Meter im Freien zu spazieren.

Sie wirkte aufgekratzt, unruhig. Sie wollte rauchen, kaum hatten wir das Gebäude des Zentralklinikums verlassen. Sie bot mir eine an. Ich bildete mir jetzt schon ein, Rauch und Kratzen ganz tief in meiner Lunge zu spüren, obwohl das nicht sein konnte. Ich lehnte ab. Sie fuhr sich durch die Haare.

»Ist es wegen Uli? Vermisst du ihn?«, fragte ich.

»Er war es nicht.«

»Du warst dabei, wie er es vor unseren Augen zugegeben hat.«

»Da war er nicht bei Sinnen. Da stand er unter Druck.«

»Entschuldigung. Welcher Druck? Du selbst hast Alwin als Scharlatan bezeichnet.«

»Der kann auch nichts, Birne. Der hat dich um den Finger gewickelt. Du willst es glauben, also ist es für dich Wirklichkeit. Das ist genauso wie mit deinem Gott.«

»Lass den bitte raus. Wer soll denn Druck ausgeübt haben, wenn nicht Alwin? Wollte Uli das auch glauben?«

»Was weiß ich, weshalb er sich so in die Ecke gedrängt gefühlt hat? War ich es? Oder du? Oder sind wir alle es gewesen? Der ist krankhaft eifersüchtig. Du hättest ihn die Zeit vorher erleben müssen. Der ist verrückt. Was er mir unterstellt hat, was er mir vorgeworfen hat. Absurd. Und dann das Konzert, das er mit seinen Schülern vorbereitet hat, in der Zeit ist er echt psychopathisch. Das kannst du mir glauben. Dem ist in dem Moment eine Sicherung durchgegangen. Ich war froh, ihn los zu sein. Ich habe ihn gehasst«

»Ich habe mit dem Mädchen gesprochen, das dort nachts baden war. Sie sagt, da war jemand.«

»Ich war da«, gestand Lisi.

»Du? Aber du warst bei mir.«

Lisi lachte. »Birne, du hast die meiste Zeit gepennt.«

»Moment. Und warum?«

»Ich würde es als Unfall bezeichnen. Uli lag gar nicht so daneben mit seinen Verdächtigungen gegen Tom.«

»Also du und Tom? Und ich habe geschlafen.«

»Birne, mit dir war nichts mehr anzufangen.«

»Und wieso ist er jetzt tot?«

»Im Suff ersoffen.«

Wir schwiegen. Ich blieb stehen und atmete heftig. Konnte das sein?

»Das heißt, ich bin eingeschlafen, während wir am Seeufer saßen«, fragte ich. Sie nickte. »Und du bist dann weg.«

Sie nickte wieder. »Du und Tom und die anderen um euch. Ich wollte bei euch sein, ich wollte zu euch gehören und stattdessen war ich immer bei den Streberdeppen. Ich war in Wirklichkeit der größte Fan von Toms Band. Ich wollte sogar mal mitspielen, aber die haben gesagt: Keine Weiber. Und dann haben sie eine Bassistin genommen. Ich war hinter Tom her und ich war ihm dennoch egal. Er hätte mich haben können. Der Arsch.«

»Du bist weg von mir in dieser Nacht am Schwaltenweiher. Du bist zu Tom. Ich habe geglaubt, wir waren zusammen. Du bist mit ihm ins Wasser.«

»Es war meine Idee, nackt zu baden. Er war gleich dabei. Na gut, er war dicht wie wir alle.«

»Du warst ihm so nahe wie noch nie. Du wolltest ihn küssen, aber er hat sich angestellt. Er hat eine Frau, die war ihm wichtiger als du. Ich habe mich auch so angestellt, du hättest mich auch ersäufen können, aber du hast ihn ertränkt. Gib's zu!«

Lisi sagte zuerst nichts, und schließlich: »Und wenn es so wäre?«

»Du würdest es nicht zugeben, weil ich der Polizist bin.«

»Es gibt eine Zeugin, das hast du gesagt.«

»Ja. Ich weiß, was du getan hast.«

»Birne, plötzlich kam es über mich. Ich wollte ihn los sein.«

»Deswegen bringt man doch niemanden um.«

»Für dich ist das leicht. Du bist ein Spieler. Aber wenn

ich jemanden in mein Herz lasse, dann ist es mir ernst, dann will ich ihn haben und zwar ganz.«

»Na ja, einerseits, aber gleich umbringen?«

»Herrgott. Ich war total betrunken und es war so einfach. Hast du noch nie Mist gebaut im Suff?«

»Natürlich. Aber dann müsstest ja du in Therapie und nicht ich.«

»Ach, Birne, du bist so süß. Wir begegnen uns immer im falschen Augenblick. Tom war ein Arsch.«

»Sag doch so was nicht, nur weil er sich in dich verliebt hat. Da kommen noch viele, gerade bei dir.«

»Eben nicht. Er wollte mich nicht. Er hat sich angestellt, er hat mich zurückgewiesen. Da war nur noch Wut und Hass in meinem Bauch. Ich habe es lange genug versucht. Jetzt ist er weg.«

»Ich verstehe nichts davon: Aber für mich klingt das krank.«

»Weißt du noch, wie du mir damals geholfen hast? Als du mich kaputt in dem Café aufgelesen hast und mich zum Arzt begleitet hast?«

»Davon durfte Uli nichts wissen. Hat da Tom dahintergesteckt?«

»Eben nicht. Da gab es eine Party am Wochenende zuvor. Ich wäre da nicht hin, ich bin da nie hin, wenn ihr gefeiert habt. Aber der Tom, der hat im Vorbeigehen zu mir gesagt: Komm doch auch. Ich habe dann nur noch an den Tom gedacht, ich hab den nicht mehr rausbekommen aus meinem Kopf und bin schließlich hin, nicht ganz früh. Die meisten waren schon ganz schön fertig. Erst habe ich gedacht, da ist gar nichts mehr los, weil die Musik schon so leise war. Dann haben sie erzählt, dass das eine Ersatzanlage aus einem Wohnzimmer sei. Angeblich weil ein

Dödel seinen Schnaps in den ursprünglichen Verstärker gekippt hat. Und diesen Dödel hätten sie gelyncht, hätte ihn nicht Tom gerettet und wäre er nicht mit ihm in der Nacht verschwunden.«

»Der Dödel, der war ich«, sagte ich.

»Na ja, und ich war allein auf der beschissensten Party der Welt. Ich habe getrunken, es war nicht wahnsinnig viel, aber ich bin nichts gewohnt gewesen, ich habe gebrochen, ich weiß nichts mehr. Ich bin am nächsten Morgen aufgewacht auf einem Sofa, das dort stand für die, die knutschen wollten. Ich lag im Arm von unserem DJ Friedrich, der selig grinste, so selig, als hätte er am Abend zuvor alles bekommen, wovon er jetzt noch träumt.«

Klar, Friedrich, unser Cocktail-Mixer. Der hat ihr was rein in ihr Getränk und dann hat er sie gepackt. Dieser Wichser. Er war immer schon der Bodensatz. Ich nahm mir fest vor, ihm das auch noch heimzuzahlen.

Lisi fuhr fort: »Ich bin weg und habe noch mal gekotzt ... Niemand hat je etwas von dem Arztbesuch erfahren. Danke, Birne, immer noch Danke dafür.«

»Du warst nicht wirklich schwanger.«

»Keine Ahnung. «

»Und ich bin der Einzige, der von Tom weiß.«

»Bei dir sind Geheimnisse am besten aufgehoben, besser als beim Beichtvater. Wenn ich liebe, dann brenne ich.«

»Ich doch auch, deswegen haue ich keinen tot.« Ich verschluckte mich beim letzten Wort, weil mir einfiel, warum ich im Krankenhaus war. Wir waren alle gleich. Wir hatten etwas füreinander übrig.

»Was wird jetzt passieren?«, fragte sie.

»Keine Ahnung. Was willst du?«

»Weiß nicht.«

»Schlaf noch mal drüber«, schlug ich vor. »Wenn ich dann nichts mehr von dir höre, hat dieser Spaziergang nie stattgefunden.«

Keine Ahnung, ob Katharina noch kam. Ich haute vorher ab. Sie hatten mein Gewand im Schrank in einer Mülltüte. Es stank nach Benzin. War egal, bis zum Hotel musste es reichen. Ich duschte mich und nahm zwei Aspirin, holte unser Auto und fuhr los.

Sylvia war nicht zu erreichen, nicht daheim. Niemand war da. Ich brauchte Alwin. Der radelte sicher. Ich wartete bis zur Dunkelheit, hörte Radio vor dem Haus von Sylvia und Alwin. Niemand kam. Niemand ging.

Ich startete den Motor. Wenn die Geschichte jetzt ein Ende fand, dann an dem Ort, an dem sie begonnen hatte.

In der Rezeption brannte noch Licht. Der Alte vom letzten Mal.

»Guten Abend. Wir kennen uns.«

Er musterte mich von oben bis unten. »Sind Sie vom Dorf?«

»Nein. Ich war schon mal hier.«

»Ah. Gut. Ja. Kann sein. Es kommen so viele hierher. Ich kann mir nicht jedes Gesicht merken.«

»Leuchtet mir ein.«

»Aber ist sowieso bald alles aus«, sagte er.

»Wieso?«

»Der Betreiber ist insolvent. Wir schließen morgen. Heute ist die letzte Nacht im Hotel. Wollen Sie noch bleiben?«

»Schon wieder?«

»Wie schon wieder?«

»Haben Sie noch andere Gäste heute?«

»Nein, Sie wären der Einzige heute. Darf ich Ihnen einen Schlüssel geben?«

»Danke. Ich fahre. Ich habe es nicht weit.«

Es war eine unglaubliche Nacht. Klarer Himmel, beinahe Vollmond. Ich setzte mich ans Ufer und wurde melancholisch. Drüben in der Wirtschaft gingen die Lichter aus.

Ich war allein. Der letzte Frieden. Ab morgen würde ich perfekt sein. Diese Nacht, diese Stimmung. Ein Bier war noch drin. Sie rechtfertigten eines.

Als ich auf die Rezeption zuging, hörte ich, wie drinnen laut geredet wurde. Wie ein Indianer schlich ich mich an und kauerte unter dem Fenster. Ha! Mein Gefühl. Im Innern debattierte Alwin mit dem Alten. Alwin machte auf mich einen geknickten Eindruck, er hatte getrunken. Vor ihm standen etliche leere Bierflaschen. Alwin wühlte in seinem Geldbeutel, während der Alte sich zum Kühlschrank umwendete. Alwin rieb Daumen und Zeigefinger aneinander, der Alte lächelte, Alwin auch, ein bisschen gequält. Schlagartig drehte er sich zum Fenster um, hinter dem ich sie im Dunkeln beobachtete. Er kam direkt auf mich zu, ernst. Ich duckte mich.

»Birne? Bist du da draußen?«

Er rannte raus, schnell, sodass mir gerade noch Zeit blieb, mich aufzurichten. »Ich habe dich gesucht, Alwin.«

»Tatsächlich?«

»Alwin, egal, was passiert ist: Du musst mir helfen. Ich wäre beinahe umgebracht worden.«

»Birne, ich helfe dir. Aber zuerst musst du mir helfen.«

»Was kann ich tun?«

»Ich habe Sylvia verloren.«

»Wie?«

»Sie ist weg. Sie muss irgendwo hier herumirren. Eben waren wir noch zusammen. Jetzt ist sie abgehauen. Hilf mir.«

»Warum ist sie dir weg?«

Alwin zögerte. »Wir haben gestritten. Leider. Blöde Sache. Ich erzähl's dir später. Ja? Ich geh hoch zur Straße, du suchst am See. Okay?«

Ich hörte ihn ihren Namen schreien. Oben an der Straße. Ich stolperte durchs Gehölz beim See. Es war nicht leicht, auf dem Weg zu bleiben. Trotz des Mondlichts war es hier düster. Ich versuchte es mit »Sylvia!«.

Würde ich sie finden, wäre ich weg mit ihr. Über irgendeine Grenze. Ganz egal. Hauptsache Neuanfang. Ich hörte ihre Mailboxansage.

Vor mir bewegte sich etwas. Eine Gestalt, groß genug für einen Menschen. Sie hatte mich auch bemerkt und hielt still.

»Sylvia?«

Ein helles Plocken und ein dumpfer Schlag gegen meine Brust. Ich fiel rückwärts zu Boden. Ein Schuss hatte mich getroffen. Ich langte an die Stelle. Ich blutete nicht.

»Hallo? Sind Sie verletzt?«

Der Hausmeister half mir hoch. Er hatte ein Luftgewehr.

»Tut mir leid. Ich wollte Sie nicht treffen. Ich suche die Hunde.«

»Hunde?«

»Nachts lassen sie die Hunde an den See. Tagsüber geben sie ihnen nichts zu fressen und nachts rennen sie dann hungrig an den See.«

»Wer sind ›sie‹?«

»Die Hunde.«

»Ich meine die, denen die Hunde gehören.«

Er leuchtete mir mit einer Taschenlampe ins Gesicht. »Kann ich Ihnen trauen?«

»Selbstverständlich. Wir sind auf einer Seite.«

»Es handelt sich um eine abtrünnige Abteilung der amerikanischen Bundespolizei.« Flüsternd fügte er hinzu: »Das FBI.«

»Das FBI?«

»Leise bitte. Ein Spezialkommando, das sich von ihrem Vorgesetzten, dem amerikanischen Präsidenten abgesetzt hat. Killermaschinen. Riechen Sie's?«

»Was?«

»Sie haben hier Gift verschüttet, ganze Lachen. Wenn Sie reintreten, ätzt es Ihnen das Bein weg, danach den Rest vom Körper. Man kann Ihnen dann nicht mehr helfen. Nicht der beste Arzt der Welt. Passen Sie auf.«

Ich gab ihm mein Wort.

»Ich muss jetzt weiter. Sind Sie bewaffnet?«

»Ja.«

Ich schaute ihm nach, bis ich ihn nicht mehr hören konnte. Es war still. Oben auf der Straße fuhr ein Auto vorbei.

Ich ging wieder Richtung Seeufer. Im Dunkeln sah ich das Glimmen einer Zigarette, an der gezogen wurde.

»Leni, bist du es?«

»Du schon wieder.«

»Bist du allein?«

»Im Moment schon. Willst du dich zu mir setzen?«

Sie legte den Kopf an meine Schulter. Ihre Haare waren nass. Sie hatte eben gebadet.

Ich fragte sie: »Du, damals, in der letzten Nacht, als wir hier waren – wer war da bei dem Mann, der ertrunken ist? War das eine Frau?«

»Mhm.«

»Haben die beiden gestritten?«

»Nein, sie haben gelacht. Und auf einmal ist die Frau allein aus dem Wasser gekommen.«

»Hat sie was zu dir gesagt?«

»Nein, sie hat mich nicht bemerkt. Sie hatte was getrunken.«

»Du heißt nicht Leni. Wie ist dein Name?«

»Vielleicht heiße ich wirklich so und nur du weißt das und alle anderen nennen mich beim falschen Namen.«

»Warum bist du allein hier?«, fragte ich.

»Ich komme oft allein her. Warum bist du allein hier?«

»Wer sagt, dass ich allein bin?«

»Hast du mich gesucht?«, fragte sie.

»Allerdings. Wieso kennt dich keiner im Dorf? Wieso wissen nicht einmal die Buben, mit denen du zusammen bist, wo du bist und wer du bist?«

»Wahrscheinlich wissen sie es schon, sie verraten es nur nicht jedem.«

»Wieso nicht?«

»Vielleicht sind sie eifersüchtig. Auf dich.«

Sie hob ihren Kopf und sah mich an. Sie lächelte und näherte sich mir.

»Ich suche eine Frau«, sagte ich schnell.

»Na gut.«

»Sie muss hier irgendwo sein. Hast du sie gesehen?«

»Keine Ahnung. Wie sieht sie denn aus?«

»Schön.«

»Vermisst du sie?«

»Pst, ich habe etwas gehört.« Ich ließ das Mädchen sitzen und rannte zur Rezeption zurück. Ich sah Licht im Inneren und hörte Stimmen, eine weibliche und eine männliche, sie stritten. Ich kam diesmal von der anderen Seite. An der Hauswand lehnte ein Fahrrad – Alwins Fahrrad, das beim letzten Mal verschwunden war. Es sah repariert aus, soweit ich das im Dunkeln feststellen konnte.

Im Licht, das aus dem offenen Fenster fiel, erkannte ich Sylvia. Sie weinte. Vor ihr tobte Alwin. Er brüllte sie zusammen. »Das ist mir scheißegal. Ja. Ich will ihn haben.«

»Das kannst du nicht.«

Alwin drehte sich in die Richtung des Fensters. Ich zitterte. Sein Augen war rot, er hatte getrunken. Er fixierte einen Punkt da draußen.

Ich rannte, rannte, was ich konnte. Am Straßenrand stand Leni, sie hatte das Fahrrad. »Viel Glück, mein Süßer.«

Ich radelte den Hang hinauf, am Schloss vorbei. Ich schnaufte fest, trat, was ich konnte. Oben angekommen, hielt ich kurz an, kam zur Ruhe. Es war eine helle Nacht. Ein Schatten näherte ich. Ich wurde verfolgt. Alwin auf seinem neuen Rad. Er war trainiert, ich nicht. Er war besoffen, ich nicht. Das war meine Chance. Die Lunge brannte wie Hölle, die Oberschenkel schmerzten, die Sterne leuchteten über uns. Ich war nah dran, mich in den Graben zu werfen und aufzugeben, doch Alwin konnte es nicht besser ergehen, ansonsten hätte er mich längst einholt. Auch er war am Ende. Das gab mir neuen Antrieb. Ich bot meine letzten Kräfte auf, der Schweiß schoss aus all meinen Poren, als gölte es, einen neuen Bach in die Erde zu graben. Irgendwann ging es bergab, mitten in den Ort Seeg hinein. Noch war nichts gewonnen. Es ging wieder bergan ein kurzes Stück und ich war auf dem Dorfplatz mit dem Edeka. Ich lehnte das Rad an die Friedhofsmauer und rannte zur Kirche. Die Tür war unverschlossen.

Durch die Fenster schien der Mond. Ich atmete die Weihrauchduft und eilte am hinteren Ende die Treppe zur Empore hinauf. Oben duckte ich mich hinter den Bänken und versuchte ruhig zu werden.

Unten öffnete sich die Tür ein zweites Mal, jemand kam herein, wankenden Schritts.

»Birne, bist du da?« Es war Alwin. »Birne, komm raus. Ich will mit dir reden.«

Ich konnte von oben sehen, wie er sich auf den Altar zu bewegte. Ohne ihn aus den Augen zu lassen, schlich ich mich langsam zur Treppe.

Er drehte sich um. »Birne, ich spüre deine Anwesenheit. Du entkommst mir nicht.« Es war ziemlich finster, ich konnte nicht sehen, ob er sich schon in meine Richtung gedreht hatte oder ob er in die Dunkelheit redete. Ich konnte an der Decke die Darstellung des Himmels erkennen. Ich schaute dorthin in der Hoffnung auf ein Zeichen.

»Wenn du dich jetzt zeigst«, sagte er, »verspreche ich dir, dass dir nichts passiert. Birne, komm heraus.«

Ich rührte mich nicht, ich wurde ganz still. Er kam auf mich zu. »Du bist da oben? Ich bin gleich bei dir.« Er kam die Treppe hoch. Er stolperte alkoholbedingt. Ich ging zur obersten Stufe, dorthin, wo er gleich erscheinen würde. Ich schloss die Augen und kickte, gegen was immer ich traf. Es fühlte sich nach Brust und Rippen an. Alwin röchelte, er kämpfte kurz ums Gleichgewicht, verlor und kippte nach hinten, die Treppe hinunter. Eine Chance. Ich hüpfte über ihn hinweg und landete auf dem Boden. Hinter mir ragten seine Arme in die Luft. Er suchte nach Halt.

Ich ließ ihn zurück und setzte mich auf mein Rad. Zügig, ohne Eile kehrte ich zum See zurück. Ich erreichte mein Auto, auf einmal zögerte ich. Was war, wenn Alwin sich ernsthaft verletzt hatte? Ich zog mein Handy heraus. Den Notarzt rufen? Oder die Polizei?

»Birne?« Sylvia stand hinter mir. »Wo ist Alwin? Komm, wir hauen ab.«

»Das geht jetzt nicht.«

»Er wird dich umbringen, wenn er dich erwischt.«

»Ich habe Angst, dass ich ihn ...«

»... du ihn umgebracht hast?«

»Nein. Ich weiß nicht. Ich müsste noch mal nach Seeg.«

»Lass das, lass uns fahren.«

»Was hast du ihm gesagt?«

»Alles eigentlich.«

»Scheiße.«

»Komm, wir gehen. Den Rest erledigt der Alte.«

»Was erledigt der Alte?«

»Alwin.«

»Wieso?«

»Weil ich ihm gesagt habe, dass er vom FBI ist.«

»Vom FBI?«

»Er hat ja schon zwei Mal auf ihn geschossen. Ich habe ihn gemalt, ich habe mich mit ihm unterhalten und dabei festgestellt, dass er solchen Geschichte gegenüber sehr aufgeschlossen ist. Und weil ich wusste, dass Alwin hier radelt, habe ich es probiert. Der Alte hat ihn abgepasst und abgeschossen.«

»Es ist nicht viel passiert.«

»Alwin hat *dich* kennengelernt. Das war immerhin mein großes Glück. Wer ist dieses Mädchen?«

Leni kam auf uns zu. »Ihr müsst euch beeilen.«

»Leni, geh endlich nach Hause.«

»Nimmst du mich mit?«, fragte sie mich.

»Das geht nicht. Ich habe kein Zuhause mehr.«

»Hab ich euch erwischt, jetzt ist euer Spiel aus.« Das war der Alte, der nun in unsere Mitte kam. Er hatte etwas in der Hand, das nach einer echten Pistole aussah.

Sylvia redete auf ihn ein: »Herr Schwab, wir sind nicht die, die sie suchen. Wir sind Ihre Freunde.«

»Wer sind Sie?«

»Ich bin Frau Mayer.«

»Ihr Spiel ist aus. Ich werde euch jetzt erledigen.«

»Wir sind Verbündete. Der Böse ist noch da draußen. Den müssen Sie noch jagen.«

»Ich lass mich nicht verarschen.«

»Ich habe mit Ihnen geredet. Der Auftrag ist von mir.«

»Welcher Auftrag? Sie wollen mich vergiften. Und deswegen sterbt ihr jetzt alle.«

Leni schrie schrill auf und rannte in die Dunkelheit davon. Der Alte fuchtelte vor uns mit seiner Knarre herum. »Ihr wartet hier, sonst seid ihr tot.« Danach rannte er dem Mädchen hinterher ins Ufergebüsch.

»Sylvia, ist diese Waffe echt?«

»Ja, ist sie.«

»Und mit der erledigt er Alwin?«

»Wenn nichts dazwischenkommt.«

»Und das Mädchen?«

»Hoffentlich nicht. Birne, der Alwin bringt dich um, wenn wir nichts unternehmen. Ich kenne ihn, der ist psychotisch.«

»Jetzt müssen wir erst mal den Alten erwischen. Komm mit.«

Ein Schuss fiel. Wir rannten los. Die ganze Nacht rannten wir um den blöden Weiher, weil irgendjemand jemandem an den Kragen wollte.

Leni rief um Hilfe. Das hieß, sie war nicht getroffen, wenigstens das.

»Leni!«

»Kommt hierher! Schnell.«

Wir rannten den Schreien hinterher, ich stolperte über ihre Beine, als wir einen Steg erreichten. Am Ende standen sich zwei Gestalten gegenüber – Alwin und der Alte.

Leni klammerte sich an mich. »Der Alte ist immer noch bewaffnet. Tu doch was, der schießt ihn über den Haufen.«

Sylvia beobachtete das Geschehen atemlos und entsetzt neben uns.

Alwin stand dem Alten gegenüber, ganz ruhig sagte er zu ihm: »Das hört auf, wenn Sie mir die Waffe geben. Dann ist der Schmerz vorbei.«

Der Alte legte an. »Bleiben Sie stehen. Ich schieße Sie weg, ich habe euer Spiel durchschaut.«

Alwin wurde verbissener. »Geh endlich in die Knie.«

»Heben Sie die Hände. Dann mach ich es schnell.«

»Wieso funktioniert das nicht?«, brüllte Alwin. Er warf sich auf den Alten, der fiel ins Wasser, dabei löste sich ein Schuss. Wir fuhren zusammen. Sofort kam Alwin auf uns zu. »Ist da Birne bei euch? Der ist jetzt dran. Birne, du gehörst jetzt mir.«

Ich lief los, die Zweige schlugen mir ins Gesicht, zerkratzten mir die Arme. Egal. Ich erreichte unser Auto.

Hinter mir schrie er: »Birne, bleib stehen!«

Ich drehte mich nicht um, riss die Tür auf, steckte den Schlüssel ins Schloss und startete. Als ich losfahren wollte, meinen Blick hob, stand er vor der Motorhaube, blickte mich an und lächelte.

Ich schloss die Augen und fuhr los. Kies spritzte. Alwin sprang zur Seite, als ich aufs Gas drückte und davonjagte in die Nacht.

BRUDER

Birne liegt auf Jakobs Sofa, als dieser aus der Küche kommt mit einem Tablett und zwei weiteren dampfenden Teetassen. Birnes Augen sind geschlossen, er schläft nicht. Er nimmt hastig die Tasse, bläst fest und trinkt zügig aus.

»Wird's besser?«, fragt Jakob.

»Nein. Immer wenn ich mich bewege, hämmert er wieder los. Ich verrecke hier. Du hast keine Tabletten?«

»Nein. Ich habe nie Kopfweh.«

»Weißt du, welche Apotheke Notdienst hat?«

Sie schauen im Internet und machen sich zu Fuß auf den Weg. Jakob stützt Birne. Es geht mit jedem Schritt schlechter. Birne ist am Draufgehen.

»Haben Sie Aspirin-Kautabletten?«

Der Apotheker blickt müde. Kann sein, dass er eben zehn Minuten geschlafen hat.

»Wollen Sie unterwegs schon eine nehmen?«

»Bringen Sie mir fünf Packungen, schnell.«

»Wenn es arg schlimm wird, schadet es sicher nicht, einen Arzt aufzusuchen. Bei einer Gehirnblutung kann jede Minute wertvoll sein. Ich sag's nur.«

Birne reißt die Packung wie ein Abhängiger auf, er stopft vier Tabletten auf einmal in den Mund.

»Hilft's was?«, fragt Jakob.

Birne ist leichenblass. Er guckt geradeaus. »Bitte, setzen wir uns.«

Sie schaffen es bis zu einer Bank am Straßenrand. Kalter Schweiß perlt auf Birnes Gesicht. Die Augen fallen ihm trotz massiver Gegenwehr immer wieder zu.

Jakob sorgt sich. »Da ist was nicht in Ordnung. Du musst in ein Krankenhaus.«

Birne schnauft. »Er versucht mich zu erledigen. Ich muss kämpfen. Wenn ich stark bin, werde ich es schaffen.«

Dann wird er ohnmächtig. Jakob legt einen von Birnes schlaffen Armen um seinen Nacken und probiert, den Bruder hochzuziehen. Birne hat ein wenig zugelegt. Es ist aussichtslos. Er ohrfeigt Birne. Der hebt schwach eines seiner Lider.

»Birne, hörst du mich?«

Ein leises Stöhnen ist die Antwort.

»Birne, ich renne schnell heim und hole mein Handy. Ich ruf den Notarzt. Der wird gleich hier sein. Verstehst du mich? Alles wird gut.«

Birne nickt sich in die Bewusstlosigkeit hinüber. Jakob rennt um Leben und Tod. Der Bruder.

Bei der Rückkehr bremst er hundert Meter vorher ab. Birne ist nicht mehr allein. Eine dunkle Gestalt beugt sich über ihn in der Morgendämmerung. Jakob nähert sich vorsichtig, gegen seine Atemnot ankämpfend. Es ist schwer zu erkennen, was sich da tut. Aus der Entfernung sieht es so aus, als ob die Gestalt Birne küsst, ihm gleichsam den letzten Lebenssaft aussaugt.

Aus der anderen Richtung fährt mit Blaulicht der Rettungswagen heran. Die Gestalt schreckt hoch und rennt davon. Die Sanitäter bremsen scharf und eilen auf Birne zu. Sie rütteln an ihm, sprechen ihn an. Ein Sanitäter sagt: »Er hat keine Fahne.« Jakob lässt Birne zurück und verfolgt den Fremden. Wenn er seinen Bruder auf dem Gewissen hat, würde er ihn rächen. Er wählt Katharinas Nummer. Sie sollte Bescheid wissen.

HOSPITAL

Wieder liegt Birne in einem Krankenhaus. Sein Atem gleichmäßig. Man kann noch nichts sagen. Neben ihm sitzt Sylvia und hält seine Hand. Als sich die Tür öffnet, zieht sie sie zurück.

Katharina kommt herein, stoppt, als sie die Unbekannte erblickt.

»Kommen Sie herein«, fordert Sylvia sie auf.

Katharina schließt die Tür. »Wer sind Sie?«

»Sie sind Katharina, nicht wahr? Ich weiß einiges.«

»Und wer sind Sie jetzt?«

»Hat er nichts von mir erzählt?«

Katharina glüht. Sylvia steht auf und legt den Arm um die andere. »Da war noch ganz viel Gefühl in ihm. Sie haben es ihm nicht leicht gemacht. Tut mir leid, dass wir uns hier begegnen. Ich heiße Sylvia.« Sie schiebt Katharina aus dem Raum.

»Ich will, dass wir Freundinnen sind. Ich bekomme ein Kind von Birne.«

Das Geräusch der ins Schloss fallenden Tür weckt Birne. Er ist verwirrt. Schwerfällig zieht er sich hoch und die Nadel aus seiner Hand, die ihn mit einer Infusion verbindet.

MORGENCAFÉ

Jakob sitzt vor seinem Tee und rührt Zucker hinein. Der Mann ihm gegenüber heißt Alwin. Jakob kann sein Alter schlecht schätzen. Er sieht schlecht aus, wahrscheinlich älter, als er ist. Birne hat ihn anders beschrieben. Jakob kann sich nicht vorstellen, dass dieser Alwin Mayer vor ihm in der Lage sei, all diese Dinge anzustellen.

Die Bäckerei, die zu einer großen Kette gehört und die an einen Supermarkt angeschlossen ist, hat früh geöffnet. Hin und wieder holen sich Verschlafene auf dem Weg zur Arbeit einen Coffee to go, ansonsten ist es ruhig. Der Moderator vom Lokalradio plappert munter. Gute Laune am Morgen. Doch man hört ihm den Kampf an, und wie er sich zusammenreißen muss.

»Merken Sie jetzt was?«

»Nein.«

»Und jetzt?«

»Immer noch nicht.«

»Dann ist es weg«, sagt Alwin. »Es funktioniert nicht mehr.«

»Birne war am Ende, ich hatte Angst, dass er vor meinen Augen stirbt.«

»Ich bin mir sicher, dass ich dafür nicht verantwortlich bin. Schon am Schwaltenweiher ging es nicht mehr. Ich wollte den Verrückten an der Rezeption außer Gefecht setzen.«

»Für den zerschossenen Reifen?«

»Nicht nur, er hat mich mit einer Pistole bedroht. Er wollte mich erschießen. Das geht nicht. Meine Frau und ein junges Mädchen waren in der Nähe. Die waren in Gefahr.«

»Der wusste nicht, was er tat. Dem sind alle Sicherungen rausgeflogen.«

»Das habe ich mir auch gedacht: Dass es nicht funktioniert, weil ihm der Alzheimer Löcher ins Hirn gefressen hat. Dann hat es aber bei Sylvia auch nicht geklappt.«

»Bei Ihrer Frau?«

»Sie hat mich verraten. Es war nicht in Ordnung.«

»Das ist es«, stellt Jakob fest.

»Wie?«

»Wenn ich richtig verstanden habe, was mir Birne erzählt hat, setzen Sie Ihre übersinnlichen Fähigkeiten nur gegen jemanden ein, wenn der offensichtlich ein Unrecht begangen hat. Jetzt traf es zum ersten Mal Unschuldige. Und die Eigenschaft ist futsch.«

»Oh.«

»Willkommen in der normalen Welt. Bei den Milliarden, die immer schon so leben.«

»Scheiße.«

»Es kann aber auch sein, dass es sich um eine innere Blockade handelt. Da müssen Sie dann durch.«

»Das wäre natürlich gut. Wie soll es nun weitergehen?«

»Muss man überlegen. Sagen Sie mal, kann es sein, dass Sie meinen Bruder geküsst haben?«

»Geküsst?«

Jakobs Handy klingelt. Jetzt hat er es bei sich.

»Katharina, Birnes Verlobte. Sie erlauben, dass ich rangehe?«

Alwin fällt auf, dass Jakob immer nervöser wird. »Ja. – Nein. – Das gibt's doch nicht. – Und dann? – Das ist ja katastrophal. – Machen wir. – Sofort. – Bis später.«

Alwin hält es nicht mehr aus: »Was ist los?«

»Birne ist aus dem Krankenhaus verschwunden. Mal wieder abgehauen.«

»Dann los. Worauf warten wir?«

Die Männer springen auf.

SUCHE

»Im Verschwinden ist er gut, ein Meister.« Katharina lenkt das Auto.

»Wohin fahren wir?«, fragt Sylvia.

»Wir klappern seine Kumpels ab. Ich kenne ihn, ich teile mein Leben mit ihm.«

Ein gutes Team.

Das andere Team, das aus Jakob und Alwin besteht, ist gerade so weit, sagen zu können, dass Birne in Jakobs Wohnung nicht aufgetaucht ist, und schon wieder ratlos.

»Wir fahren zum Klinikum. Weit dürfte er nicht gekommen sein, er war am Ende, als ich ihn zurückgelassen habe.«

»Was ist mit der Polizei?«, will Alwin wissen.

»Ich rufe Trimalchio an.«

Trimalchio flucht. Er habe keine Lust. Schon wieder dieses Theater. Verschwundener Birne, das sei gerade ein Jahr her. Der tauche schon wieder auf und wenn nicht, sei es auch recht. Dann entschuldigt er sich, an seiner Tür habe jemand geklingelt, ein weibliches Klingeln.

»Das hat er nicht so gemeint. Er hat auch keine Ahnung.«

Auch Tanja weiß nichts, sie klingt schlecht gelaunt darüber, dass man sie so früh belästigt. Auch sie rät, sich keine Sorgen zu machen.

Alwin fragt, warum er das letzte Mal verschwunden ist.

»Er hatte keine Lust mehr auf Katharina und sein bürgerliches Leben. Dann ist er abgetaucht.«

»Und wo ist er wieder aufgetaucht?«

»Neben mir, auf einer Parkbank im Wittelsbacher Park.«

Dorthin fahren die Männer nun, ohne große Hoffnung. Und auch die wird noch enttäuscht. Eine leere Parkbank ist eine leere Parkbank. Und nichts ist leerer als eine leere Parkbank.

Nicht weit von diesem Ort sind die beiden Frauen erfolgreicher. An der Wertach gibt es eine Reihe von Kioske. Am Kiosk Sonnenglück pflegen Katharina und Birne ihre Romantik an warmen Sommertagen. Zu dieser Morgenstunde steht das Häuschen verlassen da, nur ein paar Jogger hecheln vorbei.

Sylvia ist enttäuscht. »Hier ist er auch nicht.«

Katharina zieht an ihr vorbei zum Wertachufer. »Hier ist er.«

Birne steht da im Nachthemd, hüfthoch im Wasser, lässt den Fluss an sich vorbeiströmen, während er um sein Gleichgewicht kämpft.

»Katharina?«

»Birne, komm her.«

Er leistet keinen Widerstand. Sie setzen ihn auf eine Bank. Er schaut die beiden verwirrt an.

»Sylvia? Wie kommst du hierher?«

»Ich glaube, du hast uns einiges zu erklären.«

»Ich glaube, ich habe einen Filmriss. Aber ich habe gestern gar nichts getrunken. Oder?«

Birne weiß nicht mehr, dass er im Krankenhaus war, er kann sich auch nicht an seine Begegnung mit Alwin erinnern. Das letzte, das er noch weiß, ist die Apotheke.

Alwin und Jakob kommen dazu, verständigt von Katharina.

Birne steht auf. »Ich danke euch. Ich wollte euch keine Umstände machen. Danke. Ihr seid so gut zu mir. Ich verdiene das gar nicht. Verzeiht mir.« Er fällt auf die Knie. »Verzeiht, meine Freunde. Ich habe euch ausgenutzt. Ich habe euch Böses getan. Verzeiht mir.«

Jakob zieht ihn hoch. »Reiß dich zusammen.«

»Wie geht es dir jetzt?« Alwin blickt ihm in die Augen.

»Willst du mir den Schädel spalten? Willst du dich jetzt rächen?«, fragt Birne.

»Es geht nicht mehr.«

»Wie?«

»Es funktioniert nicht mehr. Ich kann das nicht mehr. Spürst du jetzt was?«

»Nein.«

»Jetzt?«

»Nein.«

Jakob mischt sich ein. »Ich glaube, es ist nie gegangen. Das war alles nur eine Lüge, nicht einmal ein Trick. Ein alter Scheißdreck. Ein Scharlatan, der von Typen wie dir lebt, Birne. Wach endlich auf. Komm zu dir.«

Plötzlich, mit einem Aufschrei, fällt Alwin zu Boden und Birne lacht laut auf.

»Was ist?«, will Jakob wissen.

»Ich kann es. Es ist übergesprungen. Ich kann es jetzt selbst. Ha!«

Birne hat es eilig. Er packt Katharina und zieht sie zum Auto. Sie lassen Sylvia, Alwin und Jakob ratlos am Fluss stehen.

Birne entschuldigt sich bei Katharina. Sie fahren zu ihrer Wohnung, um feierlich zu frühstücken und sich vollends zu versöhnen.

Danach würde Birne aufbrechen, um ein paar Leute aufzusuchen und die Geschichte zu einem guten Ende zu führen. Friedrich und Teddy würden ihr blaues Wunder erleben und für ihre Taten büßen. Alles würde gut werden.

Hoffentlich.

DANKSAGUNG

Elisa Spatz, Thomas Hendel und René Stein für Rat, Kritik und Anregungen.

Salomon Horn, Saerdna Blak, Vitus Aumann und Andreas Kalb für die Musik bei den Lesungen.

Meinen Eltern, Elsa Mayr und Johannes Spatz für Unterstützung jeglicher Art.

Laura, Willibald und Georg dafür, dass es euch gibt.

Vielen Dank.

Weitere Krimis finden Sie auf den folgenden Seiten und im Internet: www.gmeiner-verlag.de